U0476001

思想的力量

[群众讲给群众听]

中共山东省委讲师团 编

山东友谊出版社·济南

图书在版编目（CIP）数据

思想的力量：群众讲给群众听 / 中共山东省委讲师团编. — 济南：山东友谊出版社，2024.1
ISBN 978-7-5516-2949-2

Ⅰ.①思… Ⅱ.①中… Ⅲ.①故事－作品集－中国－当代 Ⅳ.① I247.81

中国国家版本馆 CIP 数据核字 (2024) 第 018522 号

思想的力量 群众讲给群众听
SIXIANG DE LILIANG
QUNZHONG JIANGGEI QUNZHONG TING

责任编辑：肖　杉
装帧设计：杨雯雯

主管单位：山东出版传媒股份有限公司
出版发行：山东友谊出版社
　　　　　地址：济南市英雄山路 189 号　邮政编码：250002
　　　　　电话：出版管理部（0531）82098756
　　　　　　　　发行综合部（0531）82705187
　　　　　网址：www.sdyouyi.com.cn
印　　刷：济南乾丰云印刷科技有限公司

开本：710 mm × 1000 mm　1/16
印张：24.75　　　　　　　字数：320 千字
版次：2024 年 1 月第 1 版　印次：2024 年 1 月第 1 次印刷
定价：76.00 元

前 言

　　为持续推动党的创新理论在基层落地生根,结合学习贯彻习近平新时代中国特色社会主义思想主题教育,做好"群众讲给群众听"这篇大文章,自2023年上半年开始,中共山东省委宣传部联合省委网信办、省委省直机关工委、省总工会、团省委、省妇联、省委教育工委、省国资委等省直7部门开展了"中国梦·新时代·新使命"百姓宣讲大赛。

　　8月3日至4日,省委讲师团、山东广播电视台、山东教育电视台联合承办的山东省"中国梦·新时代·新使命"百姓宣讲大赛决赛在济南举行。参加决赛的故事类、曲艺类、理论类百姓宣讲员共105组,视频类作品共24个。大赛首次现场直播,广大干部群众认真观看、踊跃投票,线上总观看人数达4720.8万人次,线上最高峰值达292万人,总投票数超1750万。经过激烈角逐,共评出理论类一等奖6项、二等奖9项、三等奖10项,故事类一等奖16项、二等奖20项、三等奖21项,曲艺类一等奖6项、二等奖8项、三等奖9项,视频类一等奖6项、二等奖9项、三等奖9项。

　　"宣时代之声,讲百姓之事"是系列百姓宣讲活动的出发点和立足点。2023年是百姓宣讲活动的第11个年头,今年活动突出"赛"的功能,吸引了更多人参与到百姓宣讲中来，涌现出了更多优秀作品，同步直播、线上投票更是集聚了人气，吸引了众多粉丝。为进一步提升基层理论宣讲影响力，推动全省宣讲工作迈上新台阶，现将参加山东省"中国梦·新时代·新使命"百姓宣讲大赛的获奖稿件进行整理。本书内容上分为理论类、故事类、曲艺类三部分，共105个宣讲作品，其中25个理论宣讲作品、57个故事宣讲作品、23个曲艺宣讲作品，每部分按照获奖等次依次排序。全书内容上故事生动感人，理论深入浅出，呈现形式以文为主、辅以现场图片和宣讲视频，并将宣讲内容生成音视频二维码结集出版，供基层宣讲学习参考。

目 录

理论类

弘扬伟大建党精神 续写千秋伟业新篇章	胡　蝶	002
孔氏家风的意义和影响	孔令绍	005
粮安天下的中国策	刘沙沙	009
信仰照耀 人间正道	许　寒	013
跟着总书记学调查研究	杨珊珊	016
深刻认识中华文明的突出特性	闫玉波	019
绿水青山就是金山银山	魏　娜	022
发扬斗争精神 增强斗争本领	高文静	025
挺膺担当 谱写青春之歌	范作明	028
实现中国式现代化必须坚持发扬斗争精神	杨浩瀚	031
以伟大斗争夺取伟大胜利	王　萌	035
"三个务必"指引新的赶考之路	高　磊	038
"四个之问"我们这样回答	房超群	041
答好六个"如何始终"解决大党独有难题	丁　洁	045
关键就在于"两个结合"	王翊民	049
践行"三个务必"走好新时代"赶考"之路	蔡凯峰	052

中国式现代化是共同富裕的现代化　　王　潇　　055
十年砥砺奋进　书写齐鲁答卷　　高旖苒　　058
在"自找苦吃"中收获甘甜　　滕兆梅　　062
追随总书记足迹　把握中国式现代化五项重大原则　　王海洋　　065
弘扬伟大斗争精神　　王国鹏　　069
用好调查研究这个传家宝　　陈丽丽　　073
强国建设民族复兴的答案　　董　涛　　077
建设人与自然和谐共生的现代化　　王　瑾　　080
传扬中华文明　绘就中国名片　　冯　晨　　083

故事类

划着轮椅上讲台　　杨季刚　　087
我和我爷爷的故事　　孟德茹　　090
"立春"背后的故事　　臧　华　　093
下坡村的"上坡"路　　魏香娟　　096
齐心聚力　共同打造世界级打印机产业新高地　　梁少杰　　099
做沂蒙红嫂的传承人　　丁淑萍　　102
吴守林的操心事　　张春璐　　105
抢占世界钢铁"技"高点　　公　斌　　108
从"打工妹"到党的二十大代表　　张海燕　　111
煎饼小哥　　高翔宇　　114
送烈士回家　　李园园　　117
有一束光　点亮黑暗　　王清山　　120

竹竿巷里绽芳华　张　宁	123
如愿　陈梦圆	126
农民工程师的成长故事　王呈周	129
以血肉之躯守护百姓安全　邢书村	132
"法官"书记的酸甜苦辣　董　锋	135
我在军石村的"一千零一夜"　尹　利	138
回家　刘永革	141
空中逆行火焰蓝　高　嵩	144
我的甜蜜事业　耿超军	147
弯腰姑娘　李希晗	150
非遗赋彩新时代　许同新	153
让中国海上钻井平台傲立大海　刘东章	156
勇担新使命　当好"绣花人"　刘　欣	159
冯思广：人民英雄，永生神鹰　靳　祺	162
小画笔绘就好生活　王桂芹	165
46 把钥匙 46 颗心　马怀龙	168
心手相连一家亲　于钦画	171
让"造纸"术再放光彩　孙　静	174
我家的 40 万欠条　戚　迪	177
有梦就有希望　陈　州	180
天下无孤　徐　军	183
电网神医　护万家光明　冯新岩	186
我的一千个孩子　刘艳芬	189
守光明初心　建"精致电网"　隋石研	192
法治路上追梦人　林　娜	196

千名折翼天使的"妈妈" 李　媛　　199

菏泽数控奔向世界舞台 冯　枭　　202

在特教这方天地，梦想，绝不是不可到达的未来 闫　蕊　205

岱顶火焰蓝　誓言重如山 闫　兵　　208

大山的女儿 张蓝鹏　　211

怒海勇士 崔舰亭　　214

微光如炬绽芳华 岳婷婷　　217

大白哥哥 肖云光　　220

爷爷的"算盘"这样打 张红宇　　223

跨越世纪的"信得过" 吴金霖　　226

不改戎装志　以实干护航中国铁路 叶琛琳　229

岁月为证　奋斗不止 董述飞　　232

文平校长的"好运" 马　榕　　235

我至亲至爱的父老乡亲 曹园媛　　238

等待 张会存　秦月平　　241

让"暖"到家 姜　涛　　245

心中有爱　眼里有光 王广杰　　248

一颗"公心"毕英兰 肖　涵　顾倩月　　251

工厂里的锦鲤池 张世鑫　　255

以实干助力货运增量 孟照林　　258

曲艺类

走亲戚（山东快书） 王　超　　262

路（对口快书） 牛雪格 尹国朋	270
小小草莓助力乡村振兴（对口快板） 徐 杰 李绍康	277
追寻（快板书） 陈 军	284
活界碑（双书对唱） 刘立龙 钮中栋	289
真情种子痴情汉（山东快书） 胡鹏涛	296
沿着黄河来旅行（京韵大鼓） 段莲琴 李冬青	303
长河万里（相声） 项 辉 郑 猛	306
父子PK（对口山东快书） 崔玉东 张瑞杰	312
拦女婿（山东快书） 栗瑞杰	321
总书记的嘱托记心间（京歌） 姚立春 李 霞	328
中国梦·胶济情（快板） 范宏毅	330
井台夜话（小品） 王伟伟 于雅迪	335
光明（小品） 张 凡 牛西高	340
欢庆二十大 喜说心里话（泰山皮影） 范正安	344
守住（小品） 崔 凯 王倩倩	348
民族之光振国威（数来宝） 王艺霖 李海晓	354
张大妈搬家（山东快书） 邵 可	361
文化走亲好春来（八角鼓） 王玉美 高 腾	367
传承红色基因 凝聚奋斗力量（快板） 金 歌	371
惠农直播好处多（四平调小戏） 李玉春 刘爱堂	377
满怀豪情颂党恩（琴书） 王 慧	381
念奴娇·追思焦裕禄（枣梆） 宋德靖	383
后记	384

理论类

弘扬伟大建党精神 续写千秋伟业新篇章

山东省委党校（山东行政学院）
党的建设教研部讲师　胡　蝶

今天的故事要从一枚红心吊坠说起。像这样的吊坠，在纪念品店经常能见到，也不值几个钱。但是这枚吊坠来头不小，这是我在中国共产党历史展览馆里拍下来的，它被陈列在第一展厅，是第一展厅的最后一件一级文物，走过它，下一幕的名称就是开国大典。那么这枚吊坠究竟有什么特殊之处呢？请大家仔细看，吊坠的一头挂着一块小木片，上面刻着"ALL FOR ONE"（人人为我），其实它还有一块遗失的横梁，上面写着"ONE FOR ALL"（我为人人）。另一头的红心上用英文刻着"Livelong C.P."，这里正确的英文顺序应该是"Longlive C.P."，意思是：共产党万岁。这枚吊坠制作者叫余祖胜，彼时的他年仅21岁，因叛徒出卖，被囚禁于重庆渣滓洞。狱中的余祖胜饱受敌人的折磨，但他仍然保持着勇敢和坚毅，每次受刑回来他总爱写诗，在诗中他这样写道："我整起了我的旅囊，向着那自由的领域，跨过那黑暗崎岖的道路，明天，我第一个看见东方发出的曙光。"然而，他最终没有等到曙光，在重庆解放三天前，他和他的战友们被敌人杀害了，而那枚刻着"共产党万岁"的吊坠被永久地保存下来。我想在我们党的历史上，像余祖胜这样的革命烈士，数以百万计，那么大家想过没有，究竟是什么样的力量支撑着他们为国捐躯前仆后继、为党献身义不容辞呢？

对这个问题，总书记给出了答案。"一百年前，中国共产党的先驱们创建了中国共产党，形成了坚持真理、坚守理想，践行初心、担当使命，不怕牺牲、英勇斗争，对党忠诚、不负人民的伟大建党精神，这是中国共产党的精神之源"。

坚持真理、坚守理想，充分展现了中国共产党伟大的思想品质。一百年前，以救国救民为己任的中国先进分子在反复进行分析、实验、比较后，最终选择了马克思主义作为改造中国社会的理论武器，选择了共产主义作为自己的理想信念，并且一以贯之、矢志不渝，甚至甘愿为此献出生命。革命先驱们用鲜血教会我们，信仰一旦认定了，就是一辈子。

践行初心、担当使命，充分展现了中国共产党鲜明的政治品质。国家蒙辱、人民蒙难、文明蒙尘，中华民族就是带着这样的屈辱走进二十世纪的，而诞生在这样一个背景下的中国共产党，从一开始就把为人民谋幸福、为民族谋复兴确立为自己的初心使命。从上海和嘉兴南湖出发，党带领人民推翻三座大山，建立新中国；消灭剥削和压迫，确立社会主义基本制度；锐意进取，改革开放；消除贫困、实现小康……这一切的奋斗、一切的牺牲、一切的创造，无一不是在砥砺初心、回应使命。

不怕牺牲、英勇斗争，充分展现了中国共产党坚强的意志品质。世界上没有哪个党像我们这样，经历过如此多的生死考验，付出过如此多的壮烈牺牲。据不完全统计，仅在28年的民主革命中，牺牲的有名有姓的烈士就达370多万人。在新时代脱贫攻坚斗争中，也有1800多名党员干部倒在了第一线。从南昌起义第一枪到长征途中血与火，从抗日战争顽强拼搏到抗美援朝的英勇战斗，从脱贫攻坚的最前沿到喀喇昆仑的边境线，中国共产党人那股"为有牺牲多壮志，敢教日月换新天"的英雄气概始终铮铮作响，荡气回肠。

对党忠诚、不负人民，充分展现了中国共产党崇高的道德品质。一百多年来，我们党的入党誓词几经变迁，但"对党忠诚""永不叛党"的核心要义从未改变。那究竟怎么做才算是对党忠诚呢？总书记说："江山就是人民，人民就是江山。"因此，要衡量一名共产党员是否对党忠诚，最根本的判断标准就是看他能否站稳人民立场，"不负人民"，就是检验"对党忠诚"的最好的试金石。

历史从哪里开始，精神就从哪里生发，伟大建党精神是我们立党、兴党、强党的精神原点，一百年来，它充盈起中国共产党人的政治灵魂、支撑着中国共产党人的精神脊梁。然而总有人问，我们今天的社会还需要精神的力量吗？答案当然是肯定的。

人无精神不立，国无精神不强。伟大建党精神是中国共产党精神谱系的根和魂，在长期斗争实践中，我们党形成了一系列的伟大精神，从井冈山精神、长征精神，到抗战精神、延安精神，再到改革开放精神，以及新时代的脱贫攻坚精神，还有诞生在咱们齐鲁大地的沂蒙精神，这些伟大精神构筑起了中国共产党人的一个精神谱系，这个精神谱系一脉相承、代代相传、跨越时空、历久弥新，它已经成为党和人民的宝贵财富，已经深深地融入了国家、民族和人民的血脉之中。翻开党的二十大报告，"弘扬伟大建党精神"这几个字被鲜明地写入大会主题。这无疑意味着，在新的历史征程上，这样的精神伟力，仍然可以激励着我们朝着实现第二个百年奋斗的目标不断前进，鞭策着我们在民族复兴伟业中不懈奋斗！

孔氏家风的意义及影响

曲阜市委宣传部原常务副部长 孔令绍

我是孔子76代后裔。今天我来讲一讲"孔氏家风的意义及影响"。

家风是一个家族经过世代凝聚并传承下来的家庭文化传统，是构筑家庭成员内心健康的底线和基础。孔氏家风是我国最早出现的家庭文化现象。

一、孔氏家风的形成与传承

家风最早产生于文化素养较高的家族，孔子就代表了孔氏家族的文化高度。

孔氏家风的形成与传承经历了"三部曲"。

首先，孔子首创"诗礼传家"，为孔氏家风奠基。孔氏家风源于孔子的"诗礼庭训"。孔子教育儿子"学诗""学礼"，首开"诗礼传家"道德风尚，为孔氏家风奠定了坚实基础。

其次，孔氏家规对其家风进行固化。到了明代，孔子64代孙孔尚贤制定了10条详尽的《孔氏祖训箴规》，让家风的软影响变成了家规的硬约束，使家风得以定格和固化。

第三，孔氏分支自觉践行，使孔氏家风成为定式。我们这个分支是孔氏家族的第六户。我的高祖孔宪珍是清朝中期皇帝御授的七品官。他有4个儿子、7个孙子，都成家立业后50多口人依然生活在一个大家庭。为便于管理，高祖拟定了64字的家训。100多年来，这个家训发挥着它的约束和教化作用，从没有一个人因做出恶迹受到党纪国法惩处。

"诗礼传家"的孔氏家风是孔子为他的后人划出的两条人生底线，我把它概括为"有文化，守规矩"。

孔氏家风育人的总体目标是把人培养成为儒雅之士。"儒"是智慧与品行的境界，"雅"是修养与气质的高度。儒雅就是学有素养，行有教养，心有涵养。总体要求就是"为人有型，处事有格"。有文化，守规矩；为人有型，处事有格，这就是孔氏家风的实质和内涵。

两千多年来，孔氏家风已经成为可资借鉴的家风定式，从而发挥着以文化人的重要功能。

二、孔氏家风的意义及影响

孔氏家风的意义取决于它本身独特的文化内涵，这就是文化性、标杆性、社会性、承继性。

在孔氏家风的影响下，从孔子时代到清朝末年，孔子后人中有5000多人取得了进士、举人、贡生等多种功名，占孔子后人总数的1.7‰，孔氏家族成为中国古代最早的文化世家。我们家族中的孔伋、孔鲋、孔融、孔尚任以及当代的孔繁森等等，都给世人留下了优秀的精神和榜样。

家风对人有着直接的影响。我5岁时，父亲就去世了。母亲说："人要有冻死迎风站的骨气。"母亲的话给了我们生活下去的勇气。那时候，家家都很穷。母亲教育我们："世上的东西该是谁的就是谁的；不是你的，眼皮儿都不能翻。"母亲去世的时候，我既没结婚，也没工作。母亲弥留之际把我叫到跟前，有气无力地说："媳妇我是见不到了，孩子更是看不到了，可你要记住我一句话，老实忠厚修子孙，尖酸刻薄损后人。"母亲刻骨铭心的教诲让我受益终生。到后来，我成了家，有了子孙，当然会用母亲的方式去传承这样的好家教、好家风。二十世纪九十年代，我又拟订了88字的新家训。多年来，家庭成员都自觉践行着这个新家训。我的家庭先后被省市以至国家授予"最美书香家庭""全国五好家庭""全国文明家庭"等荣誉称号。

10多年来，我一直探索家风，研究家风，传播家风。我和儿子应山东友谊出版社之约创作的《中国家风》，囊括了中国古代24个家族的名门家风，用76个故事展示家风的各个侧面，让青少年读完一个故事就像拿到一把开启心灵的钥匙。我曾横跨100余万公里，到全国的20多个省市讲家风，累计宣讲1600余场，受众百万人次。我的儿子也成为曲阜市家风传承志愿服务队队长，还被聘为"山东省好家庭好家风宣讲团"成员。我也与儿子、孙子祖孙三代同台讲家风。《记住乡愁》《身边的孔子》等央视节目都对我们祖孙三人进行过专访。

从我们山东的情况看，孔氏家风是从一个家族辐射到一个村庄，从一个村庄辐射到一个地区，孔氏家风影响了齐鲁家风，齐鲁家风又影响到全国，甚至超出了国界。

三、传承好家风，建设好家庭

传承家风的关键是践行家风，也就是把家风精神落实到每一个家庭成员的行为规范上。

第一，对婚姻忠诚，让家庭稳定。对婚姻忠诚，就要顾及夫妻之间的彼此关切。俗话说，十年修得同船渡，百年修得共枕眠。内蒙古草原上的一首歌唱得好啊:"爱人在,身边随处是天堂。"

第二,人人孝顺,让家庭和睦。孝就是心里始终装着父母。余光中的《乡愁》这样写母亲:"小时候,乡愁是一枚小小的邮票,我在这头,母亲在那头……到后来,乡愁是一方矮矮的坟墓,我在外头,母亲在里头"。其实,孝的全部内容就是:追念先祖,孝敬父母,生儿育女,推恩及人,忠孝两全。孝的最高境界就是家国情怀。

第三,恪守规矩,立身社会。在家里守家规,在单位守规则,在社会守秩序,在政党守纪律,在国家守法律。总之,要在国家和法律允许的框架内有序行动。

第四,涵养正气,让人性升华。儒家思想的真谛,就是让人从"为我"逐渐转变到"为他",从而实现人性的升华。而在"为他"这条人生路上一路走来,靠的正是正气的支撑。

第五,传承文化,让家庭可持续发展。对于一个家庭而言,文化传承比财富积累更重要。

同志们,一个纯洁的家庭,靠的是每个家庭成员的清白;一个清洁的社会,靠的是每个社会成员的内心自觉。在今后的家庭建设中,我会按我们家风的路线图一路走下去。

粮安天下的中国策

滨州市农业农村局计财科副科长　刘沙沙

一粒粮，到底有多重？对于我们这样一个有着十四亿人口的大国来说，粮食是饭碗、是信心！粮食是底气、是支撑！

我们党高度重视粮食安全，始终把解决好吃饭问题作为治国理政的头等大事，总书记反复强调"中国人的饭碗任何时候都要牢牢端在自己手中"，提出了"确保谷物基本自给、口粮绝对安全"的新粮食安全观，走出了一条中国特色的粮食安全之路。

"吃饱饭"里的中国答案

回顾百年粮食史，为了"吃饱饭"这个梦，中国人曾经走了很久……从四亿人食不果腹到十四亿人吃得饱吃得好，中国人以占世界9%的耕地、6%的淡水资源，养育了世界近五分之一的人口，到2022年，我国粮食生产已经连续8年稳定在1.3万亿斤以上，实现十九连丰！中国共产党领导人民彻底解决了历朝历代都难以解决的饥饿问题，有力地回答了"谁来养活中国"这道世纪难题！

吃饱饭的背后，是百年大党始终坚持人民至上的初心使命，坚持改革创新的政治智慧，坚持自力更生的战略清醒。

正如总书记在郝家桥村深情说的那样："让乡亲们过好光景，是我们党始终不渝的初心使命。"这初心是"杂交水稻之父"袁隆平，一生为稻梁谋、为民生计的"坚定";这初心是"齐鲁时代楷模"杜立芝,一笔一画写进400万字农技日记里的"坚守";这初心是大山的女儿黄文秀,行走在脱贫攻坚新战场上的"坚毅"……

一百年来,从"自己动手、丰衣足食"到新时代"以我为主、立足国内、确保产能、适度进口、科技支撑"的粮食安全战略,从包产到户到全面取消农业税、再到让农民吃下"定心丸"的确权办证,自力更生、改革创新让粮食安全之路行稳致远!

"中国粮"里的战略清醒

站在十九连丰的新起点,粮食安全为何仍然如此重要?

从历史看,粮食决定国运兴衰。一粒粮食能够救一个国家,也可以绊倒一个国家。历史上,越王勾践把种子煮熟贡给吴国,趁其粮食绝收一举灭吴。马铃薯曾经让爱尔兰人口翻倍增长,但1845年也因马铃薯绝收,导致上百万人饿死。可以说,一部粮食史,就是一部民族兴衰史。

从国际看,粮食是大国博弈的筹码。美国前国务卿基辛格曾说,谁控制了粮食,谁就控制了人类。如果在吃饭问题上被"卡脖子",就会被一剑封喉……疫情防控期间,全球18个国家捂紧"粮袋子",粮食供应链遭遇严重冲击。考验面前,"中国粮食"让人心中不慌。

从国内看,粮食需求持续增加。总书记深刻指出:"今后一个时期粮食需求还会持续增加,供求紧平衡将越来越紧……宁可多生产、多储备一些,多了的压力和少了的压力不可同日而语。"我国14亿多人口,仅一天就要消耗掉70万吨粮、9.8万吨油、192万吨菜和23万吨肉,端牢饭碗的压力越来越重。

"新征程"上的大国粮策

面对严峻形势，复兴征途上，我们党从理论到实践不断探求保障粮食安全的善策良方。

谁来种地？藏粮于民。农民是粮食生产的主力军，国家构建起"价格+补贴+保险"三位一体的保障机制，让农民愿种粮、敢种粮、有钱赚，粮食安全有了坚实保障。同时，耕种收一体的"田保姆"日益普及，"谁来种地"在农业经营体系改革中找到新答案。

种在哪里？藏粮于地。耕地是粮食生产的命根子，党的二十大报告指出"牢牢守住十八亿亩耕地红线，逐步把永久基本农田全部建成高标准农田"。如今，从中原粮仓到东北黑土地，从四川盆地到江南水乡，超10亿亩旱涝保收的高标准农田让更多的"望天田"变成了"吨粮田"。大食物观引领下，解决吃饭问题不再只盯着有限的耕地，向森林、草原、江河湖海要食物，向植物动物微生物要热量，让百姓吃饱更吃好。

怎么种地？藏粮于技。种子是农业生产的"芯片"。30多年只做一件事的"杂交玉米之父"李登海，创造了玉米亩产世界最高纪录；"改造全国一亿亩盐碱地，多养活8000万人口"，袁隆平的愿景在青岛的海水稻试验田成为现实。无人机作业、农业机器人、航空育种……创新让中国饭碗更有科技范儿！

谁来担当？党政同责。中央一号文件明确提出：地方各级党委和政府要切实扛起粮食安全政治责任，实行党政同责。作为农业大省，山东勇担重任。在今年央视《对话》节目中，省委书记林武手捧一把金灿灿的麦穗，许下粮安山东的庄严承诺。

粮食安全是国之大者，一头连着百姓饭碗，一头连着国家战略。回眸历史，中国人的饭碗从未端得如此之牢；眺望未来，保障粮食安全的发条必须时刻拧紧。新时代、新使命，让我们在党的领导下，坚定守好大国粮仓，端牢中国饭碗，在强国复兴的新征程上踔厉奋发、勇毅前行！

信仰照耀　人间正道

荣成市综合实践活动实验学校教师　许 寒

1848年2月，由伟大导师马克思、恩格斯共同写下的《共产党宣言》在伦敦横空出世，它向全世界宣告，共产主义运动将成为不可抗拒的历史潮流。这个当年在欧洲大陆游荡并令旧欧洲的一切反动势力恐惧的幽灵，在一百多年的共产主义运动中"现身"，在各个国家的社会主义实践中"现身"。在遥远的中国得到了广泛的传播，而且落地生根、开花结果，开辟了一条震古烁今的人间正道。

可以说，中国共产党人之所以成为真正的共产党人，就是因为始终坚定马克思主义、共产主义信仰。

一、选择信仰是共产党人的不灭灯塔

毛泽东同志曾说，"主义譬如一面旗子，旗子立起了，大家才有所指望，才知所趋赴"。有了主义的旗帜，有了为主义而励志奋斗的人，就会生发出改造世界的强大力量。李大钊告别安逸的书斋生活，以生命之钟撞响旧中国的黎明；彭湃放弃"鸦飞不过的田产"，振臂一呼划破黑暗夜空。方志敏在阴冷潮湿的狱中，犹能看见"可爱的中国"；陈望道吃着沾墨的粽子，也是感觉"够甜够甜了"；郭永怀放弃了在美国顶尖优越的工作、生活环境，回到风沙肆虐、渺无人烟、海拔3800米的戈壁大沙漠实验室……这些都是因为始终有着坚定的信仰，这个信仰是马克思主义的

"真理味道",是"人生最高之理想,在求达于真理",正如习近平总书记指出的:"马克思主义是我们党的指导思想,共产主义是我们党的远大理想。没有马克思主义信仰、共产主义理想,就没有中国共产党,就没有中国特色社会主义。"因此,选择对马克思主义的信仰,对中国特色社会主义和共产主义的信念,是共产党人的政治灵魂,是共产党人经受住任何考验的精神支柱。

二、坚守信仰是共产党人的精神之钙

信仰坚定,骨头就硬;信仰不坚定,精神上就会缺"钙"。为了坚守信仰,无数革命志士前赴后继、视死如归,头可断、血可流,革命意志不可丢。夏明翰的"砍头不要紧,只要主义真",陈树湘断肠明志,杨靖宇棉絮充饥战斗至死,邱少云烈火焚身岿然不动……从1921年到1949年,有名可查的烈士就达370多万人。在脱贫攻坚中,有300多万扶贫干部走在乡间的小路上,1800多名长眠在熟悉的田野里,将生命定格在了脱贫攻坚征程上。红色政权来之不易、新中国来之不易、中国特色社会主义来之不易!一代又一代共产党人从党的伟大奋斗历程中汲取营养、强筋健骨、筑牢信仰之基、补足精神之钙、把稳思想之舵,无论遇到什么样的艰难险阻都始终坚定信仰,挺起共产党人的精神脊梁。

三、传承信仰是共产党人的时代担当

心中有信仰,脚下有力量。坚定的信仰、崇高的理想信念是立党兴党强党之基,是共产党人牢记初心使命、不懈奋斗的根本动力。"只要我有一口气,我就会站在讲台上,九死亦无悔"的"燃灯校长"张桂梅,在以教育阻断贫困代际传递的路上，自觉坚定地把党员的理想信念转化为推进边疆地区教育事业发展的责任和担当，创造了大山里的"教育奇迹"。信仰有时惊天动地、轰轰烈烈，但更多时候就是平凡岗位的默默奉献。今天，我们有幸生在和平年代。虽然少了血与火、生与死的考验，但对信仰信念的考验无处不在。公与私、义与利，如何取舍；深水区的改革阵痛，能否站稳脚跟、勇于担当、破解难题，无不检验着我们理想信念和党性品格的成色。作为新时代的青年，要以"城头铁鼓声犹震"的昂扬斗志，践行使命担当；以"绝知此事要躬行"的革命自觉，练就过硬本领；以"一身转战三千里"的豪迈豪情，焕发时代荣光。在重大斗争一线、艰苦复杂地区、改革开放前沿、吃劲负重岗位经风雨、见世面、壮筋骨、长才干，用理想之光照亮前行之路，用信仰之力开创美好未来。

万物得其本者生，百事得其道者成。信仰铸就如磐初心，淬炼了百年大党；信仰穿越百年，创造了人间奇迹。就像《信仰的光芒》那首歌里唱的，沿着主张，沿着信仰，走出亿万中国人民的梦想，走向明天的辉煌！

跟着总书记学调查研究

济南市退役军人事务局工作人员　杨珊珊

调查研究被称为我们党的传家宝。毛泽东同志曾指出"没有调查，没有发言权"。邓小平同志认为："只有调查研究，你心中才有数。"党的十八大后，中央出台八项规定，第一条就是"要改进调查研究"；党的二十大后，习近平总书记强调，要在全党大兴调查研究之风。

调查研究是谋事之基，成事之道，2021年10月21日，习近平总书记在东营调研，他俯身摘下一个豆荚，一撮一捻、仔细察看成色，顺手将一颗大豆放进嘴里，细细咀嚼，这一幕让旁边的农业技术负责人既惊讶又亲切，他感叹地说："这是老农民才有的动作呀。"诠释初心使命，最是细节见真情，如何用好用活调查研究这个传家宝，今天，我和大家一起跟着总书记，学习调查研究。

一、跟着总书记学调查研究，必须做到"问题先行"

中国共产党人干革命、搞建设、抓改革，从来都是为了解决中国的现实问题。"问题导向"引领"调研方向"。习近平总书记主张调查研究要"真研究问题，研究真问题"。

1984年10月，时任正定县委书记的习近平在县城大街上临时摆张桌子，亲自站街头向百姓发放调查表。"民意调查表"，有人念出了声，知道是咋回事后，主动凑到书记面前来拉话。从照片看，围在他身边的群众可不少，当时他正侧耳倾听一位大娘的倾诉。调查表收集上来后，县委和县政府写出了专题报告，这摸清了正定的实情，了解了群众的期盼。

问题是时代的声音，问题是调查研究的"靶子"。不论在哪个岗位，我们都要坚持问题导向开展调查研究，不遮不掩正视问题，实事求是发现问题，对症下药解决问题，推动中央各项决策部署在基层落地生根、开花结果。

二、跟着总书记学调查研究，必须做到"身体力行"

"不吃梨子，怎么知道梨子的滋味呢？""吃别人嚼过的馍没味道！"这是总书记下基层时经常会说到的两句话。调查研究，要防止为调研而调研，防止扎堆调研，"作秀式"调研。

2012年岁末，习近平总书记冒着零下十几摄氏度的严寒，来到河北阜平骆驼湾村，进村入户看真贫，在村民家中，他摸摸窗、上上炕、看看灶，接过一个刚出锅、冒着热气的土豆，认认真真地吃了起来。走访调研困难群众，总书记这样说，看就是要看真贫，你们得让我看到真正情况，不看那些不真实的。

回顾习近平总书记的从政经历，他高度重视调查研究并身体力行。在河北正定，在福建宁德，在浙江，在上海等地方工作时，靠着一个跑遍，习近平掌握了基层，读懂了中国。担任党的总书记以来，他走村串户，嘘寒问暖；田间地头，查墒探苗；工厂车间，寻计问策；科研院所，交流碰撞……总书记的足迹遍布祖国的山山水水，把调查研究的种子播撒在祖国广袤大地上，把人民至上的理念根植在各族人民的心中。

调查研究，就是近的远的都要"走一走"，好的差的都要"看一看"，要善于倾听群众"牢骚话",乐于倾听群众"抱怨话",敢于倾听群众"批评话",只有这样,才能把真实的情况"摸"上来,把深埋的问题"挖"出来,把管用的经验"捋"出来。

三、跟着总书记学调查研究,必须做到"研"出必行

光研究不调查,那是"本本主义",光调查不研究,那是"形式主义"。习近平总书记指出:调查研究就像"十月怀胎",决策就像"一朝分娩"。衡量调查研究搞得好不好,关键要看调查研究的实效,看调研成果的运用,看能不能把问题解决好。

一语不能践,万卷徒空虚。党的十八大以来,习近平总书记在湖南十八洞村调研时,创造性提出"精准扶贫"理念;到江苏调研时,首次提出"四个全面"战略布局;到浙江调研后,提出构建"新发展格局"……习近平总书记对新时代的新问题进行深入调研和深邃思考,提出一系列原创性的治国理政新理念新思想新战略。

做好调查研究,考验的是工作作风,厚植的是人民情怀。当前,全党深入开展学习贯彻习近平新时代中国特色社会主义思想主题教育,调查研究是其重要内容和鲜明特色。跟总书记学好调查研究,我们要坚持做到问题先行,身体力行,"研"出必行,在伟大的新时代,展现新作为、完成新使命、书写新辉煌。

调查研究是我们党的传家宝,要一代一代传下去……

深刻认识中华文明的突出特性

临清市潘庄镇中学党支部书记、校长 闫玉波

习近平总书记在文化传承发展座谈会上深刻阐释了中华文明具有的五大突出特性,这就是:突出的连续性、突出的创新性、突出的统一性、突出的包容性、突出的和平性。立足中华民族伟大实践,深刻理解中华文明的突出特性,对于在新的历史起点上继续推动文化繁荣、增强文化自信、建设中华民族现代文明具有重要的现实意义和深远的历史意义。

第一,中华文明具有突出的连续性。中华文明是世界古代文明中唯一没有中断、连续发展五千多年的文明。

有一位摄影师,在拍摄兵马俑时,无意中发现一个兵马俑嘴唇上,竟然留下了一枚2000年前的指纹,据他后来说,当时看到这枚指纹的一刹那,自己突然之间泪流满面。当年留下指纹的工匠们虽已远去,可就在同一个位置,跨越千年之后,我们踩在了他们的脚印上……这说明,中华文明是可以触摸、可以感知的文明,更是有温度、有生命的文化传承。

正如习近平总书记指出的,如果不从源远流长的历史连续性来认识中国,就不可能理解古代中国,也不可能理解现代中国,更不可能理解未来中国。

第二,中华文明具有突出的创新性。中华民族是不断进取、不断创新的民族。创新性始终是推动中华文明不断发展的重要动力。

北斗导航是我国自主研发的卫星定位系统,两星定位到全球组网,

彻底打破了西方对我们的空天封锁！在这背后，是几代航空航天人的接力攻关。现如今，神舟飞船翱翔太空，中国空间站全面建成，C919大飞机成功首航，无不体现了中华民族始终走在不断创新的大道之上。

正如习近平总书记指出的，中华文明具有突出的创新性，从根本上决定了中华民族守正不守旧、尊古不复古的进取精神，决定了中华民族不惧新挑战、勇于接受新事物的无畏品格。

第三，中华文明具有突出的统一性。中华民族自古就有"大一统"的理想追求。

几千年的历史长河中，虽然有过王朝更替、分分合合，但中华民族始终是一个统一的整体。抗战时期，冀中平原上，抗日英雄马本斋的母亲，面对敌人胁迫，绝食7日而亡。马本斋得知后奋笔疾书："伟大母亲，虽死犹生，儿承母志，继续斗争！"他奋不顾身，浴血奋战，被朱德总司令誉为"壮志难移，汉回各族模范；大节不死，母子两代英雄。"每逢危急关头，各族人民像石榴籽一样紧紧抱在一起，共同守护着美好的家园。

正如习近平总书记指出的，中华文明具有突出的统一性，从根本上决定了中华民族各民族文化融为一体，即使遭遇重大挫折也牢固凝聚，决定了国土不可分、国家不可乱、民族不可散、文明不可断的共同信念。

第四，中华文明具有突出的包容性。海纳百川、有容乃大。文明的繁荣、人类的进步，离不开求同存异、开放包容，离不开文明交融、互学互鉴。

佛教、伊斯兰教、基督教相继传入中国，中国的音乐、绘画、文学也不断吸取外来文明的优长。铸就了"洛阳家家学胡乐""万里羌人尽汉歌"的"大国气象"。特别是，马克思主义基本原理在与中国具体实际、与中华优秀传统文化的"两个结合"中，实现了互相成就，揭开了新篇章、实现了新飞跃。

正如习近平总书记指出的，中华文明具有突出的包容性，从根本上决定了中华民族交往交流交融的历史取向，决定了中国各宗教信仰多元并存的和谐格局，决定了中华文化对世界文明兼收并蓄的开放胸怀。

第五，中华文明具有突出的和平性。崇尚和平、和睦、和谐始终是中华民族的价值追求。

2000多年前，我们开辟了"丝绸之路"，使用的不是战马和长矛，而是驼队和善意；600多年前，郑和"七次下西洋"，留下了友好交往和文明传播的佳话；现如今，构建人类命运共同体、调解沙特伊朗复交、劝和俄乌冲突……中国成为促进人类发展和进步的重要力量。

正如习近平总书记指出的，中华文明具有突出的和平性，从根本上决定了中国始终是世界和平的建设者、全球发展的贡献者、国际秩序的维护者。

以上这五大突出特性，是习近平总书记对中华文明的高度概括和总结，为我们深刻理解中华文明的突出特性指明了方向。在新的历史起点上，我们一定要坚定文化自信，更好担负起新时代新的文化使命，扎实推进中华民族现代文明和社会主义文化强国建设，铸就中华文明新的辉煌！

绿水青山就是金山银山

菏泽市生态环境局市生态环境保护
综合执法支队四级主办　魏　娜

先问一下大家，今年入春以来，吃了几回沙？今年4月份，我市已发生3次沙尘暴。其实早在20多年前，沙尘暴就在北方地区愈演愈烈，严重影响了人们生活，正是通过植树造林，近十年来，沙尘天气明显减少。

党的二十大报告指出，必须牢固树立和践行绿水青山就是金山银山的理念，站在人与自然和谐共生的高度谋划发展。总书记的"两山"理念，指明了绿水青山既是自然财富、生态财富，又是社会财富、经济财富。我认为，这其中关键在于"就是"二字，回答好、解决好"就是"二字问题是推动形成中国特色生态文明建设新模式的题中要义。

其一，"绿水青山"本身就是有价值的。绿水青山是人们幸福生活的重要内容，胜过金山银山。诗人海子有句名诗："我有一所房子，面朝大海、春暖花开"，这句诗之所以广为流传，我想其中一个重要的原因就是诗句中向往的简单优美的生态环境得到了人们广泛认同，当我们将乡愁浓缩成一张船票，回到故乡时，如果看到的是污水横流、气味刺鼻的环境，那这乡愁恐怕也要蒙上一层深深的哀怨了。所以，绿水青山本身就有着不可替代的社会价值。震惊中外的1952年伦敦烟雾事件，仅仅4天，就造成了4000多人死亡。这种要经济不要环境的发展模式已经成为前车之鉴。改革开放初期，中国经济高速发展，对环境保护仍不够重视，历史欠账较多，绿水青山就是金山银山的理念及时为中国经济发展指明了方向。如今，人们对优美环境的需求越来越高，老百姓过去"盼温饱"，现在"盼环保"；过去"求生存"，现在"求生态"。所以，我们必须持续开展污染防治攻坚，不断满足人民群众对优美生态环境的新期待，让老百姓望得见山、看得见水、记得住乡愁。

其二，"绿水青山"本身就有经济价值。绿水青山蕴含无穷的经济价值，并且可以源源不断地带来金山银山。马克思主义认为，自然资源作为生产资料，是构成生产力的基本要素。时至今日，现代经济社会发展对自然生态的依赖程度越来越高，绿色生态已经成为最大财富、最大品牌。改革开放初期，浙江安吉余村靠着开山采石成为远近闻名的"首富村"，然而老百姓腰包鼓起来了，生态环境却恶化了，烟尘笼罩、污水横流成为困扰群众的大问题。是要"钱袋子"还是要"绿叶子"？在抉择的十字路口，2005年，时任浙江省委书记的习近平来到余村考察，首次提出"绿水青山就是金山银山"的理念。在这一理念的引领下，余村努力修复生态，用绿水青山敲开了经济发展的新大门。如今，这一理念也从小山村走向了全中国。我市巨野县核桃园镇曾经为了发展开山采石，破坏了生态环境，在"两山"理论的指引下，努力修复生态，如今也转变为一处拥有蓝天碧水的旅游景点，国家投资的石头小镇就在这里。

其三，"绿水青山"与"金山银山"是互动转化的。古人云，物我合

一、道法自然。从"天人合一"到"人与自然是生命共同体",古老的生态智慧被赋予新的时代内涵。通过发展生态产业,把绿水青山所蕴含的生态产品价值转化为金山银山,再反哺"绿水青山",从而打通"两山"互动转化的通道。近几年,我市单县依托黄河故道资源,以浮龙湖湿地为生态基底,打造集观光旅游、生态体验、农旅产业等功能为一体的旅游胜地,通过生态保护与修复的不断完善,浮龙湖成为各种鸟类繁衍生息的栖息地,被誉为"故道明珠、江北西湖"。生态旅游发展的同时带动生态采摘、养殖产品的畅销,农业农村也端起了"生态碗",吃起了生态饭,创业增收找到了新的增长点。

所以,人不负青山,青山定不负人。"绿水青山就是金山银山"正是对人类经济社会发展最科学、最生动的指引。今年以来,菏泽市认真践行"绿水青山就是金山银山"理念,统筹生态环境高水平保护和经济高质量发展,在坚定不移走生态、绿色优先发展的道路上,菏泽也必将越来越"形象美""气质佳"。

发扬斗争精神 增强斗争本领

山东铝业有限公司宣教部职工 高文静

党的二十大对党章做出了重要修改，其中总纲第九自然段"发扬斗争精神，增强斗争本领"的内容特别引人注目。作为一名长期奋斗在基层的理论工作者，今天我将围绕什么是斗争精神、为什么要发扬斗争精神、怎样发扬斗争精神谈一谈我的体会。

一、什么是斗争精神？是信念、情怀、责任、方法

斗争这个词我们并不陌生，在党的二十大报告中"斗争"一词出现多达22次。我们今天所讲的斗争精神是一种信念，"夫战，勇气也"，越是艰难越向前，敢打必胜靠的是勇气，有必胜信念才会有力量；斗争精神是一种情怀，焦裕禄、朱彦夫、黄文秀等干部坚定对党的忠诚，永葆对人民的赤子之心，这样的情怀自然就有充沛的斗争精神；斗争精神是一种责任，实现伟大梦想，必须进行伟大斗争！嫦娥奔月的飞天梦，民族复兴的中国梦，要靠斗争来实现；斗争精神也是一种方法，袁隆平在田间地头种植出杂交水稻，屠呦呦在实验室研发出青蒿素。新中国成立以来，山铝人在党的领导下为国民经济发展"不忘初心，不怕困难，不吃老本"，也正是斗争精神在生产实践中的生动体现。

二、那么新时代，我们为什么要发扬斗争精神？

习近平总书记指出，我们共产党人的斗争，从来都是奔着矛盾问题、风险挑战去的。

环顾世界，百年未有之大变局加速演进，西方那些人看不得咱们过上好日子，处心积虑地给我们"上眼药""泼脏水""使绊子"，大搞"小联盟""小圈子"的险恶用心昭然若揭。在军事上，美军大幅增加在南海巡航和擅自进入中国邻近海域的频率，国家被侵略、被颠覆、被分裂的风险明显上升，斗争是唯一的选择！

斗争精神贯穿于中国革命、建设、改革的各个时期，中国共产党和中国人民是在斗争中壮大起来的。我们当年搞革命，建设新中国，靠的就是斗争精神。红军长征途中十八名勇士英勇斗争，以血肉之躯飞夺泸定桥强渡大渡河，折射出红军将士征服一切困难的革命斗争精神。今天我们进入了民族复兴的关键阶段，发展不平衡不充分的问题仍然突出，比如：发展质量和效益还不够高、创新能力还不强，很多核心技术还受制于人，即便像华为这样优秀的高科技企业仍然存在被人"卡脖子"的威胁，曾经为国民经济、国防工业、科技发展做出了重要贡献的铝工业，也面临着产能过剩、转型发展的挑战。再比如，在民生领域，群众在就业、教育、医疗、养老等方面还面临不少难题，我们靠斗争赢得过去，更要靠斗争开辟未来！新的长征路上，我们还有许多"雪山"、"草地"需要跨越，还有很多"娄山关"、"腊子口"需要征服！发扬斗争精神是一个时代的命题，也是一个实践课题。

三、肩负新使命，应该怎样发扬斗争精神呢？

打铁还需自身硬，唯有增强自身本领才有斗争的底气！特别是作为新时代的产业工人，更好地承担起使命与担当，我们要增强什么本领？

练就政治慧眼。要有草摇叶响知鹿过、松风一起知虎来的能力，对潜在的风险有科学预判，知道风险在哪里，表现形式是什么，发展趋势会怎样，及时洞察矛盾苗头，不畏浮云遮望眼，准确研判事态发展，审时度势，把握大势。

讲究斗争策略。无论与谁斗，都不是要"闹翻"，而是以斗争求合作、谋共赢。要坚持有理、有利、有节，稳坐钓鱼台，把握时、度、效，看准火候，越是艰难越向前，该出手时就出手！

锻造坚韧斗志。新时代的伟大斗争具有长期性、复杂性、艰巨性，没有"千磨万击"的锻造，就不可能"乱云飞渡仍从容"。我们要在"持久战"中，铸就硬骨头、铁身板，学习铁人王进喜，"宁肯少活二十年，拼命也要拿下大油田"，咬定中国梦，不破楼兰终不还！

"踏平坎坷成大道，斗罢艰险又出发"。我们要始终保持共产党人敢于斗争的风骨和胆魄，不信邪、不怕鬼、不怕压，知难而进，迎难而上，依靠顽强斗争打开事业发展新天地，向着民族复兴的宏伟目标奋勇前进！

挺膺担当　谱写青春之歌

中建八局第二建设有限公司专业工程师　范作明

青年强，则国家强。党的二十大报告中，习近平总书记殷切寄语广大青年，要坚定不移听党话、跟党走，怀抱梦想又脚踏实地，敢想敢为又善作善成，立志做有理想、敢担当、能吃苦、肯奋斗的新时代好青年，让青春在全面建设社会主义现代化国家的火热实践中绽放绚丽之花。

青年是整个社会力量中最积极、最有生气的力量，国家的希望在青年，民族的未来在青年。今天，新时代中国青年处在中华民族发展的最好时期，既面临着难得的建功立业的人生际遇，也面临着"天将降大任于斯人"的时代使命。我们应该怎么做？

2023年6月19日，中国共产主义青年团第十九次全国代表大会在京开幕。党中央致词指出，广大青年要牢记习近平总书记的谆谆教导，立志做有理想、敢担当、能吃苦、肯奋斗的新时代好青年，为强国建设、民族复兴挺膺担当，继续创造无愧于时代、无愧于人民、无愧于历史的新的青春业绩。

胸怀祖国，坚守理想

习近平总书记强调："青年时代树立正确的理想、坚定的信念十分紧要，不仅要树立，而且要在心中扎根，一辈子都能坚持为之奋斗。"青年信仰什么主义、捍卫什么主义，决定国家和民族的前途命运。理想远大、信念坚定的有志青年，是一个国家、一个民族无坚不摧的前进动力。

1928年3月20日清晨，武汉汉口余记里刑场的薄雾还未散去，时任中共湖北省委常委夏明翰被国民党反动派押解到这里，准备行刑。临刑前，敌人问他有无遗言，他向人要来纸笔，从容写下一首气壮山河的就义诗："砍头不要紧，只要主义真。杀了夏明翰，还有后来人。"随后慷慨就义。

他年轻的生命永远定格在28岁，而共产主义始终是他唯一坚定的信仰，因为认定这个真理，即便是抛头颅、洒热血，也要战斗到生命最后一刻！新时代青年要做坚定的马克思主义者，坚定对马克思主义的信仰、对中国特色社会主义的信念、对中华民族伟大复兴中国梦的信心，信仰的红色、真理的红色，永远团结着中国青年不惧牺牲、奋勇向前。

担责于身，行而有力

习近平总书记深情寄语中国青年，"时代呼唤担当，民族振兴是青年的责任。""只要青年都勇挑重担、勇克难关、勇斗风险，中国特色社会主义就能充满活力、充满后劲、充满希望。"

捍卫祖国的战士陈祥榕，"清澈的爱，只为中国"满怀热忱；抗疫一线的"谢小玉们"，稚气未脱却挺身而出成为一名名战"疫"志愿者；投身"墨子""天问""嫦娥"这些寄托着民族复兴事业中的青年科技人才——北斗卫星团队核心人员平均年龄36岁，量子科学团队平均年龄35岁，中国天眼FAST研发团队平均年龄仅30岁……

在实现中华民族伟大复兴的新征程上，应对重大挑战、抵御重大风险、克服重大阻力、解决重大矛盾，迫切需要迎难而上、挺身而出的担当精神，青年应把自己的小我融入祖国的大我、人民的大我之中，与时代同步伐、与人民共命运。

不畏艰险、砥砺奋斗

习近平总书记在河南安阳红旗渠考察时强调:"年轻一代要继承和发扬吃苦耐劳、自力更生、艰苦奋斗的精神,摒弃骄娇二气,像我们的父辈一样把青春热血镌刻在历史的丰碑上。"

是选择北京高薪安逸的生活,还是选择回家乡"吃苦"?2016年,硕士毕业的黄文秀选择回到家乡广西百色,奔赴偏远贫困的百坭村担任驻村第一书记,带动88户418名贫困群众脱贫。驻村一年,黄文秀的汽车仪表盘的里程数正好增加了两万五千公里,她自喻为"心中的长征"。她说:"长征的战士死都不怕,这点困难怎么能限制我继续前行?"2019年6月16日,黄文秀冒着暴雨连夜返回工作岗位。途中遭遇突发山洪不幸牺牲,年仅30岁。

习近平总书记指出,青年时代,选择吃苦也就选择了收获,选择奉献也就选择了高尚。在实现中华民族伟大复兴的新征程上,必然会有艰巨繁重的任务,必然会有艰难险阻甚至惊涛骇浪。新时代中国青年要勇做走在时代前列的奋进者、开拓者、奉献者,毫不畏惧面对一切艰难险阻,在劈波斩浪中开拓前进,在披荆斩棘中开辟天地,在攻坚克难中创造业绩,用青春和汗水创造出让世界刮目相看的新奇迹!

一代人有一代人的长征,一代人有一代人的担当。建成社会主义现代化强国,实现中华民族伟大复兴,是一场接力跑。不论是成就自己的人生理想,还是担当时代的神圣使命,青年都要珍惜韶华、不负青春,努力学习掌握科学知识,提高内在素质,锤炼过硬本领,积极拥抱新时代、奋进新时代,让青春在为祖国、为人民、为民族、为人类的奉献中焕发出更加绚丽的光彩,在矢志奋斗中谱写新时代的青春之歌!

实现中国式现代化必须坚持发扬斗争精神

国网泰安供电公司带电作业中心班员　杨浩瀚

习近平总书记强调,"敢于斗争、善于斗争,通过顽强斗争打开事业发展新天地"。党的二十大发出了全面建设社会主义现代化国家、全面推进中华民族伟大复兴的动员令,描绘了实现中国式现代化的宏伟蓝图和辉煌远景。走中国式现代化道路,是实现复兴伟业的战略抉择,必然会遇到各种风险挑战,那如何应对呢？这就要求我们必须坚持发扬斗争精神,做到敢于斗争、善于斗争。

一、敢于斗争、善于斗争是中国共产党鲜明的政治品格和精神力量

中国共产党的百年奋斗史就是一部伟大的斗争史。我们党从成立之初仅有50多名党员发展成为拥有9800多万名党员、领导着14亿人口大国、具有重大全球影响力的世界第一大执政党,其中一个重要原因就是,面对凶恶的敌人、巨大的风险挑战,始终发扬敢于斗争、善于斗争的精神品质。无论是"浴血奋战、百折不挠"的新民主主义革命,"自力更生、发愤图强"的社会主义革命和建设,"解放思想、锐意进取"的改革开放和社会主义现代化建设以及"自信自强、守正创新"的习近平新时代中国特色社会主义,我们党初心不改、矢志不渝,团结带领人民历经千难万险,

付出巨大牺牲，攻克了一个又一个看似不可攻克的难关，创造了举世瞩目的发展奇迹，在世界上高高举起中国特色社会主义伟大旗帜，靠的同样是不惧风浪、勇立潮头的斗争精神。正如习近平总书记指出："一百年来，在应对各种困难挑战中，我们党锤炼了不畏强敌、不惧风险、敢于斗争、勇于胜利的风骨和品质。"

二、敢于斗争、善于斗争是立足"两个大局"、心怀"国之大者"的根本要求

前进道路上，必然会有大量改革难题、发展课题、矛盾问题需要破解。当前，中华民族伟大复兴战略全局与世界百年未有之大变局相互交织、相互激荡。

从世情看，当今世界正处于百年未有之大变局，国际形势风云变幻，大国博弈日趋激烈，"黑天鹅""灰犀牛"事件屡见不鲜，两种道路、两种制度的较量也将长期存在。

从国情看，发展不平衡不充分问题仍然突出，新矛盾旧问题彼此影响，利益格局调整的深刻性、触及矛盾问题的尖锐性、突出体制机制障碍的艰巨性前所未有。

从党情看，党面临的"四大考验""四种危险"严峻复杂，党内存在的思想不纯、政治不纯、组织不纯、作风不纯等突出问题还未彻底解决，全面从严治党依然任重而道远。

世情、国情、党情的深刻变化，决定了新征程上我们不能有任何喘口气、歇歇脚的想法和念头，必须立足"两个大局"，心怀"国之大者"，始终保持思想上的冷静清醒、增强行动上的勇毅执着，敢于出击，敢于胜

利。正如习近平总书记强调的："中华民族伟大复兴绝不是轻轻松松、敲锣打鼓就能实现的，必须勇于进行具有许多新的历史特点的伟大斗争，准备付出更为艰巨、更为艰苦的努力。"

三、敢于斗争、善于斗争是打开事业发展新天地的必由之路

新征程上，面对重大风险、强大对手，我们必须要以狭路相逢勇者胜的气概，在机遇面前主动出击，在困难面前迎难而上，在风险面前积极应对，依靠顽强斗争打开事业发展新天地。

我们要发扬斗争精神。要战胜前进道路上的各种风险挑战，没有斗争精神不行。面对更多逆风逆水的外部环境，艰巨繁重的改革发展稳定任务，要敢于斗争、善于斗争，战胜一切风险挑战。

我们要把握斗争方向。斗争的方向、立场和原则，是关乎斗争能否取得成功的根本性问题。始终坚持和加强党的全面领导，增强"四个意识"，坚定"四个自信"，做到"两个维护"，在大方向和原则性问题上，要头脑特别清醒、立场特别坚定。

我们要增强斗争本领。斗争本领不是与生俱来的，而是在大风大浪甚至惊涛骇浪中不断磨砺出来的。要夯实敢于斗争、善于斗争的理论根基，锤炼理论联系实际的过硬本领，在复杂严峻的斗争中经风雨、见世面、壮筋骨。

我们要讲求斗争艺术。这就要求我们必须抓主要矛盾、抓矛盾的主要方面，坚持有理有利有节，合理选择斗争方式、把握斗争火候，在策略问题上灵活机动，在原则问题上寸步不让。

踏平坎坷成大道，斗罢艰险又出发。我们党依靠斗争创造历史，更

要依靠斗争赢得未来。在前进道路上，我们要坚定斗争意志，把准斗争方向，注重斗争策略，增强斗争本领，以闯关夺隘、舍我其谁的豪情，点燃新时代的发展引擎，用青春的奋斗护卫中国式现代化的壮丽航程！

以伟大斗争夺取伟大胜利

德州市德城区委宣传部科员　王　萌

今天的分享让我们从一幅图片开始。这是一把30多厘米长的铜质军号，吹响它的是中国共产党党员、志愿军二级战斗英雄郑起。在战友接连牺牲后，郑起临危受命，接过军号。

此时，一个连的战士只剩下了7名。在最后的决战时分，阵地上空突然响起了嘹亮的冲锋号。这种声音，敌人太熟悉了，这意味着会有千军万马舍生忘死地冲杀出来。敌军以为我们要发起总攻，不明情况的他们掉头逃窜。

事后，据郑起回忆，他本想吹响军号激励战友拼死一搏，敌军的撤退反而让他们守住了阵地。战友们都说，真是没想到啊，军号声还能吓退敌人。

吓退敌人的真的是军号声吗？

我想敌人真正害怕的并不是军号声，而是中国共产党人不畏艰险、勇于斗争的风骨和品质。

习近平总书记在党的二十大报告中22次提到"斗争"一词，反复告诫全党同志务必敢于斗争、善于斗争，依靠顽强斗争打开事业发展新天地。

回首来时路，中国共产党从成立起就铭刻着斗争的烙印。

"为有牺牲多壮志，敢教日月换新天。"1921年到1949年，我们党领导人民打土豪、分田地、驱日寇、斗敌顽，争民主、求解放。据统计，有名可查的烈士就达370多万人，才换来了社会主义的新中国。这靠的是不怕牺牲、艰苦卓绝的斗争。

"独有英雄驱虎豹，更无豪杰怕熊罴。"敢不敢迎战世界上经济实力最雄厚、军事力量最强大的美帝国主义？对于百废待兴的新中国来说，是一个严峻的考验。党中央和毛泽东同志以"不惜国内打烂了重新建设""打得一拳开，免得百拳来"的战略远见，做出了抗美援朝、保家卫国的历史性决策。这靠的是不畏强敌、勇于碰硬的斗争。

"人生天地间，长路有险夷。"在世界社会主义遭遇严重挫折的历史关头，我们党坚定不移推进改革开放，领导人民有力应变局、平风波、战洪水、防非典、抗地震、化危机，攻克了一个又一个看似不可攻克的难关，在世界上高高举起中国特色社会主义的伟大旗帜。这靠的是不惧风浪、勇立潮头的斗争。

走进新时代，这十年来，我们义无反顾地进行了许多具有新的历史特点的伟大斗争。

我们打响改革攻坚战。党的十九大明确158项改革举措、156项改革任务，敢于突进深水区，敢于啃硬骨头，敢于直面新矛盾新挑战，以前所未有的力度打开了崭新局面。

我们打赢脱贫攻坚战。8年来，近1亿人脱贫，832个贫困县全部摘帽，提前10年完成联合国2030年可持续发展议程的减贫目标，彻底解决了困扰中华民族几千年的绝对贫困问题。

我们打好自我革命攻坚战。开展系列主题教育，推进党风廉政建设和反腐败斗争，打出一套套自我革命的"组合拳"，将党的政治优势和组织优势不断转化为制胜优势。

迈向新征程，我们还需要发扬斗争精神吗？答案是肯定。

党的二十大报告中指出,"我国发展进入战略机遇和风险挑战并存、不确定难预料因素增多的时期""准备经受风高浪急甚至惊涛骇浪的重大考验"。

当前,世界百年未有之大变局下,国际国内问题层出不穷。

从国际看,世纪疫情影响深远,全球经济复苏乏力,全球性问题层出不穷,单边主义、保护主义、霸权主义给世界和平与发展带来严重威胁。

从国内看,发展不平衡不充分问题仍然突出,在我们这样一个国土面积广袤、人口规模巨大、地区差异悬殊的发展中大国整体实现现代化,其艰巨性和复杂性前所未有。

正如习近平总书记指出:"中华民族伟大复兴,绝不是轻轻松松、敲锣打鼓就能实现的",因此实现伟大梦想必须进行伟大斗争。

我们党依靠斗争走到现在,也必然会依靠斗争赢得未来。新征程是充满光荣和梦想的远征。我们要继续接力吹响斗争的冲锋号,以狭路相逢勇者胜的气概,坚持敢于斗争、善于斗争,在机遇面前主动出击,在困难面前迎难而上,在风险面前积极应对,不断夺取新时代伟大斗争新胜利。

"三个务必"指引新的赶考之路

烟台市蓬莱区委党校高级讲师
党建办主任 高 磊

踏上新征程，如何走好新的赶考路？这是每一位党员干部必须回答的时代之问。党的二十大报告提出的"三个务必"，就是对时代之问的最好回答。看到这"三个务必"，大家一定会想起当年的"两个务必"。那是1949年3月，在党的七届二中全会上，毛泽东同志语重心长地告诫全党："夺取全国胜利，这只是万里长征走完了第一步""务必使同志们继续地保持谦虚、谨慎、不骄、不躁的作风，务必使同志们继续地保持艰苦奋斗的作风"。74年来，我们党带着这份赶考的清醒和坚定，向历史、向人民交出一份优异的答卷。随着经济的发展、时代的变迁，习近平总书记也敏锐地觉察出，党内一部分同志容易淡忘初心使命，背离艰苦奋斗，不敢亮剑斗争，也缺乏斗争艺术。因此，在向第二个百年奋斗目标迈进之际，他郑重向全党提出了"三个务必"，可谓正当其时、极为重要，为我们走好新的赶考路指明了方向。

务必不忘初心，牢记使命，是党一切事业的出发点和落脚点

俗话说，初心易得，始终难守；使命易晓，致远惟艰。习近平总书记一再强调初心使命，就是在提醒全党要时刻牢记：中国共产党是什么？要干什么？这个根本问题。他曾说："一个人也好，一个政党也好，最难得的就是历经沧桑而初心不改、饱经风霜而本色依旧。"但要真正做到这

一点，并非易事。相比于战争年代的血雨腥风，我们现在少了生与死的考验，多了深水区的改革阵痛；相比于建设年代的激情澎湃，我们现在少了贫穷的难题，多了各种诱惑和各种价值观的激荡交锋。在这样的环境中，一些人走着走着就忘记了为什么要出发，要到哪里去。还记得著名的耿飚之问吗？当时耿飚问在场的干部："今天你们如果犯了事，老百姓还会替你们求情吗？"一席话振聋发聩，至今依然值得我们去反思、去警醒。一切向前走都不能忘记走过的路，不能忘记为什么出发。面对新征程上的新挑战，面对大党独有难题的新考验，我们只有不断叩问初心使命，不断自问我是谁？为了谁？依靠谁？始终坚守人民立场，才能真正行稳致远。

务必谦虚谨慎、艰苦奋斗，是党的优良作风和政治本色

古语有云，事者，生于虑，成于务，失于傲。古今中外有很多政党开始时战斗力很强，执政后反而逐渐走向衰落。原因有很多，但很重要的一点在于执政党骄傲自满、贪图享乐、脱离群众。比如苏共，这个曾经强极一时的大党，执政后逐渐形成了一个特权阶层，他们与平民的工资差能够达到50倍以上，形形色色的特殊供应已无法用金钱来衡量，连他们的亲属都可以免费享受奢华的生活。苏联人民给他们起了个外号"我们的共产主义贵族"。罗曼·罗兰在日记中这样评价苏共："身为国家与民族卫士的伟大共产党人队伍与其领导者们，正在不顾一切地把自己变成一种特殊的阶级""而人民则不得不依然为弄到一块面包与一股空气（住房）而处于艰难斗争的状况之中"。正是这样一个贪图享乐、脱离群众的政党，催化了苏联的亡党亡国。今天的中国取得了举世瞩目的成就，但这绝不能成为我们骄傲自满的理由。习近平总书记告诫我们，无论我们将来物质生活多么丰富，自力更生、艰苦奋斗的精神一定不能丢。这是一个成熟的马克思主义政党对历史治乱兴衰规律的深刻总结和借鉴。面对民族复兴的重任，我们依然要保持赶考的清醒，不断砥砺谦虚谨慎、艰苦奋斗的品格，一步一个脚印把我们的伟大事业推向前进。

务必敢于斗争、善于斗争，是中国共产党人的精神状态和能力本领

谈到斗争，首先我们应该搞清楚，为什么要斗争？唯物辩证法告诉我们，社会是在矛盾运动中前进的。有矛盾就有斗争，所以斗争的本质就是正视矛盾、解决矛盾的过程。中国共产党一经诞生就铭刻着斗争的烙印。从"红军不怕远征难，万水千山只等闲"到"宁肯少活二十年，拼命也要拿下大油田"，从"摸着石头过河"到"决战决胜脱贫攻坚"，这一路走来我们党就是在斗争求得生存、获得发展、赢得胜利的。今天，习近平总书记为什么反复强调斗争？一方面，国内国际两个大局相互交织，推进中国式现代化我们要准备经受风高浪急乃至惊涛骇浪的重大考验；另一方面，在一些党员干部中，不愿斗争、不敢斗争、不会斗争的现象依然不同程度的存在。在重大风险、强大对手面前，如果总想躺平、不想斗争是解决不了问题的，唯有以狭路相逢勇者胜的气概，知难而进、迎难而上、逢山开路、遇水架桥，才能真正战胜风险挑战。我们党依靠斗争走到今天，也必然要依靠斗争赢得未来。

新的赶考路上，党面临的"考场"越来越大、"考题"越来越难、"答题条件"越来越难以预料。只有做到"三个务必"，才能科学回答中国之问、世界之问、人民之问、时代之问，才能战胜前进道路上的一切艰难险阻，从而推动中华民族伟大复兴号巨轮乘风破浪、扬帆远航。

"四个之问"我们这样回答

临沂市河东区委党校高级讲师　房超群

"面对快速变化的世界和中国,如果墨守成规、思想僵化,没有理论创新的勇气,不能科学回答中国之问、世界之问、人民之问、时代之问,不仅党和国家事业无法继续前进,马克思主义也会失去生命力、说服力。"这句话是2022年习近平总书记在中央省部级主要领导干部培训班讲话的开篇。

党的十八大以来,无论是在脱贫攻坚的最前线,还是在南海之滨改革开放的最前沿,在每一个举重若轻的战略决策里,每一次风雨无阻的艰苦跋涉中,我们不断推进马克思主义中国化时代化,科学回答"四个之问",创立了习近平新时代中国特色社会主义思想。

一、站在民族复兴高度,科学回答中国之问

中国特色社会主义进入新时代,如何实现中华民族伟大复兴,是中华儿女热切期盼得到回答的中国之问。

现代化是几代中国人的夙愿。习近平总书记在一次会议上详细讲述过孙中山先生《建国方略》里的愿景:"修建约16万公里的铁路,把中国沿海、内地、边疆连接起来……建设三峡大坝,发展内河交通和水利、电力事业;在中国北部、中部、南部沿海各修建一个世界水平的大海港。"当时,很多人认为这完全是一种空想,是不可能实现的。2020年10月,习

近平总书记在汕头开埠文化陈列馆的《建国方略》前，驻足感慨："只有我们中国共产党人实现了。"

以习近平同志为核心的党中央提出了一系列新思想新方略。例如青海三江源，"不能拿'中华水塔'去换一时的GDP"；"结构调整一定不要搞相濡以沫，让'僵尸企业'苟延残喘"等等。"不能""不要""不允许"这些词，有力讲述了将一艘巨轮调转航向、转变发展方式的坚定。

十年的历史性成就和伟大变革，充分证明中国化时代化的马克思主义行。

二、站在胸怀天下高度，科学回答世界之问

当前，世界之变、时代之变、历史之变前所未有，人类面临的挑战前所未有，"世界怎么了、人类怎么办"是世界之问。

习近平总书记提出了推动"一带一路"建设、组建亚投行等倡议。2017年1月18日，习近平主席在联合国日内瓦总部做了题为《共同构建人类命运共同体》的演讲，仅仅20多天后，构建人类命运共同体理念被写入联合国决议。2021年9月和2022年4月，习近平总书记相继提出全球发展倡议、全球安全倡议，为全球发展和安全提供了中国智慧、中国方案。国外经济学家评价说："当某些国家捶胸顿足地叫喊时，中国却提出了真正旨在推动人类进步的计划。"

中国如何发展？中国发展起来后将是一个什么样的国家？昔日对这个大块头，很多人都怀揣着好奇，甚至认为"会不会是瓷器店里的大象"。

十年过去了，答案清晰可见。

三、站在人民至上高度，科学回答人民之问

坚持人民至上，是推进马克思主义中国化时代化的根本出发点。"为了谁、依靠谁、成果由谁共享"是人民之问。

2016年，习近平总书记到宁夏闽宁镇视察，特意叮嘱，让车绕着镇子转一圈。早在福建工作时，宁闽两地就结下"山海情"，习近平同志深入"苦瘠甲天下"的西海固调研，体会到什么是"家徒四壁"，一户人家唯一的"财产"是挂在房梁上的一团发菜。

"人民对美好生活的向往，就是我们的奋斗目标。"从基本养老保险覆盖到棚户区住房改造，从推动清洁能源、厕所革命、垃圾分类到坚持"房子是用来住的，不是用来炒的"，从"一个都不能少"地全面建成小康社会到"一个都不能掉队"的共同富裕。

"民之所忧，我必念之；民之所盼，我必行之。"这十年，我们党不断回应人民群众对美好生活的新期待。

四、站在自我革命高度，科学回答时代之问

面对"四大考验""四种危险"，如何保持大党独有的清醒和坚定，走好新的赶考路是时代之问。

回望百年前梦想起航时，13位风尘仆仆的青年，从各地赶到上海，叩响了兴业路76号的门环，也叩响了新世界的大门。征途漫漫，我们什么样的困难没有经历过，什么样的挑战没有遭遇过，什么样的环境没有碰到过？多少次生死抉择，多少个日夜披荆斩棘、爬坡过坎，主心骨是中国共产党。

从短短几百字的中央八项规定破题，到以"得罪千百人，不负十四

亿"的勇毅猛药去疴，从以刮骨疗毒、壮士断腕的决心"打虎""拍蝇""猎狐"到"全面从严治党永远在路上，党的自我革命永远在路上"的政治自觉。

这十年，亿万人民也见证了中国共产党人"打铁必须自身硬"的铿锵承诺。

新时代10年伟大变革已铭刻史册，更加宏伟的目标等待我们去实现、更加光荣的使命等待我们去担当、更加繁重的考卷等待我们去回答，我们将以习近平新时代中国特色社会主义思想为指引，风雨无阻，坚毅前行，以更加优异的成绩回答"四个之问"，继续创造属于我们这一代人的历史伟业！

答好六个"如何始终"
解决大党独有难题

利津县委党校高级讲师 丁 洁

世界上能够穿越百年周期且长期执政的政党寥寥可数，中国共产党作为世界上第一大执政党，大有大的优势，大也有大的难处，习近平总书记原创性地提出"大党独有难题"，彰显了我们党独有的历史清醒。那么如何解决"大党独有难题"，接下来我将结合总书记提出的六个"如何始终"和大家探讨一下这个问题。

一、如何始终不忘初心、牢记使命

党的百年奋斗史，是一部践行初心使命的历史。初心使命不是抽象的，是长征途中红军有一床被子，也要剪下半条给老百姓；是廖俊波甘当樵夫，为老百姓干活，干多少都不为过；是张桂梅拖着病体十几年如一日奔赴在家访路上的执着。习近平总书记指出：一个人也好，一个政党也好，最难得的就是历经沧桑而初心不改、饱经风霜而本色依旧。新时代新征程，解决这一难题，就要把不忘初心、牢记使命作为终身课题，始终牢记中国共产党是什么、要干什么的根本问题。

二、如何始终统一思想、统一意志、统一行动

保证党的团结和集中统一是党的生命。虽然遵义会议上，我们党已经深刻认识到集中统一领导是极为重要的，但张国焘却拥兵自重、另立中

央；抗战初期，王明在党内拉帮结派、我行我素。为此，我们党开展了大规模的整风运动，使全党达到了空前的团结和统一，为夺取抗战胜利和全国解放奠定了强大思想政治基础。习近平总书记指出："我们党是高度集中统一的马克思主义政党，思想上的统一、政治上的团结、行动上的一致是党的事业不断发展壮大的根本所在。"新时代新征程，解决这个难题，就要坚定不移向党中央看齐，切实提高"政治三力"，增强"四个意识"，坚定"四个自信"，做到"两个维护"。

三、如何始终具备强大的执政能力和领导水平

回顾百年奋斗历程，我们党就是依靠学习走到今天，依靠学习创造伟业。早在延安时期，毛泽东同志就明确提出要克服"本领恐慌"的问题。可以说，党和国家事业越发展，对党的执政能力和领导水平要求就越高。习近平总书记指出："要增强学习本领，在全党营造善于学习、勇于实践的浓厚氛围"。新时代新征程，解决这一难题，就要对照总书记强调的"八种本领"和"七大能力"等要求，坚持干什么学什么、缺什么补什么，真正成为让党放心、人民信赖的行家里手。

四、如何始终保持干事创业精神状态

人无精神则不立，国无精神则不强。我们党何以在砥砺奋进中矢志不渝、一往无前？1950年，10万名筑路人拿着铁锹和铁锤翻越了14座海拔在4800米以上的雪山，跨越了16条江河，历时4年零8个月，牺牲了3000多人，在世界屋脊建成了不可复制的人间奇迹——川藏公路。在中国航天超重训练室，航天员在高速旋转的离心机里，将会承受40秒8倍重力加速度，面部肌肉变形、呼吸困难，甚至意识丧失都时有发生。但20年来，没

有一名航天员触碰过暂停按钮。习近平总书记指出："我们党之所以历经百年而风华正茂、饱经磨难而生生不息，就是凭着那么一股革命加拼命的强大精神。"新时代新征程，要解决这一难题，就要弘扬伟大建党精神，始终保持谦虚谨慎、艰苦奋斗，以只争朝夕的劲头、坚韧不拔的毅力，建新功，创伟业。

五、如何始终能够及时发现和解决自身存在的问题

马克思指出："问题就是时代的口号。"从八七会议到古田会议、从遵义会议到延安整风，从党的十一届三中全会再到党的二十大，我们党一次次拿起手术刀革除自身的病症，以"人民监督"和"自我革命"保持大党的清醒和坚定。习近平总书记指出："敢于直面问题、勇于修正错误，是我们党的显著特点和优势。"新时代新征程，解决这一难题，就要始终保持居安思危，时刻保持清醒，增强预判问题、认识问题、解决问题能力，以伟大的自我革命精神引领伟大的社会革命。

六、如何始终保持风清气正的政治生态

风清气正的政治生态是一个政党生存和发展的必要条件。党员数量众多的苏联为何在一夜之间崩溃解体？解放战争时期，国民党为何会如此之快地大溃败？无一不是因为政治生态严重恶化。而当年延安作风之所以能打败西安作风就在于我们有着风清气正的良好政治生态。习近平总书记指出：政治生态好，人心就顺、正气就足；政治生态不好，就会人心涣散、弊病丛生。新时代新征程，解决这一难题，就要始终保持共产党人的政治本色，破作风之弊、立浩然正气、守气正风清。确保党永远不变质、

不变色、不变味。

六个"如何始终"是我们党必须解决的独有难题,解决大党独有难题永远在路上,党的自我革命永远在路上,在以习近平同志为核心的党中央坚强领导下,我们必须时刻保持清醒和坚定,以六个"如何始终"为指引,在新时代新征程上赢得更加伟大的胜利和荣光。

关键就在于"两个结合"

中共牟平区委党校理论室副主任　王翊民

习近平总书记指出："我们的社会主义为什么不一样？为什么能够生机勃勃、充满活力？关键就在于中国特色。中国特色的关键就在于'两个结合'。"提起"两个结合"，大家不陌生，就是"把马克思主义基本原理同中国具体实际相结合、同中华优秀传统文化相结合"。问题是：为什么"两个结合"会是关键？我们分别来看。

首先看"第一个结合"，"把马克思主义基本原理同中国具体实际相结合"

近代以来，中国共产党之所以能够领导人民完成其他政治力量不可能完成的艰巨任务，关键就在于抓住了这一结合。

新民主主义革命时期、社会主义革命和建设时期，我们抓住了这一结合，开辟了自己的革命道路——"农村包围城市、武装夺取政权"，由此取得了新民主主义革命的胜利；我们抓住了这一结合，完成了我们自己的社会主义革命，进行了卓有成效的社会主义建设。在结合中创立的毛泽东思想，实现了马克思主义中国化时代化的第一次历史性飞跃。

改革开放和社会主义现代化建设新时期，我们仍然抓住这一结合，不断推进改革开放，开创了中国特色社会主义。大家看，"社会主义"马克思主义那里就有，而"中国特色"这是我们自己的实际，这一结合，我们就在开创、捍卫、坚持、发展中建立了中国特色社会主义理论体系，实现了马克思主义中国化时代化新的飞跃。

党的十八大以来，中国特色社会主义进入新时代。新时代改革发展稳定任务之重前所未有，正是由于我们抓住了这一结合，逢山开路、遇水架桥，不断用马克思主义之"矢"去射新时代中国之"的"，才使党和国家事业取得历史性成就、发生历史性变革。在结合中创立的习近平新时代中国特色社会主义思想，实现了马克思主义中国化时代化新的飞跃。

其次看"第二个结合"

"问渠那得清如许，为有源头活水来。"正是由于抓住了"把马克思主义基本原理同中华优秀传统文化相结合"这一关键，我们才能在行进中拥有可以不断汲取的源头活水，我们才能使马克思主义在中国牢牢扎根。

在革命年代，毛泽东同志对实事求是、有的放矢等中华成语赋予新的含意，用来阐释马克思主义一切从实际出发的思想方法和工作方法。这么一结合，我们就能听得懂；这么一结合，我们就能用得上。

在改革年代，邓小平同志对人们千百年来孜孜以求的"小康"理想赋予新的时代内涵，用来阐释和实践"中国式的现代化"。这一结合，马克思主义的务实风格和中华优秀传统文化的经世致用精神都得以彰显，我们的改革开放事业也得以不断推进。

在新时代，习近平总书记高度重视中华优秀传统文化，在实践中不断深化对"两个结合"特别是"第二个结合"的规律性认识。比如，我们坚持马克思主义的人民观群众观，结合中华优秀传统文化"民为邦本、本固邦宁"的民本思想，提出了以人民为中心的发展思想；再比如，我们坚持马克思主义人与自然关系理论，结合中华优秀传统文化"天人合一、万物并育"的生态智慧，提出了人与自然和谐共生的生态理念；还比如，我们坚持马克思主义的世界历史思想，结合中华优秀传统文化"兼善天下、协和万邦"的博大胸怀，提出了构建人类命运共同体。这些思想和理念，指引着新时代的我们阔步向前。

由此观之，马克思主义基本原理只有同中国具体实际相结合、同中华优秀传统文化相结合，我们的事业才能在披荆斩棘中不断奋进。

继续奋进，我们要以"两个结合"谱写马克思主义中国化时代化新篇章

当下，世界百年未有之大变局正加速演进，大量理论和实践问题亟需回答，推进马克思主义中国化时代化的任务不是轻了，而是更重了。那怎么办？那我们就必须要学深悟透习近平新时代中国特色社会主义思想这一"两个结合"的光辉典范，把握好这一思想的世界观和方法论。唯有如此，我们才能在实践中不断推进"两个结合"；唯有如此，我们才能使马克思主义拥有更多的中国特色、中国风格和中国气派。

一路前行一路歌。要深刻理解我们的中国，关键就在于"两个结合"；要不断推进我们的事业，关键还在于"两个结合"。这正是：神州风光无限好，"两个结合"是关键。抓住关键巧"结合"，中国梦想定实现。

践行"三个务必" 走好新时代"赶考"之路

中国动物卫生与流行病学
中心主任科员 蔡凯峰

党的二十大报告强调:"全党同志务必不忘初心、牢记使命,务必谦虚谨慎、艰苦奋斗,务必敢于斗争、善于斗争。"时代是出卷人,我们是答卷人。在向着第二个百年奋斗目标进军的关键时刻,我们该如何响应习近平总书记向全党发出的伟大号召?

一、忠于人民——务必不忘初心、牢记使命,回答的是"是什么、要干什么"的问题,彰显了党的根本宗旨

中国共产党自诞生之日起,就确立了"为中国人民谋幸福、为中华民族谋复兴"的初心使命。毛泽东在《为人民服务》中就鲜明提出:"我们这个队伍完全是为着解放人民的,是彻底地为人民的利益工作的。"百年来,为了这个初心和使命,我们党团结带领人民浴血奋战、自力更生、发愤图强,创造了革命、建设、改革、新时代等四个时期的伟大成就。

向前走,不能忘记走过的路。习近平总书记强调:"没有比忘记初心使命、脱离群众更大的危险。"党的十九届六中全会审议通过的决议,告诫全党要始终保持"我是谁、为了谁、依靠谁"的清醒,牢记"中国共产党是什么,要干什么"这个根本问题。新征程上,党面临的"四大考验、

四种危险"将长期存在，我们必须牢记初心使命，始终坚持以人民为中心的发展思想，全心全意为人民服务。江山就是人民，人民就是江山。

二、勇于奋斗——务必谦虚谨慎、艰苦奋斗，回答的是"为什么能"的问题，彰显了党的优良作风

美国记者斯诺曾来到延安，见到这样场景：毛泽东住在简陋的窑洞里，穿的是打了补丁的衣服；彭德怀穿的背心是用缴获敌人的降落伞做的；红军大学学员把敌人的宣传单翻过来当课堂笔记本使用……所见所闻，让他得出结论，共产党人身上有"不可征服的那种精神、那种力量、那种欲望、那种热情。"从井冈山上的"红米饭、南瓜汤"，到社会主义建设中的"有条件上，没有条件创造条件也要上"，再到新时代"撸起袖子加油干"，无不诠释着我们党带领人民用鲜血、汗水、智慧和勇气书写的辉煌。

我们靠艰苦奋斗创造了辉煌历史，还要靠艰苦奋斗开辟美好未来。党的二十大闭幕不到一周，习近平总书记带领新一届中央政治局常委来到延安，瞻仰革命圣地，重温峥嵘岁月，发出新的号召。他指出，"全党同志要大力弘扬自力更生、艰苦奋斗精神，无论我们将来物质生活多么丰富，自力更生、艰苦奋斗的精神一定不能丢。"中国共产党为什么"能"？艰苦奋斗就是成功背后的密码。

伟大梦想不是等得来、喊得来的，而是拼出来、干出来的，要幸福就要奋斗。复兴征程上，我们迈出每一步都不是轻轻松松的，艰苦奋斗才是永恒的底色。

三、敢于胜利——务必敢于斗争、善于斗争，回答的是"怎么干"的问题，彰显了党的政治品格

有外国学者想不明白，中华民族历来都是以和为贵、以礼为先，在这种文化沃土中站立起来的政党，怎么就和斗争联系在了一起？其实，我们党一路走来都是在斗争中求生存、谋发展。

在新民主主义革命时期和新中国成立初期，毛泽东就提出"枪杆子里出政权""打得一拳开、免得百拳来"等重要思想，从理论和实践上指导了中国革命；进入新时代，以习近平同志为核心的党中央，开展了史无前例的反腐败斗争，以"得罪千百人、不负十四亿"的使命担当祛疴治乱，党风政风焕然一新、党心民心为之一振……历史和现实充分表明，中国共产党是善于在斗争中从胜利走向胜利的伟大政党。

习近平总书记强调，"敢于斗争、善于斗争，通过顽强斗争打开事业发展新天地。"面对世界之变、时代之变、历史之变，安安稳稳过日子的想法是幼稚的，我们必须增强忧患意识，在大是大非面前敢于亮剑，在风险挑战面前敢于坚决斗争。

70多年前的"进京赶考"，毛泽东提出"两个务必"要求，为即将执政的共产党人敲响警钟。从"两个"到"三个"，变的是数字，不变的是党的宗旨、优良作风，以及一脉相承的自觉和清醒。新的赶考路上，我们党面临的"考场"越来越大，"考题"越来越难，唯有践行"三个务必"，始终忠于人民、勇于奋斗、敢于胜利，才能交出无愧于时代、无愧于人民的优异答卷。

中国式现代化是共同富裕的现代化

枣庄市市中区文化和旅游局

办公室副主任　王　潇

  党的二十大报告明确指出，中国式现代化就是全体人民共同富裕的现代化。全省脱贫创业先进个人、安宁蔬菜专业合作社社长王林林，独臂创出共同富裕新天地的共产党员说出了他的理解：咱们中国式现代化不是少数人富裕，而是要全体人民共同富裕，让14亿人都过上好日子的现代化。这也是我们共产党人的初心和使命。

  共同富裕，这个承载了人类社会几千年的美好愿景，只有中国式现代化才能实现。因为我们是中国共产党领导的社会主义现代化，是既要消除贫穷、发展生产，更要超越一些国家通过战争、殖民、掠夺方式实现现代化的"西式"模式，致力于实现全民共建共治共享目标的现代化。

一、共同富裕是社会主义现代化的目标和优势

  与资本主义"只看重资本增值"，产生贫富悬殊、两极分化不同，社会主义发展的最终目的是"人的发展"、人民的幸福安康。共同富裕是马克思主义的基本目标和社会主义的本质要求。正如马克思在《经济学手稿》中所指出的，在未来的社会主义制度中，"生产将以所有人的富裕为目的"。所以，共同富裕是与社会主义的基本制度相生相随，社会主义是以全体人民生活幸福为标志的社会发展新形态，是全体人民共享发展成果的美好社会。

社会主义现代化的优势，不仅在于能迅速做大"蛋糕"，更在于它旗帜鲜明地反对"两极分化"，反对发展成果由少数人所垄断。正是因为坚持这一原则，我们在党的领导下才能实现一系列突破性进展，取得一系列标志性成果，发生一系列历史性变革，在促进经济增长的同时，完成了人类历史上前无古人的脱贫攻坚事业。正是因为坚持这一原则，我们才在改革发展进入新阶段后，做出了中国社会主要矛盾的新判断，紧紧围绕发展中的不平衡、不充分问题开展各项工作，创造了中国式现代化的新道路。打破了对"西式"现代化的迷思和膜拜：现代化的模式从来都不是单一的，不是少数国家的"专利品"，也不是非此即彼的"单选题"。大可不必在经济增长与公平分配之间二选一，而是可以二者兼顾。中国成功推进和拓展了的现代化，才是对人类文明新形态的丰富和发展。

二、共同富裕是中国共产党的初心使命和庄严承诺

以马克思主义为指导的中国共产党是为广大人民群众谋利益，最终实现"每个人的自由发展"的政党。实现全体人民共同富裕，这既是我们党的一项根本任务和战略目标，也是兑现人民对美好生活向往的政治承诺。

历史和现实证明，中国共产党自成立以来，始终致力于实现强国富民的统一，并且具备了坚定不移地领航社会主义现代化建设事业的意志与能力。

因为中国共产党秉持为中国人民谋幸福、为中华民族谋复兴的初心使命，发扬革命与自我革命精神应对共同富裕征程上的各种挑战。从根本上杜绝了大国崛起与小民尊严相分离、执政集团与人民争利的问题，奠定了实现共同富裕的政治前提。同时，传承发扬中华优秀传统文化的大同思

想，通过立足人民的改革来扫除实现共同富裕的障碍，拥有把做大"蛋糕"与分好"蛋糕"统一起来的一系列优势，这就保证了中国式现代化既走出一条区别于以往西方现代化模式的新道路，又超越了他们的局限性，从而把共同富裕的愿景不断转化为现实。

三、推进和拓展共同富裕的现代化，要靠勤劳智慧来创造

推进和拓展共同富裕的现代化，绝不是轻轻松松、敲锣打鼓就能实现的，习近平总书记指出："幸福生活都是奋斗出来的，共同富裕要靠勤劳智慧来创造。"共同富裕的现代化不会从天上掉下来，躺平不可取、躺赢不可能，唯有凸显现代化的人民性，发扬历史唯物主义主动精神；唯有全体人民凝聚共识，踔厉奋发，勇毅前行；唯有人人参与，各尽其能，共同奋斗，才能在高质量发展中实现共同富裕。唯有全体人民都幸福，共同富裕的道路上"一个不掉队"，才能凸显中国共产党领导的社会主义制度的优越性、中国式现代化的优越性。全省脱贫致富先进个人、滕州市东郭镇东郭村的残疾人柴德于深有感触地说："是党让我脱了贫、致了富。那我就再帮助其他的人，大家手挽手、一起走，共同富裕的道路上谁也别掉队，这就是我理解的咱中国式的现代化！"

这样的现代化，才是真正锚定人民对美好生活向往、顺应人民对文明进步渴望、确保人民通过勤劳智慧实现幸福安康的现代化，才是走得通、行得稳的现代化。才能为全人类实现现代化提供全新的选择，为解决人类面临的共同问题提供更多更好的中国智慧、中国方案、中国力量。

十年砥砺奋进　书写齐鲁答卷

山东大学管理学院 2021 级本科生　高旖苒

今天请允许我带领大家一起走进新时代伟大十年的征程。

大势如潮，长风浩荡，在收获与期盼交织的2022年10月，中国共产党第二十次全国代表大会胜利召开。

习近平总书记在党的二十大报告中指出："新时代十年的伟大变革，在党史、新中国史、改革开放史、社会主义发展史、中华民族发展史上具有里程碑意义。"

十年来，我们经历了对党和人民事业具有重大现实意义和深远历史意义的三件大事：一是迎来中国共产党成立一百周年，二是中国特色社会主义进入新时代，三是完成脱贫攻坚、全面建成小康社会的历史任务，实现第一个百年奋斗目标。这三件大事是新时代十年党和国家事业取得历史性成就、发生历史性变革的鲜明体现。新时代十年，伟大成就、伟大变革是全方位、历史性的，极不寻常、极不平凡。接下来，让我们用五组数据看新时代中国发展之变。

1.全国832个贫困县全部摘帽，近1亿农村贫困人口实现脱贫；

2.国内生产总值从54万亿元增长到114万亿元，我国经济总量占世界经济的比重达18.5%，提高7.2个百分点，稳居世界第二位；

3.全社会研发经费支出从10000亿元增长到28000亿元，居世界第二位，研发人员总量居世界首位；

4.我国成为140多个国家和地区的主要贸易伙伴；

5.城镇新增就业年均1300万人以上。

这些数字，量化了一个国家的非凡十年；这些数字，标注了一个民族的奋斗足迹；这些数字，解析了一个时代的沧海桑田。

这，是属于每个中国人的十年。

党的十八大以来，习近平总书记4次亲临山东视察，多次做出重要指示批示，为山东发展把脉定向、掌舵领航。

十年栉风沐雨，十年砥砺前行。十年来，在以习近平同志为核心的党中央坚强领导下，在全省人民共同努力下，山东解决了许多长期制约发展的矛盾问题，战胜了许多前所未有的困难挑战，办成了许多事关全局和长远的大事要事，为新时代中国特色社会主义现代化强省建设积蓄了强大势能。

这十年，经济转型跨越，高质量发展积厚成势。

区域更趋协调，城乡变化日新月异，乡村振兴齐鲁样板成色越来越足。

民生福祉大幅增进，人民生活水平迈上新台阶，如期打赢脱贫攻坚战。

这十年，文化"两创"扎实推进，文化自信充分彰显。我们始终坚持和发展社会主义先进文化，充分挖掘儒家文化深厚底蕴，大力弘扬沂蒙精神，文化软实力持续提升，"好客山东 好品山东"品牌更加响亮。

生态环境显著改善，美丽山东底色更加靓丽，人与自然和谐共生的美丽画卷正在齐鲁大地精彩展开。

这十年，改革纵深推进，发展动力活力持续增强，营商环境整体水平位居全国第一方阵，改革开放的广度深度不断拓展。

党的建设全面加强，政治生态更加风清气正，管党治党水平持续提升。

我想单独一提的，是打赢脱贫攻坚战这件大事儿。作为一名支教志愿者，我曾在2022年7月前往沂蒙山深处，面向临沂沂南关工委孤儿团的孩子们进行暑期支教，在那里，我可以说是和省内最贫困的孩子们相遇。支教的日子里，有孩子告诉我说："在小学时我要夏天五点起来到地里干活，八点还要去上学，要不然就没钱上学了。不过现在不同了，很多志愿服务团的叔叔阿姨都来帮助我，帮我的家人安排了工作，还经常来家里鼓励我好好读书，这给了我很大的动力。"还有孩子说："疫情防控期间要开始上网课，我家里没有智能手机也没有电脑，上不了网课，是关工委的叔叔知道了以后送给了我一部手机，我一定要好好学习，这样长大以后就也有能力去帮助需要帮助的人了。"

正如习近平总书记所指出的：扶贫先扶志；扶贫必扶智。这是我对脱贫攻坚成果最生动、最真切的感受。

青年大学生是国家的希望、民族的未来，肩负着民族复兴的大业，应该将个人梦想与中国梦紧密结合，将个人梦想的实现融入中华民族伟大复兴中国梦的实现进程，坚定理想信念，立长志、做大事。

第二十届中央候补委员、山东大学校长李术才强调，山东大学要以国家战略需求为导向，全面提升服务科教兴国、人才强国、创新驱动发展战略的能力和水平，为强化教育、科技、人才的基础性、战略性支撑作用贡献山大智慧和力量。作为山大学子，我深知：征途漫漫，唯有奋斗。我们通过奋斗，披荆斩棘，走过了万水千山。我们还要继续奋斗，勇往直前，创造齐鲁大地、创造未来中国更加灿烂的辉煌。

　　青春越挺拔，时代越向前。展望未来十年，青年是最核心的动力，是最根本的创造者，时代的重任落在青年的肩上，以史为鉴，开创未来。正如习近平总书记所说："当代中国青年生逢其时，施展才干的舞台无比广阔，实现梦想的前景无比光明。"青年者更要敢为人先，青年者更要主动担当时代使命。道阻且长，行则将至；行而不辍，未来可期。

　　扬帆起航，我们正奋进在更壮阔的征程！乘势而上，我们必将夺取更伟大的胜利！

在"自找苦吃"中收获甘甜

岚山区全民国防教育讲师团副团长　滕兆梅

"我家就住在他读书的中学里,我家的厨房对着他高中住的那间小屋。每天黄昏吃饭的时候,都会听到他在大声朗读背诵。小时候贪玩,经常被老爸揪着去看他学习,透过那扇纱窗,我不知道我看到的,是一个宇航员的曾经。"

这份留言中的宇航员,是现在正在太空遨游的桂海潮。从小镇做题家到摘星星的人,他的奋斗,他的坚持,就融合在这样的每一个晨昏。

今年的5月1日,习近平总书记在给中国农业大学科技小院的学生回信中指出:"青年人就要'自找苦吃'……新时代中国青年就应该有这股精气神。"这封只有200多字的简短回信饱含着总书记对广大青年学子的谆谆教诲,让我们看到了科技小院的学生们为农业强国建设作贡献的坚定决心。正是有着"自找苦吃"这股精气神,36岁的桂海潮成为我国史上最年轻的航天员,中国首位载荷专家。

青年人要把"吃苦"当"修行",拒绝做佛系青年、躺平青年,要敢于吃苦、善于吃苦、甘于吃苦,在"自找苦吃"中绽放芳华,为全面建设社会主义现代化强国贡献青春力量。

以理想为风帆,在"自找苦吃"中收获不负青春之甘甜。自古英雄多磨难,笑向苦累觅甘甜。188年前,17岁的马克思向社会发出了自己的职业理想:要为人类的幸福而献身。字里行间充满了青春的激情。113年前，17岁的毛泽东立志出乡关，学不成名誓不还。新时代的今天，共产主义的远大理想激励着无数青年先锋主动到基层一线去，到条件艰苦的地方去，到党和人民最需要的地方去。他们牢记"国之大者"，涵养为民初心，甘愿"自找苦吃"！正如习近平总书记指出："坚定理想信念不是一阵子而是一辈子的事，要常修常炼、常悟常进，无论顺境逆境都坚贞不渝，经得起大浪淘沙的考验。"

以担当为使命，在"自找苦吃"中收获自我提升之甘甜。不经一番寒彻骨，怎得梅花扑鼻香。100多年前，一群新青年高举马克思主义思想火炬，在风雨如晦的中国苦苦探寻民族复兴的前途。《可爱的中国》是方志敏对祖国最后的告白。坚信中国一定有个可赞美的光明前途……遥望祖国大地，方志敏的遗愿一步一步地实现了。因为我们深知："为什么我的眼里常含泪水，因为我对这片土地爱得深沉"！北京冬奥会开幕式上，升旗手闫振一滴滑落脸颊的热泪，让全世界都看到了我们升起的五星红旗，它升起的不仅是一面旗帜，更是国家的尊严，民族的骄傲！有人说，这是只有中国人才懂的泪水！这一滴，滴在了所有中国人的心里，激起滚烫的使命与荣光……说到这，我想青春收获的模样大家已经有了自己的答案，那是吃苦励志，苦生芳华，那是苦尽甘来……一百多年来，一代代青年都在"自找苦吃"中圆着同一个强国梦！

以奉献为标杆，在"自找苦吃"中收获为民服务之甘甜。亦余心之所善兮，虽九死其犹未悔。要为人民吃苦、先于人民吃苦，才能让人民不吃苦、少吃苦。100多年来，从董存瑞到杜富国，从雷锋到黄文秀，从"团结起来，振兴中华"的北大学子到"自找苦吃"的科技小院学生，艰苦奋斗、甘为人梯的红色基因代代相传。在农民伯伯的眼中，墩过的苗，根扎得更深,叶长得更茂。青年在基层锻炼、成长也是如此。"每个优秀的人,都有一段沉默的时光。那段时光,是付出了很多努力,却得不到收获的日子,我们把它叫做扎根。"扎根的过程就是甘于奉献、"自找苦吃"的过程。

党的二十大报告中指出,"广大青年要坚定不移听党话、跟党走,怀抱梦想又脚踏实地,敢想敢为又善作善成,立志做有理想、敢担当、能吃苦、肯奋斗的新时代好青年"。这一重要论述,从根本上明确了新时代好青年的核心要求与青年工作的着力方向。未来,广大青年要永葆对党忠诚的政治本色,张扬"自找苦吃"的精神,抓住"自找苦吃"的机会,收获"自找苦吃"的甘甜。

正如习近平总书记在红旗渠青年洞前这番铿锵话语:"年轻一代要继承和发扬吃苦耐劳、自力更生、艰苦奋斗的精神,摒弃骄娇二气,像我们的父辈一样把青春热血镌刻在历史的丰碑上。"

追随总书记足迹
把握中国式现代化五项重大原则

国网昌乐县供电公司市场营销部
营业班专责 王海洋

今年3月，中共中央决定在全党大兴调查研究，为的是发现问题、解决问题，不断深化对党的创新理论的认识和把握。习近平总书记身体力行、以上率下，在调查研究方面给我们树立了榜样。今天，让我们追随总书记党的二十大以来的考察调研足迹，一起领悟和把握中国式现代化五项重大原则中闪耀的思想伟力。

原则一：坚持和加强党的全面领导

2023年6月6日，总书记内蒙古之行来到新华林场，他久久端详着那年复一年、日复一日栽种的树木，感慨道："像'三北'防护林体系建设这样的重大生态工程，只有在中国共产党领导下才能干成。"

中国共产党的领导是中国特色社会主义最本质的特征，是中国特色社会主义制度的最大优势。正是中国共产党团结奋斗的强大政治凝聚力和坚定不移、久久为功的战略定力，实现了"万里风沙"变"绿色长城"的伟大壮举，创造了从一穷二白到世界第二大经济体、从温饱不足到全面小康等一系列人类历史上的伟大奇迹。

迈入第二个百年新征程，我们必须毫不动摇坚持和加强党的全面领导，把党的领导落实到党和国家事业各领域各方面各环节，才能凝聚起建设中国式现代化的磅礴伟力，在新的赶考之路上续写新篇章、创造新奇迹。

原则二：坚持中国特色社会主义道路

2023年6月2日，总书记来到中国国家版本馆和历史研究院，带着对中华文明传承赓续的深邃思考，深刻指出："我们的社会主义为什么不一样？为什么能够生机勃勃充满活力？关键就在于中国特色，中国特色的关键就在于'两个结合'。"

把马克思主义基本原理同中国具体实际相结合，同中华优秀传统文化相结合。党带领人民开创和发展了中国特色社会主义，走出了中国式现代化道路，仅用几十年时间，就走完了发达国家几百年走过的工业化历程，创造了经济快速发展和社会长期稳定两大奇迹。

迈入第二个百年新征程，我们必须高举中国特色社会主义伟大旗帜，既不走封闭僵化的老路，也不走改旗易帜的邪路，我们要把中华民族的命运牢牢掌握在自己手中，在新时代新征程上赢得更加伟大的胜利与荣光。

原则三：坚持以人民为中心的发展思想

2023年4月11日，总书记广东之行来到柏桥村荔枝种植园。从产业兴旺到乡村振兴，总书记展望中国式现代化美好图景，娓娓道来："中国共产党没有自己的私利，执政就是为人民服务，就是让人民群众幸福起来。"

江山就是人民，人民就是江山。为人民而生，因人民而兴，始终是我们党立党兴党强党的根本出发点和落脚点。源自"人民至上"的崇高信念，从"生命至上、逆行出征"到"举国同心、共度时艰"，我们创造了人类文明史上人口大国成功走出疫情大流行的奇迹。

迈入第二个百年新征程，我们必须坚持以人民为中心的发展思想，一切为了人民、一切依靠人民，才能顺利实现中华民族伟大复兴。

原则四：坚持深化改革开放

2023年5月11日-12日，总书记河北之行实地考察沧州、石家庄等地，展望中国式现代化建设先行区、示范区宏伟蓝图，他坚定指出："要进一步推进体制机制改革和扩大对外开放，下大气力优化营商环境，积极同国内外其他地区沟通对接，打造全国对外开放高地。"

改革开放是党和人民大踏步赶上时代的重要法宝，是决定当代中国命运的关键一招。回首"一带一路"倡议10年历程，我国已成为140多个国家和地区的主要贸易伙伴，货物贸易总额居世界第一，形成了更大范围、更宽领域、更深层次对外开放格局。

迈入第二个百年新征程，我们必须坚定不移深化改革开放，以扩大高水平对外开放为着力点，拓展中国式现代化发展空间，书写社会主义现代化建设的崭新篇章。

原则五：坚持发扬斗争精神

2022年10月27日，总书记来到陕西参观延安革命纪念馆，重温革命战争时期党中央的峥嵘岁月，语重心长地说道："全党同志要发扬斗争精神、提高斗争本领，坚决战胜前进道路上的各种困难和挑战，依靠顽强斗争打开事业发展新天地。"

总书记站在党和国家发展的战略高度，清醒认识到，世界百年未有之大变局加速演进，需要应对的风险和挑战、需要解决的矛盾和问题更加错综复杂。面对大国博弈白热化，奋力突破西方国家技术封锁，载人航天、大飞机制造等关键核心技术取得重大突破；加强党的自我革命，反腐败斗争取得压倒性胜利……正是依靠顽强斗争，我们打开了党和国家事业发展的新天地。

迈入第二个百年新征程，我们必须时刻保持斗争精神，拿出勇毅前行的志气、骨气和底气，攻克新征程上一个个"娄山关""腊子口"，以更加昂扬的姿态屹立于世界民族之林。

五项重大原则是成功经验的总结，也是夺取新的更大胜利的有力保障。前进道路上，我们必须牢牢把握这些重大原则，坚定信心、奋勇前进，以中国式现代化全面推进中华民族伟大复兴！

弘扬伟大斗争精神

山东省鲁信投资控股集团有限公司
党委宣传部副经理 王国鹏

斗争精神是我们党攻坚克难、克敌制胜、取得伟大成就的重要法宝，更是我们建设社会主义现代化国家、推进中华民族伟大复兴、创造新的伟业的重要保障。实践证明，新时代十年的伟大变革和伟大成就，是党和人民拼出来、干出来、奋斗出来的。前进路上，仍然要发扬斗争精神。当前，我省正处于推进社会主义现代化强省建设的关键时期，要战胜前进道路上的困难和挑战，就必须弘扬伟大斗争精神，必须把"无功就是过、平庸就是错、占位必司职、无为就让座"的理念融入工作实践中，敢于斗争、善于斗争，奋力开创中国式现代化强省建设新局面。

无功就是过

发扬斗争精神，首先要志存高远、建功立业。读清代纪晓岚的《阅微草堂笔记》，有一篇故事印象深刻。说的是有一官员声称自己一生为官清廉，无论到哪，都只喝一杯水，从不吃拿卡要。大家说这样的官员能称得上好官吗？恐怕不一定。朝廷设立官职是为了治国理政、为民办事、有所作为的，倘若仅仅认为不要钱就是好官，那么把一个木偶放在大堂上，它连一杯水也不喝，岂不更胜于此人吗？如今现实生活中有一些人，在岗不在状态，在位不谋其政，"当一天和尚撞一天钟""一杯茶、一支烟、一张报纸看半天",整天满足于混日子、守摊子、保帽子,总是以"没有功劳也有苦劳"来逃避责任。这种慵懒散漫的习气,必然会导致精神懈怠,影响党的事业发展。因此,我们必须克服"无过便是功"的思想,树立"无功就是过"的观念。否则,工作不在状态、无所作为,机遇就会变成危机,导致错失良机,这难道不就是过吗。当年,鲁信集团乘着改革发展引进外资的东风,聚资兴鲁,开启了公司创业发展的黄金期;后来,我们顶住了行业清理整顿、规范金融行为的压力,涅槃重生,在全国树立了良好的品牌形象;再后来,我们又抓住了整合金融资源的机遇,实现重组,绘就了集团化发展的蓝图。今天,打造金融控股集团的重任落在了新一代鲁信人的肩上,我们将涵养"功成不必在我"的精神境界、秉持"功成必定有我"的使命担当,承压奋进、勇毅前行,做出无愧于历代鲁信人期许、无愧于省委省政府重托的功绩。

平庸就是错

发扬斗争精神,还要敢试敢闯、求新求变。邓小平同志说过:"没有一点闯的精神,没有一点'冒'的精神,没有一股气呀、劲呀,就走不出一条好路,走不出一条新路,就干不出新的事业。"如今,我们上下同欲、勠力同心、铆足干劲、干事创业,要敢于突破旧思维,敢为天下先,不可"避嫌疑而不言""畏繁重而不举"。工作中,我们不需要"过于爱惜羽毛、洁身自好"的平庸,更不需要"平平安安占位子,忙忙碌碌装样子,疲疲沓沓混日子,年年如此老样子"的平庸。这些平庸的行为,与我们所要求的"严真细实快"的工作作风相去甚远,与我们所倡导的"事争一流、唯旗是夺"的精神状态更是格格不入。拒绝平庸,才能走向成功。

占位必司职

发扬斗争精神，要履职尽责、担当作为。"当官不为民做主，不如回家卖红薯"。中国传统政治文化中，生动具体地阐述了"当官"与"担当"的关系。1919年，在那个山河破碎、积贫积弱的时代，毛泽东在《湘江评论》中写道："天下者，我们的天下；国家者，我们的国家；社会者，我们的社会。我们不说，谁说？我们不干，谁干？"中国共产党从诞生之日起，"担当作为"就融入了这个马克思主义政党的基因。敢于担当作为，更是新时代党员干部的基本要求。回首中国共产党走过的百年光辉历程，每逢大事难事，飘扬在最前线的永远是鲜红的党旗。正是共产党员的担当，凝聚了党带领人民克服艰难险阻、从胜利走向胜利的精神力量。当前，鲁信集团抓改革、促管理、防风险、强党建，各项任务纷繁复杂，我们唯有加强担当意识、努力担当作为，才能不断提高应对风险挑战的能力水平。尤其对广大青年来说，我们必须珍惜光阴、不负韶华，踔厉奋发、笃行不怠，用实际行动践行誓言"请党放心、强国有我"。

无为就让座

发扬斗争精神，还要以奋斗者为本，让有为者有位。这是用人原则，更是考核导向。我们要以实绩论英雄，坚持优胜劣汰。要改变"干不干一个样、干多干少一个样、干好干坏一个样"的状况，让想干事、能干事、会干事、干成事、不出事的干部得到褒奖和提拔重用；要对照既定任务目标和"军令状"严格兑现考核，让"能者上、平者让、庸者下、劣者汰"成为常态。这既是对无为者的警示，更是对有为者的撑腰。只有奖优罚劣、赏罚分明，才能让无为者变得有为、让有为者更有作为。

百舸争流，奋楫者先；中流击水，勇进者胜。唯有伟大斗争，方能赢得伟大胜利。当前，全省上下风清气正、群情激昂，让我们以开展学习贯彻习近平新时代中国特色社会主义思想主题教育为契机，顺势而为、乘势而上，在敢于斗争、善于斗争中，奋力谱写中国式现代化强省建设新篇章，不断朝着实现第二个百年奋斗目标、实现中华民族伟大复兴的中国梦奋勇前进！

用好调查研究这个传家宝

诸城市委党校教务科副科长、讲师 陈丽丽

"不吃梨子,怎么知道梨子的滋味呢?"习近平总书记在下基层时常谈到的这句话,与毛泽东同志的"没有调查,就没有发言权"一样,道出了中国共产党人一贯的工作作风和优良传统——重视调查研究。

我们党的百年奋斗史就是一部不断调查研究并解决问题的历史。从遍地烽烟的战争岁月到激情澎湃的建设时期,从如火如荼的改革开放到强国复兴的新征程,正是靠着"调查研究"这个法宝,我们党的几代领导人,带领我们克服一个个困难,解决一个个问题,成功探索出一条全新的中国特色社会主义道路!

党的十八大以来,习近平总书记更是多次强调,调查研究是谋事之基、成事之道;是我们党的传家宝,是做好各项工作的基本功。那么我们该如何用好这个传家宝呢?

一、调查研究必须坚持人民至上

人民至上是调查研究的出发点和落脚点。调查研究的目的是为了了解人民需求,从而为政策决策和社会发展提供依据和建议。

什么时候全党坚持人民至上,重视调查研究,党和人民事业就会顺利发展。

为打赢脱贫攻坚战,习近平总书记先后50多次调研扶贫工作,走遍

14个集中连片特困地区。在湖南十八洞村调研，他创造性提出精准扶贫理念，在这一理念的指引下，9899万农村贫困人口全部脱贫，832个贫困县全部摘帽，12.8万个贫困村全部出列，我们完成了消除绝对贫困的艰巨任务，创造了减贫治理的中国样本！人民群众的获得感、幸福感更加充实。

站在新的历史起点上，我们要以习近平总书记"我将无我，不负人民"的深厚情怀和使命担当，传承好调查研究这个传家宝，在调查研究中自觉增进同人民群众的情感，把党的正确主张变为群众的自觉行动，为中国式现代化建设注入生机和力量。

二、调查研究必须坚持实事求是

实事求是是调查研究的基本原则。所有正确的决策，都是根据对实际情况的科学分析而来的。

有人重温二十世纪二三十年代那段革命岁月时，曾发出这样的疑问：南昌起义、秋收起义……一次次抗争，一次次失败，只剩下几百杆枪的中国共产党，被笼罩在"红旗到底能打多久"的质疑声中，毛泽东哪儿来的定力，一头扎进江西寻乌、兴国等地，做了十几个系统的调查？

因为，毛泽东有着自己的信条："凡是没有办法的时候，就去调查研究。"

通过调查研究，毛泽东不仅在至暗岁月里为我们党撕开一道绝处逢生的光隙，更让全党坚定了"星星之火可以燎原"的如磐信念！

新中国成立后，他又提出，我们的干部要"注意研究情况""懂得新的工作方法"。

有人不理解：革命都胜利了，为什么还要强调调查研究？

因为毛泽东清醒地意识到：中国共产党从局部执政走向全国执政，面对的是一个全新的局面和更为复杂的世界。如何向世界证明"我们不但善于破坏一个旧世界，我们还将善于建设一个新世界"？唯有调查研究！

过去如此，现在亦如是。新时代新征程，只有继续坚持实事求是思想路线，大兴调查研究之风，才能助推"强国复兴"之舟行稳致远。

三、调查研究必须坚持问题导向

问题导向是调查研究的关键所在。以"问题导向"引领"调研方向"，是我们党一以贯之的优良传统。

2002年，习近平同志刚到任浙江，就深入基层，察民情、听民意、访民忧。调研中，农村环境问题逐渐"浮出水面"，成为习近平同志关注的重点。

之后，在余村，习近平又了解到二十世纪七十年代，余村靠开山采石、办水泥厂，成为当地远近闻名的富裕村。但同时，环境污染越来越严重。青山被毁，河流污染，烟尘漫天，村民们甚至不敢开窗。

伴随现代化建设取得巨大成就而出现的环境污染问题，成为中国的发展之痛。一个14亿多人口的发展中大国，如何破解经济发展与生态保护之间的矛盾，从而实现更高质量发展？这个时代之问摆在了总书记面前。

就在余村的会议室，习近平发出"绿水青山就是金山银山"的号召，"两山论"历史性登场，成为我们党的执政理念之一。现在，这块石碑就立在村头，无声地向游客"讲述"着这个小山村的发展变迁。从"卖石头"转为"卖风景"，余村集体经济转型的"小切口"投射出了时代发展的"大问题"。

从浙江调研到习近平生态文明思想的提出，实践证明，调查研究这项基本功，不仅是推动改革发展稳定各项事业的"先手棋"，更是攻坚克难、防范化解各种风险的"金钥匙"。

正确的决策离不开调查研究，正确的贯彻落实同样也离不开调查研究。当前，扎实推进学习贯彻习近平新时代中国特色社会主义思想主题教育不断走深走实，我们要真正用好调查研究这个传家宝，通过调查研究找准"切入点"，紧紧围绕中心、服务大局，凝心聚力促发展，驰而不息抓落实，奋力谱写中国式现代化新篇章！

强国建设民族复兴的答案

胜利油田党校党群工作部副主任 董 涛

我们可以看到，目前的中国正在进入飞速发展的快车道，那么是什么在引领我们的强国建设日新月异呢？

2023年2月，习近平总书记在党的二十大精神研讨班开班式上的讲话中曾指出"中国式现代化，是我们为如何唤醒'睡狮'、实现民族复兴这个重大历史课题所给出的答案。"

那么，我们为什么要唤醒这头东方睡狮，建设中国式现代化呢？

我们都知道，从鸦片战争到新中国建立的百余年间，中国人民在水深火热中煎熬，中国也接近了亡国灭种的边缘。1840年英国的坚船利炮轰开了中国的大门，丧权辱国的条约、割地、赔款让中国人幡然醒悟，不独立富强不行了，不搞现代化不行了。从洋务运动的"师夷长技以制夷"，到戊戌变法的"改良图强"，再到辛亥革命的"资产阶级共和国"等等，中国各阶层几乎都曾提出救亡图存的方案，并为此而不懈奋斗，然而这些方案都以失败而告终。直到1921年，历史选择了中国共产党。

中国共产党没有让历史和人民失望，带领中华民族为了实现中国梦，经过28年的浴血奋战，取得了抗日战争、解放战争的胜利，推倒了三座大山，建立了新中国；经过29年的发愤图强，我们打赢了抗美援朝战争，建立了独立的工业体系和国民经济体系，取得了社会主义革命和建设的伟大成就；又经过30多年的锐意进取，中华民族从站起来到富起来再到强起来，创造了改革开放的辉煌成果；而如今，中国的GDP总量排名世界第二。走在新时代的大路上，我们自信自强，我们真正开启了强国建设、民族复兴的密码。

那么，问题来了，中国式现代化具有哪些特征呢？

中国式现代化，是中国共产党领导的社会主义现代化，既有各国现代化的共同特征，更有基于自己国情的中国特色。主要表现在五个方面：

一是人口规模巨大的现代化。人多力量大，西方发达国家用了二百多年，也仅实现了不到十亿人口的现代化。如果中国实现现代化，14亿多人口啊！那将是何等磅礴，何等伟大的力量，人民群众有着无尽的智慧和力量，一旦被激发出来，就能"敢教日月换新天"。

二是中国式现代化也是共同富裕的现代化。想想我们以前，交通基本靠走，通信基本靠吼，取暖基本靠抖。甭说别人，我小时候，村里要是出个万元户，自己都觉得光荣，晚上拿个马扎子到别人家去看《射雕英雄传》，还得挑挑拣拣的，看谁家有彩色电视机。而现在呢？村村通、路路通、户户通，楼上楼下，电灯电话，出门有车，回家有房，这日子过得心里美滋滋的。更重要的是，我们实现了中国梦，在960多万平方公里的中华大地上，全面建成了小康社会。就像习近平总书记说的，共同富裕路上，一个也不能掉队。

三是中国式现代化是物质文明与精神文明相协调的现代化。某些国家毒品合法化、枪支合法化，仅美国2022年就有4.3万人死于枪击。我们与这些国家的毒品、枪支、暴力泛滥不同，物质富足、精神富有才是中国式现代化的根本要求。

四是中国式现代化是人与自然和谐共生的现代化。大家应该对前些年的雾霾印象深刻吧！最严重的时候，遮天蔽日昏天黑地，有人戏称"世界上最远的距离莫过于我在大明湖牵着你的手，却没看清你是夏雨荷啊！"然而，我们仅仅用了五年时间就解决了华北地区大面积雾霾，这就是金山银山不如绿水青山，不如碧空蓝天啊！

五是走和平发展道路的现代化。二战后美国在中东地区频繁发动战争、掠夺财富。而我们呢，用和平方式化解了沙特、伊朗两国多年的隔阂，得到了全世界广泛认可。

看到这些我们不禁要问，新征程上，我们该如何走好中国式现代化道路呢？

面对国际大形势，我们只有牢牢坚持党的全面领导，走中国特色社会主义道路，以人民为中心，深化改革开放，发扬斗争精神，才能做到"任凭风浪起，稳坐钓鱼台"。

长风破浪会有时，直挂云帆济沧海。实践已经充分证明，中国式现代化是强国建设、民族复兴的唯一正确答案，我们也必将为人类和平与发展的崇高事业，做出新的更大的贡献！

建设人与自然和谐共生的现代化

齐鲁石化党委党校（培训中心）教师　王　瑾

入夏以来，我国北方多地气温突破40℃，让人真正感受到了热浪滚滚。事实上，被"炙烤"的不只是我国，而是全球。研究人员表示，随着全球海洋温度上升和太平洋厄尔尼诺的再次光临，2023年可能成为有历史记录以来最热的一年，地球正在进入"未知领域"。习近平总书记在党的二十大报告中阐明了中国式现代化的丰富内涵，强调了中国式现代化的本质要求、重要特征，其中之一就是我国的现代化是人与自然和谐共生的现代化，注重同步推进物质文明建设和生态文明建设。这一重大论述从理论层面和实践层面阐明了人与自然和谐共生的关系，"万物各得其和以生，各得其养以成"，准确把握这一精辟论断的科学内涵，学会尊重自然、顺应自然、保护自然，对全面建设社会主义现代化国家至关重要。

党的十八大以来，中国特色社会主义建设进入新时代，中国式现代化跨入高质量发展阶段。我们坚持绿水青山就是金山银山的理念，坚持山水林田湖草沙一体化保护和系统治理，全方位、全地域、全过程地加强生态环境保护。在全球发展面临压力的时刻，中国展现出勇气和定力，为亚洲及全球发展带来信心。

中国石化以党的二十大精神为指引，自2012年首次发布《环境保护白皮书》之后，于2022年再次发布《绿色低碳发展白皮书》。从战略理念、体制机制、大力发展清洁能源、资源节约利用等8个方面向社会各界集中展示了中国石化的绿色低碳理念和实践。以强烈的使命担当，努力成为我国乃至世界"双碳"行动的重要参与者、贡献者、引领者。

齐鲁石化也开启绿色低碳转型新航程。2021年7月5日，中国石化宣布正式启动我国首个百万吨级CCUS示范项目，这项技术能够将工业生产过程中产生的二氧化碳进行捕集、利用、封存。为早日建成这一项目，中国石化从设备采购、工程设计、施工建设、联运试车，一直到装置开工各项环节"总动员"。在那段日子里，参与建设的我们坚持"5+2""白+黑"24小时施工模式，仅用96天就建成，创造了工程建设上的奇迹。开车准备的关键时刻，项目组成员连续十余天驻厂、召开协调会46次，解决问题300余项，生产开车一次成功。看这个大型的球罐体，里面封存了4000立方米经过液化提纯后的二氧化碳，每年将会减排二氧化碳100万吨，相当于植树900万棵，近60万辆经济型轿车停开一年，它被誉为"工业森林"。

2021年10月21日，习近平总书记视察胜利油田，当总书记听到CCUS技术已经实现规模化应用时，非常高兴，对齐鲁石化-胜利油田为减排降碳做出的努力给予了充分肯定。

CCUS项目"吞"碳"吐"油的成功实践，标志着齐鲁石化与胜利油田两地之间架起了一座"人工碳循环桥"，"双碳"目标在齐鲁大地上取得双赢！

2023年山东省"两会"提出要加快建设绿色低碳高质量发展先行区，我们作为国有企业，必然扛起责任担当。齐鲁石化有这样一支潜心钻研团队，历时27年研发出了世界顶尖级降低硫回收排放技术。大家都应该知道，硫的超标排放让"酸雨"进入了我们的视野，它的威力更是让人惊恐。近年来国家的硫排放标准浓度逐年降低，从300mg/m^{3}到100mg/m^3，而齐鲁石化的硫回收排放技术达到25mg/m^3，该项目2020年荣获国家科技进步二等奖，自主创新研发项目在十几个发达国家和地区取得专利，在全球工业烟气控硫领域独占鳌头，科技力量成为齐鲁石化迈向绿色发展道路上的加速"燃料"。

长期以来，我们一直在保护生态环境这场持久战中保持着绝对的战斗力，围绕绿色低碳高质量发展目标，加速推进转型升级发展，打造"鲁油鲁炼、高端材料、绿色产业"三大基地，积极将习近平生态文明思想融入企业发展，燃料电池用氢项目、光伏发电项目不断在齐鲁大地上建成投用，实现节能、减排、降碳"三丰收"让"绿色发展 和谐共生"的习近平生态文明思想在齐鲁大地上蔚然成风。

保护生态环境就是保护生产力，改善生态环境就是发展生产力，这是朴素的真理。人与自然是一种紧密相连的关系，互相依存、互为因果，共同构成了生态系统的复杂网络。齐鲁石化作为大型国有企业积极践行使命担当，做绿色发展的践行者。绿色低碳可持续发展蓝图不断绘制迭新，高质量发展成为鲜明底色和主基调，逐步实现企业发展与生态文明建设和谐共融，努力建设人与自然和谐共生的美丽中国。

传扬中华文明　绘就中国名片

国铁济南局聊城工务段
融媒体编辑员　冯　晨

"在新的起点上继续推动文化繁荣、建设文化强国、建设中华民族现代文明，是我们在新时代新的文化使命。"2023年6月2日，习近平总书记在北京出席文化传承发展座谈会并发表重要讲话，从党和国家事业发展全局战略高度，对中华文化传承发展的一系列重大理论和现实问题作了全面系统深入阐述。习近平总书记的重要讲话，为我们坚定文化自信自强，更好担负起新时代新的文化使命，扎实推进中华民族现代文明和社会主义文化强国建设，指明了前进方向、提供了根本遵循。

文化兴则国家兴，文化强则民族强。文化自信是一个国家、一个民族发展中更基本、更深沉、更持久的力量，一个国家如此，一个行业也是如此。坚定"文化自信"，铁路企业要对铁路文化充满自信，大力弘扬和传承铁路优秀传统文化。中国铁路自诞生以来，始终彰显着先进生产力，铁路文化始终站在先进文化的行列。20世纪初叶，在丧权辱国的晚清时期，爱国工程师詹天佑带领建设者艰苦奋斗，自强不息，铺就了第一条完全由中国人出资、设计、施工建造、管理运营的京张铁路。解放战争时期，"毛泽东号"机车组提出的"解放军打到哪里，铁路修到哪里，'毛泽东号'就开到哪里"的响亮口号，是铁路人"报效祖国、忠于职守、艰苦奋斗、永当先锋"这一崇高信念的朴实表达。改革开放时期，青藏铁路建设者发扬"挑战极限,勇创一流"的青藏铁路精神,以不畏艰险的英雄气概和求真务实的科学态度,挑战生理和心理极限,攻克"多年冻土、高寒缺氧、生态脆弱"三大世界性工程难题。各个时期的铁路文化建设,始终沿着先进文化的方向前行、与时俱进,成为传播社会文明的主要阵地。特别是进入高铁时代,铁路行业更是以崭新的面貌站在时代前沿,引领文化潮流之先。

中国铁路从0.5公里的"展示铁路"到"八纵八横"的高速铁路主通道构建完毕,走过了一个半世纪的历史。一百多年的历史沧桑,从蒸汽机车到高铁时代,铁路发展与进步带来的不仅仅是运行速度的飞跃,还有铁路文化的深厚积淀。在长期的发展实践中,铁路人不仅建设了四通八达的铁路网,还创造了宝贵的文化财富。百年风雨路,如今再出发。乘坐高铁行走百年胶济,望泰山巍峨耸立,看黄河奔腾入海,领略沂蒙老区红色圣地,品味孔孟之乡人文风情,听千年古迹诉说新的故事。"行走百年胶济、高铁环游齐鲁"冠名列车承载着沿途百姓的幸福感和获得感,也带领着人们邂逅祖国大好山河感受文明碰撞出的火花,同时也助推了中华优秀传统文化"出圈"。日兰高铁菏泽至庄寨站开通运营,创造高铁线路平顺性全国之最,高铁高平稳、高舒适的背后是铁路人责任担当的具体体现。

物有甘苦,尝之者识;道有夷险,履之者知。中国高铁从无到有、从小到大、由弱到强、从"跟跑"到"领跑"的历程,有力诠释了中华民族之所以伟大,根本就在于面对任何困难和风险,从来不放弃、不退缩、不止步,百折不挠为自己的前途命运而奋斗的真理,孕育形成独具特色的"高铁文化",成为靓丽的国际"名片"。

我国铁路发展史,就是一部承载着铁路人光荣传统和深厚文化底蕴的历史，是自立自强的历史、爱国进步的历史、艰苦创业的历史、敬业奉献的历史。铁路优秀传统文化基因在一代代铁路人的传递中既一脉相承，又彰显了时代特征，其中所蕴含的国家利益为先的责任担当，"人民铁路为人民"的宗旨意识，兢兢业业的工作作风，自强不息、勇于创新的拼搏精神，无私奉献的优秀品质等等，时至今日依旧影响着铁路干部职工，成为维护铁路文化传统的精神纽带。随着铁路现代化事业的推进和高铁时代的到来，铁路文化越来越成为增强铁路行业凝聚力、激发职工队伍创造力、增强文化自觉和文化自信的内在驱动力量。

中国特色社会主义进入了新时代，中国铁路发展进入了新时代，这是实现铁路传统文化创新性发展的最大之源。我们必须深入思考和实践，把当代中国精神、中国价值、中国力量融入铁路传统文化之中，构建完善以社会主义核心价值观为内核的铁路文化体系。要着眼铁路加快构建现代国铁企业运行机制，借鉴吸收国内外一切先进企业的有益文化成果，在铁路现代化进程中创新发展铁路传统文化，优化升级发展理念、管理理念、安全理念、服务理念、经营理念、质量理念，打造彰显铁路特色、具有先进属性、适应市场竞争的现代铁路文化，引领和推动铁路实现企业治理体系和治理能力现代化。

百年奋斗，书写华章。新征程上，中国铁路勇当中国式现代化建设的火车头，凝聚中国智慧，彰显文化自信，让世界更深入地了解、理解并共享中国文化、中国精神，为人类文明进步做出新的更大贡献。

故事类

划着轮椅上讲台

枣庄市市中区永安镇遗棠小学教师 杨季刚

　　从前的我，是一个热爱运动的小学教师，每天迈着轻快的步伐走进教室，与可爱的孩子们一起快乐地学习、生活。而现在的我，只能划着轮椅上讲台。从轻快的步伐到慢慢滚动的轮椅，变化的是行走的方式，不变的是我对教育事业的热爱。虽有万般磨难和痛苦，但为了再上讲台，我愿意付出所有的努力，承担比常人更加艰难的一切！

　　2017年1月28日，大年初一，我意外从高处坠落，四十多天后，才渐渐恢复意识。家人告诉我，这是做了三次大型手术，在头部和后背植入两大块钛合金钢板后，才把我从死亡的边缘拉了回来。刚醒来时，我还侥幸认为，也就是骨折，养好后，还能站上讲台看着孩子们清澈纯洁的眼睛，很快，这一丝丝的幻想，就被医生的诊断结果彻底击碎——脊髓永久性损伤，胸部以下丧失知觉，终生将与轮椅为伴。一向要强和倔强的我瞬间崩溃："完了，一切都完了，我后半辈子算是彻底毁了。"我曾想一了百了，但当看到亲人朋友们流着泪露出来的微笑，看到一批批赶来的学生，听着他们笑着对我说："老师，你会好起来的！""老师，我们还想听你讲课！"重返讲台的希望，再次点燃了我的生命之火。

　　为了重返讲台，像新生婴儿一样软瘫的我，走上了艰难的康复之路。仅是恢复双手和上肢的知觉就几乎耗尽了我所有的努力和信心。从慢慢练习翻身，到再次学会自己吃饭和穿衣，经历9个月时间和无数次挫折，我终于拼尽所有力气爬动了一下。又经过一年半的康复训练，终于可以划着轮椅自由活动了。那一刻，我笑了，距离重返讲台的日子越来越近了。

由于脑部手术影响到了右手功能，手不停抖动，导致书写困难，我就拼命练习，右手不稳，就练左手。慢慢地我练就了双手都能书写的本领。终于，所有的困难都被一一克服，朝思暮想的教室、可爱的孩子们，我回来了！

2018年秋季开学，我终于回到了魂牵梦系的校园，一声声亲切的问候、一句句纯真的童声让我激动不已。为了上好每一堂课，为了高质量完成教学工作，我付出了比常人更多的努力。一辆轮椅，成为我的双腿；一米高的小黑板，是我写板书的大舞台；一个斜挎的黄书包，是我课堂上的小书桌，它们就是我的"三尺讲台"，轮椅上的我又成了学生的良师益友。为了提高乡村孩子们的英语水平，我鼓起勇气承接了全区英语公开课；为了全面贯彻素质教育的要求，我主动策划遗棠小学国庆文艺汇演……看到孩子们的素质得到全面提升，尤其是他们获得国家和省级大奖时，我激动得流下了眼泪！

寒来暑往，每天与可爱的孩子们在一起，与和谐融洽的老师们在一起，我特别有劲头、特别幸福！所以，划着轮椅上讲台的这几年，也是我教学能力提升最快的几年。

本以为教学和生活就可以这样快乐地度过，可是，2020年5月的一天，臀部因久坐开始溃烂，为了不耽误教学，我坚持到了暑假才去就医。医生诊断后，发现伤口外小内大，已经溃烂到了骨头。1个月内做了3次手术，前后缝合了100多针。趴在手术台上，听着手术刀在骨头上剔除腐肉的声音，下肢丧失知觉的我没有落泪。"你不要命了！引起败血症，你就彻底告别讲台了！"医生说话的声音却颤抖了。被抬出手术室，趴在床上难以动弹的我还想伸手把放在桌上的课本拿过来看看，试了好几次，都够不着……那一刻，所有的无助、辛酸和苦楚都伴着泪水涌了上来。平静下来，擦干眼泪，好好静养，秋季开学我就又回到了热爱的学校，回到了孩子们身边。

我只是一名普通的乡村教师，只是做了应该做的工作。但是，党和政府却给了我许多关爱和荣誉，我把用慰问奖励金购买的孩子们喜爱的读物和爱心人士捐赠的书籍集中起来，建立了杨老师流动图书馆，设立了读书奖励基金，激励和培养孩子们养成爱读书、读好书的习惯。

天气稍有变化，身体内的两大块钢板就会带给我难以忍受的痛苦。面对每天两个多小时的器械训练，一日三餐的严格要求，多次插管导尿的痛苦烦琐，很多时候我也很累也很难。日渐虚弱的我也不知道还能坚持多久，但是，只要我还在讲台上，就会做一名人民的好教师，与孩子们共同成长、共同进步，为建设教育强国的新时代新使命再发一丝光，再出一份力！

我和我爷爷的故事

滕州市文化路实验小学教师　孟德茹

记得在我8岁那年的冬天，北风呼啸、大雪纷飞，孩子们都躲在父母的怀抱里取暖，爷爷却把一张破旧的被单裹在我身上，背着我去上学。雨雪拼命地往他脸上扑，泥水一个劲儿地往他鞋里灌。我缩在爷爷背上冻得直打哆嗦、眼泪直流。爷爷的后脚跟裂开了几道血口子，红血丝从军绿色的解放鞋里渗出来。村里的人看到了，议论着："小女孩拉扯大就打发出嫁了，让她上学有啥用？"爷爷只是笑了笑，他自言自语着说：越是女孩，才越要上学！然后继续深一脚浅一脚地往前走，我对爷爷说："爷爷，把我放下吧！我自己走！"

后来，我背着爷爷烙的煎饼、奶奶炒的咸菜，去读高中。为了省下车票钱，每周五放学我都要骑四个多小时的自行车回家。雨后的一天傍晚，我穿过寂静的玉米地来到了村口，爷爷就像一尊雕像蹲在路边。我老远就大喊起来"爷爷、爷爷！"爷爷双手撑着膝盖慢慢地直起身子，捋了捋我额头上散乱的头发，颤巍巍地从怀里掏出一块小蛋糕，心疼地说："累坏了吧，今天刚领了小麦补贴，专门给你留的，快吃吧！"我咬了一口，酸酸的、咸咸的，是幸福的味道。回家的路上，爷爷一边问我在学校的情况，一边絮絮叨叨着：村东头老李的儿子考上大学了，老王家的二奶奶添了个小孙子……爷孙俩把一串串的欢乐留在了田埂上，留在了晚风中。

这就是我的爷爷，一个失去了自己最爱的、最懂事的小女儿后，重新燃起希望供自己三个孙女读大学的爷爷。这就是我的爷爷，却不是我的亲爷爷。直到现在我都不知道自己的亲生父母是谁，他们在什么地方。只记得小时候，总有一群孩子跟在我后面，嘲笑我、向我扔石头。每当这个时候，爷爷总能出现，他牵着我的手，领我回家。我和爷爷另外两个亲孙女是一样的，有些时候，我还觉得他特别地偏爱我，每每想到这些，我心里便生出一份幸福的酸楚。

2017年大学毕业回到家的那天，爷爷蹲在家门口的石凳旁，用布满老茧的双手抚摸着奖学金和助学金证书，对我说："从小到大，共产党救济你十几年了，你可得知恩图报，要跟党走，跟党走哇！"这句话像一颗钉子钉在了我的心尖上，作为"两免一补"教育扶贫的真实受益者，我在党的精神感召下回到了家乡，成为一名光荣的人民教师。也许是我特殊的成长经历吧，我对特殊家庭的孩子也多了一份特别的关注。有一个孩子名叫乐乐，他看起来腼腆又木讷，有时还会躲在角落里偷偷地哭。最好的成绩也只有18分。乐乐的父亲很早就去世了，母亲也改嫁他人，第一次见到他的时候，我就仿佛看到了小时候的自己。我慢慢地走到他身边："别怕乐乐，有什么委屈跟老师说。"那一天我们聊了很久很久。最后，在乐乐欢快的告别声中，我和他就结下了一份特殊的姐弟情，我把乐乐领回家，给他买了一身新衣服，买了一套崭新的文具，每天放学后我都辅导他写作业，聊聊天儿。慢慢地，乐乐就变得开朗了，活泼了。更让我高兴的是，他的学习成绩也一点点地好了起来，期末考试后他拿着60分的成绩单，一路跑到我面前"姐姐，我终于考及格了！"我一把将乐乐抱在怀里，刚开始的时候，我们俩还是笑着的，后来我和乐乐都哭了。乡村支教时，我为班里双亲残疾、黝黑瘦小的张子涵悄悄支付生活费，从此我又多了一个"好妹妹"……入职6年来，我把爷爷对我的爱毫无保留地投射到这些特殊的孩子身上，同时我也没有忘记爷爷的反复叮嘱，坚定地跟党走，向党组织靠拢，坚守本心、努力工作，我多次获得"先进教育工作者""十佳师德标兵"等荣誉称号。

党的二十大召开的那一天，爷爷守在电视机前，静静地观看着。吃过午饭后，爷爷便打来电话对我说："我也给你提一个新要求，早日成为党的人，担负起新的使命！"我说："爷爷，我早就递交入党申请书啦！"昨天，回到老家，我趴在爷爷耳边悄悄告诉他，"爷爷，从今年6月13日起，我也是一名光荣的共产党员啦！"

老人家顿时红了眼眶，笑了。

"立春"背后的故事

莱州中华武校副校长 臧 华

大家知道，北京冬奥会开幕式，现场只表演了一个节目《立春》，表演者主要是我们武校的364名学生，我就是这个节目的总领队。

当时许多单位想参与表演，但最后任务还是给了我们。接到邀请，心情很激动，也很有信心。我们武校，经过风雨，见过世面，参加过2008年奥运会的开幕式、新中国成立70周年、建党100周年等许多大型演出。光中央台的春晚，我们就上过6届，最多的一次，有1800多名学生同台演出。

但是，真正了解了任务，才发现这次表演比以前所有项目都难。大家知道，张艺谋作品的特点是"气势宏大、画面唯美"，这次《立春》"舞动的小草"在电脑上确实好看，但要由几百个孩子舞动杆子来呈现，难度就大了。

大家看，这就是我们最开始训练用的长杆，10米长、10斤重，举起来有三层楼高，我们要把小草的舞动分解成每个具体的动作后再连贯起来，这些动作加起来是200800个，而每个孩子、每个动作的速度、角度都不同，速度最快时要求0.125秒就换一个角度，这么短的时间完成这样一套动作，需要极强的腰腹力量，这也是这个节目要武校学生来表演的原因。

9月份，我们集结起队伍，开始了艰苦的训练。300多个孩子在莱州苦练了2个多月，感觉差不多了。12月4号，我们满怀信心，向北京出发。在誓师会上，同学们慷慨激昂：我们代表的不只是中华武校，也不只是山东，而是中国的形象！

到了北京，拿到正式表演杆，所有人都蒙了：跟前边训练用的硬杆完全不一样！大家看，这是一种高科技的软杆，这种杆能表现出小草摇摆的柔软和舒展，表现力是好了，但角度、动作、发力点，全变了，杆子互相打架，现场噼里啪啦响声一片，这哪是灵动的小草？这完全是一片杂草!导演组急了，我更着急。这时候，距离开幕式只有不到一个月的时间，离节目审查也不到一周，如果审查通不过，这个节目就得换掉！怎么办？我们紧急讨论，最后向导演组表态：3天，最多5天，我们一定把软杆攻下来，做到人杆合一。

这几天，整个团队可以说是背水一战、超常训练。鸟巢里有好多团队、各个环节都在排练，我们利用有限的时间和场地，争分夺秒、加大力度。由于安全和保密要求，杆子不允许带出鸟巢，回到宿舍营地，同学们就徒手训练，互相纠正，强化肌肉记忆。一周后，节目审查，当导演看到我们训练的效果，当场拍板："成了，中华武校，好样的！"我的心总算是落了地，因为这个时候，才意味着我们可以正式参加开幕式了。

正月初一，距离冬奥会开幕式还有4天，是最后一次预演。没想到，又出了问题——3名同学因为改过名字，进不了鸟巢。听到这个消息，我们瞬间崩溃了，酸甜苦辣一齐涌上心头：从接受任务到现在已经过了180多天，从夏到秋、从秋到冬，顶着烈日、冒着大雪，孩子们手上磨出了血泡，血泡又变成了老茧，180天的魔鬼训练没能回过一次家，快过年了，这些半大孩子们只能和家人视频，家长们嘱咐孩子，好好表现，为国争光，好吃的都给你们留着……

在这关键时刻，作为总领队，我不能乱了阵脚，我顶住压力，一面安抚三个啼哭的孩子，一面与教练组协商，立即安排替补队员上，快速掌握被替补队员的角度、发力，经过一个下午的快速磨合，晚上表演时，导演愣是没看出来哪三个是替补，我们又一次完成了看似不可能的任务。

正月初四，立春，隆重的开幕式揭开了神秘的面纱。随着大屏幕二十四节气倒计时，全场静默，我的心也再次提到了嗓子眼。我现在担心的不是动作，而是队员舞动杆时"白、绿"两种颜色的转换。此时全场一片漆黑，如果有一根杆先亮或者按错了颜色，表演就是失败了。我屏住呼吸等待着，当音乐响起，所有杆子哗的一下全部变绿，我悬着的心才放了下来。伴随着美妙的音乐，春暖花开，绿草丛生，蒲公英吹散种子撒向人间，一个个唯美的画面展现眼前……我掏出电话打给校长，只说了三个字：成功了……再也说不下去了。

我曾经专门问过张艺谋导演为什么要表演《立春》这个节目，他告诉我，《立春》代表着国家和民族的春天和希望。是啊，新时代，新征程，象征着民族复兴的春天已经奔驰而来，让我们一起，拥抱灿烂的春天，迎接更加美好的未来！

下坡村的"上坡"路

安丘市石堆镇高家下坡村党支部书记 魏香娟

我叫魏香娟,是安丘市石堆镇高家下坡村党支部书记。我今天就给大家伙儿说说,俺"下坡村"的"上坡路"。

2008年,我嫁到高家下坡村,先干了3届村妇联主席,2021年,当选了村党支部书记。当时,俺村就和这个村名一样,走的是"下坡"路:基层组织涣散、村民收入低、村容村貌差、治安环境乱,村委还欠着几十万元的外债。那会儿,我信心满满地想:既然乡亲们选我当书记,我就领着大家伙儿好好干,我就不信干不好。

真干起来才知道,实际情况远不是想象的那么简单。

我们村有30多年的种桃历史,种的桃品种好、甜度高,曾经连续6年上过国宴。但是由于桃树的老化和"粗放式"种植,精品果越来越少,收入降低,很多村民都砍掉桃树改种其他作物。为了改良品种、增加产量,我专门找了农业专家指导精挑新品种、压茬换新苗。为了鼓励村民种桃,打消他们的顾虑,我和他们夸下海口:你们尽管大胆种,我保证你们不愁卖!

海口夸下了,桃树种下了,桃子也丰收了,销售还真就成了难题。因为疫情,加上村里修路,收桃的车辆根本进不了村,第一批成熟的几万斤桃,眼看着就要烂到树上了,大伙着急啊,村东有个桂兰嫂子,天天到村委门口跺着脚骂我,说我坑他们,不该叫他们种桃。

村里种桃的大多数是老年人,一年里吃饭看病办事的钱都指望卖桃来换，他们骂我，我能理解。虽然心里有委屈，但大话说下了，咱就得认。那些天，我白天忙着联系客商、跑超市，晚上像外卖小哥一样走街串巷送桃。但是忙了几天，还是没卖出去多少。成天愁得睡不着觉、嘴唇也鼓了泡。说心里话，那时候，谁要是能帮我卖了桃，叫我给他磕头我都愿意。

有一天，我无意间刷到"乳山陶书记"的直播带货视频，眼前一亮，我想，她能带货，我咋不能？反正我颜值也不比她低，是吧？

说干就干，我在村头大柳树下开启了抖音首播，我说："风里雨里，我在高家下坡村的桃园里等你。如果不去寻找诗和远方，就来高家下坡桃园吧。"刚开始直播间人气不旺，只有三五个人。我每天早上四点就起床，对着镜子练习，学说普通话、学带货话术。没几天，负面效应先出来了，有村民说我爱出风头、不务正业，网上也有一些留言要多难听有多难听。俺对象没好气地说我，当支书就有个支书样儿，别虚头巴脑地丢人现眼。有一天，刚上初中的儿子哭着说：妈，现在俺同学成天笑话我，你要是再直播，我就没脸上学了……我知道青春期的男孩特别爱面子，可当时我只有这一条路可以走啊。我就跟他说：儿子，妈对不起你。可现在，我不光是你妈，还是咱们全村一千多口子人的支部书记，我得对他们负责啊！妈求你，忍一忍，就当是帮妈妈一回，好吗？懂事的儿子含泪点点头。我就想，这下，我是一点退路都没有了。

于是，我每天中午晚上不间断地直播，让网友们看到我们村的环境，看到桃农施肥、摘桃、打包的过程。随着直播间人气的增加，村里第一批成熟的桃子终于全卖完了。慢慢地，我也有了经验，又把村里的樱桃、甜瓜、煎饼都带到了直播间。

两年过去了，现在我的抖音号已经有1400多个作品，十几万粉丝了，直播间最高上千人在线。去年，我们村的蜜桃价格翻了一倍，卖到了3块多一斤，亩收入过万元，实现增收64万元，成为村里的支柱产业。今年，我们的桃已经卖到了5元钱一斤。老百姓的腰包鼓起来了，桃农见到我都竖起了大拇指；我儿子也说为他的网红妈妈骄傲自豪；骂我的那个桂兰嫂子给我送来她亲手做的煎饼，还拉着我的手一个劲地道歉。

尝到了直播带货的甜头，我又组织起8人的"村花直播队"，带领村里的妇女一起给农产品销售助力。每天更新两三条视频，走到哪里就把高家下坡村宣传到哪里。

这些年，我可不只是在直播间里搞直播，我们在市水利部门和镇党委的支持下，挖通了村里的三条排水大动脉，改变了一直以来十年九涝的局面，保证了基本农田的增产增收。还修建了两条生产路，建设了一个村民文化广场。这些年，我先后考取了法律、心理咨询、社会工作师证书和山东省委党校的在职研究生；我知道，乡村振兴既要让村民富口袋，也得富脑袋，村民有了文化，才真正做到移风易俗、和谐共处，经济社会也才有更大的发展潜力。这些年，我们不仅建百姓书屋，还搞文化讲堂，不仅办广场舞大赛，还搞农民村晚，不仅正风气、齐民心，还把法治宣教、党建故事融入其中。

党的二十大报告中说，全面建设社会主义现代化国家，最艰巨最繁重的任务仍然在农村。我从小在农村长大，对这片土地充满感情，跟村里的父老乡亲血脉相连，我愿意承担起时代赋予的新使命，愿意竭尽全力，带领我们高家下坡村，走出一条乡村振兴的"上坡"路。

齐心聚力 共同打造世界级打印机产业新高地

威海市高新区党政办公室文秘科科员 梁少杰

今天要和大家分享的故事关于打印机、关于威海。这个只有290万人口的沿海小城,通过产业链招商,从留住三星到引进惠普,再到打造千亿级全球打印机基地,威海高新区的招商团队,面对危机主动出击,面对挑战迎难而上,以进取、专业、执着和拼命精神把不可能变成了可能。

故事要从2015年开始说起,有一次,我们偶然得到一个消息,韩国三星总部计划将威海、苏州的打印机产能转移到越南。一旦三星搬离威海,将造成全市117家配套企业倒闭,2万多职工下岗,每年要损失4亿多元的税收和近20亿美元的外贸进出口。

所以,留住三星就成了当时我们的首要工作,因为保三星就是保经济、保民生,容不得一丝的迟疑和等待,但当时,三星的管理层已经在进行越南语的培训,一切看似已成定局,但我们相信,只要还有一天未启动搬迁,希望就还在。我们从产业链入手,去寻找穿墙而过的光亮。大家兵分三路,分别到韩国、越南、苏州三地去收集信息,深入研判,制定出了一套精准施策的方案:半年时间内,就地扩建10万平方米厂房承载A3打印机产能,同时实现"产业全链条、配套零距离"。

方案无懈可击,但韩国方面认为这么短的时间不可能完成,于是我们"白加黑"抢工期,昼夜奋战,即使临近春节的腊月二十九,工地上依然灯火通明。最终仅用4个月时间超前完成了厂房建设。我们用真心和诚意、责任和担当赢得了韩国三星总部的信任和赞扬，凭此，不仅成功留住了原有的A4产能，还将苏州的A3产能引入威海，实现了大逆转。

任何奇迹都不是天上掉下来的，也不是坐等来的，而是执着和拼搏争取得来的。经历了三星的逆转剧情，我们清醒地意识到，全球化的产业布局，只有占领制高点，才能掌握主动权。三星打印机在全球的市场占有率是4%，而排名第一的是打印机产业龙头美国惠普，它的占有率超过了40%，因此我们顺势提出，引进惠普。当这个想法一提出，许多人认为是天方夜谭，因为惠普在中国的产业布局都在一线城市。但是招商团队敢想敢干，机会也总会垂青有准备的人。2016年7月26日，惠普的两位高层要来三星洽谈贴牌生产事宜，我们意识到这是引进惠普千载难逢的机会，但惠普明确表示，来威海只做商业洽谈，与当地政府"不见面、不座谈、不开会"。我们利用调研偶遇的契机，提前准备了4把椅子，因为站着聊，说走就走，坐着聊，时间就有可能延长，当几位高层坐下来，听取了关于打印机产业链的详细专业的规划，会面时间长达半个小时，惠普也由三星代工的想法变成了并购威海工厂的方案。

为了让产业链长久大发展，我们拆解了惠普A3打印机8000多个零部件，整理出110多家供应商，研究每一个零部件在全球哪里生产、关键供应商是谁、核心技术在哪，我们有什么、缺什么、先引进谁、后撬动谁，整理了一份链式招商的"目录和地图"，再点对点按"图"索骥、精准招商。随后，奔赴全球各地，向美国捷普、日本富士这些产业链顶尖企业以"惠普即将进驻威海"为吸引，同时又将"配套企业都要来"的消息作为砝码坚定惠普进驻威海的信心。

就在我们认为终于"守得云开见月明"时,惠普公司突然表示,如果不能在2017年10月9日前最终通过审批,将放弃收购威海工厂。突如其来的变故,让大家的神经绷到了最强度。而此时,带我们奔赴全球各地作战的"总指挥"感染了卡喉炎,这种随时会致命的呼吸系统疾病让他连正常的呼吸都出现困难,医生要求必须住院治疗,可他不顾一切要把项目带到威海。于是就有了这张我偷偷拍下并一直珍藏的照片,那段时间他在高铁上打着吊瓶辗转济南、北京,为的就是给项目落地争取机会和时间,也许是被这种敢于担当、执着拼命的精神所感动,商务部于10月5日"十一"假期期间的晚上8:30加班完成了审批,惠普进驻威海成为现实。

这是一场专业招商、精准招商的胜利,更是一次精神和意志的胜利!从成功牵手到战略合作,威海高新区招商团队经历了8年的不懈奋斗。这8年来,每到关键时刻,我们就发挥最大的优势,没有可能,就创造可能;没有先例,就创造先例。正是凭着这股"争"的精神、"拼"的勇气、"抢"的劲头,"朋友圈"越来越大。如今,威海高新区已经集聚了惠普、捷普、富士、联想、华为、富士康6家世界500强和120多家顶尖配套企业,建设了涵盖"激光+喷墨+热敏"的全品类打印机新高地。2022年,威海的打印机整机产量突破1200万台,产业链总产值突破400亿元,预计到2025年,打印机产能将会超过3000万台,世界上每生产3台打印机就会有1台出自威海,成为实至名归的"全球打印机之都"。谈起我们中国的城市,很多外国人会因为啤酒而想到青岛,但现在,我们可以骄傲地说,全球范围内,提到打印机,人们都会想到山东威海。

做沂蒙红嫂的传承人

沂南县委党校分管日常工作的副校长、
校委会主任、四级调研员 丁淑萍

"蒙山高,沂水长,我为亲人熬鸡汤……"大家听到的这首歌叫《沂蒙颂》,讲的是我们沂蒙老区红嫂救护八路军伤员的故事。

我出生在红嫂家乡,成长在一个红色家庭。爷爷是1939年入党的老战士,他上战场,打鬼子,还因为在大冬天涉水过河送情报,双腿被冻瘫;奶奶和村里的姐妹们烙煎饼、纳鞋底……把物资源源不断送上前线。打记事起,奶奶就给我讲战争的惨烈、八路军和解放军的英勇,奶奶总说,她只是千千万万支前妇女中的一员,我们这里呀,村村有烈士,家家有红嫂。

2012年,组织派我到县妇联担任主席后,因为工作的原因,我了解到更多的红嫂,她们默默无闻地为党奉献着,有的因为贫穷疾病而早逝,有的还住在偏僻的农村,但没有一个人向政府要待遇、求名誉。我下定决心,抢救挖掘红嫂故事,让她们的故事被更多人记住,让她们的精神传承下来、鼓舞更多人!

我和同志们一起,白天走村入户看望红嫂,走访村民;晚上再回办公室整理资料。这是一场与生命抢时间的"抢救式"挖掘,很多红嫂已经去世,在世的平均年龄超过了80岁,我最怕的就是还没有去看望她们,她们就离开了,每天就想着快点儿、再快点儿。我们采访了抗击日寇的"地雷爆炸模范"公成美，没想到采访后的第7天，老人就去世了。

沂蒙母亲王换于的大儿媳张淑贞，当年为了养育革命后代，自己的孩子不幸夭折。我问她是怎么想的，她说："自家的孩子没了还能再生，烈士的子女要是没了，那可就断了根了。"2018年，104岁高龄、有着79年党龄的张淑贞老人去世，临终前，老人手里紧紧攥着一枚党徽，反复念叨着"我是党员"，一遍遍叮嘱女儿，一定把自己的所有积蓄作为党费上交，到现在我都清楚地记得，这笔钱一共是18939块8毛钱。

张恒举老人得了阿尔茨海默病，记不清自己的名字和年龄，却总爱唱《东方红》："共产党，像太阳，照到哪里哪里亮，哪里有了共产党，哪里人民得解放……"

我们走访了上千位老人，整理了上万份资料，挖掘了200多位红嫂的事迹，命名表彰了132位沂蒙红嫂。这一个个故事、一张张图片，都被充实到了沂蒙红嫂纪念馆。现在，每年有30多万干部群众来到这里倾听红嫂故事，感悟沂蒙精神。作为筹建纪念馆的一员，每当我望着墙上那一张张熟悉的面孔，看着听众为红嫂故事而感动落泪，心中感到无比欣慰！

这些年，很多老红嫂都管我叫闺女，我在感到幸福的同时也有对自己母亲的愧疚。2016年春节前夕，我正在走访慰问老红嫂，接到母亲重感冒住院的消息。我一下乱了心神，一边自责对母亲的忽视，一边又放心不下那些老红嫂。也许是感应到了我的两难，母亲打来电话说："俺没事儿，打几天针就好了，你忙你的。"就是这样一个轻描淡写的电话，让我想着等忙完这几天再回去。几天后，母亲的病情却突然恶化，望着昏迷不醒的母亲，自责和悲伤充斥着我的心。不久后，母亲便离开了人世。没能在母亲生命的最后时刻，常伴她的身边，成了我一生的遗憾。母亲就这样猝不及防地离开了我，我没有娘了……

母亲去世后，我对老红嫂的感情里多了一份母恋情结。在我们的推动下，县里依托天河医院成立了集中照护中心，为老党员老战士老红嫂提供全天候食宿、医疗和康养服务。当她们到照护中心集中入住的那天，既感动又激动，一遍遍地说："党没有忘记咱们！""感谢党！感谢政府！"现在全县有100多位老党员、老战士、老红嫂在那里快乐生活、安享晚年。

去年8月，我作为全国"人民满意的公务员"在北京受到了习近平总书记的亲切接见，我深知，这不是对我一个人的褒奖，是党中央对沂蒙精神、红嫂群体的认可和赞扬。我将牢记习近平总书记"红色基因就是要传承"的殷切嘱托，做沂蒙红嫂的传承人，讲好红嫂故事，传承沂蒙精神，为推动革命老区发展贡献力量！

吴守林的操心事

国网滨州供电公司财务部专责　张春璐

上周末一大早，滨州西苑小区的一栋住宅楼前，鞭炮齐鸣、锣鼓喧天，喜庆的音乐不绝于耳。只见一位70来岁的老人插彩旗、挂灯笼、搭彩虹门、铺红地毯，奔前跑后，边忙还边热情地招呼着来的客人。不明就里的人看到他脸上的笑容都会问："你今天是嫁闺女还是娶儿媳妇啊？"但其实都不是，他是义务帮助单位职工操办喜事的。到目前，他已经无偿帮助355对新人操办了婚事。

他是谁？他就是"全国岗位学雷锋标兵""中国好人""山东省道德模范"，国网滨州供电公司的老吴——吴守林。

说起老吴无偿操办婚事，还得回溯到20世纪80年代。

在那个年代，结婚时租辆小轿车接亲，铺条红地毯、搭个彩虹门、扎几束鲜花造势都成了标配。而那时，一个月能挣50块算好的了，可办一场像样的婚礼得花费上万元，对一般家庭来说常常要负债几年。老吴总在想，咋能帮大家伙节省点儿，又把婚事儿办得漂漂亮亮的呢。1985年，他用省劳模的3000元奖金，购置了红地毯、彩虹门等婚礼用品，免费给大家伙用。老吴美滋滋地说："仅这一项，每次能省下一两千元的租金。这么一算，我这笔钱花得特别值。"打那以后，他的各种奖金补助都花在了婚礼用品的更新换代上。40多年来，这些婚礼"道具"把两间储藏室都填得满满当当，每次看到这些家当，老吴眼里都透着说不出的自豪："我这家伙什儿要啥有啥，我要让每场婚礼都办得红红火火、漂漂亮亮！"不仅如此，在婚礼现场，老吴往往是最忙碌的那个，遇到雨雪天气时，完事后还要把地毯清洗晾晒干净。一米半宽三十多米长的地毯重达七八十斤，沾上水就更沉。一场婚礼下来，老吴常常累得腰酸背痛。

有人问他："这么操心受累图个啥？"老吴却说："每当看到大红灯笼挂起来，大红喜字贴起来，我这心里啊，就像吃了蜜一样甜。每次看到新人成婚，我都深深地体会到了一种做父亲的喜悦。这种亲近感，对我这样一个孤儿来说，是巨大的幸福。"

原来，在吴守林小的时候，父母就因病相继去世。幼小的他在孤儿院里长大，17岁那年，是党和政府推荐他参了军，转业后到滨州电业局工作，这一干就是一辈子。身为孤儿的他常说："人人都爱自己的家，都想回报自己的家。但对我来说，国家和单位就是我的家，所以我要为这个家多做点事。"

吴守林是这样说的，更是这样做的。单位的厕所堵了，他不怕脏累挽起袖子就来疏通；大雨天下水道排水不畅，他冒雨用手清出垃圾杂物；每次扫雪，在刺骨的寒风中，老吴总是第一个扛起扫把……

老吴把国家和单位当家，同时也把上了年纪的职工当做自己的父母。四十年间，作为"儿子"的吴守林，为324位"父母"送终。

料理丧事，可远没有操办喜事那么简单。因为是丧事，不少人会忌讳、躲避，而老吴却总是随叫随到，从换衣服、整理遗容、告别仪式，到火化、入土，他都是一手操持。为此他还专门学习了整容化妆，小小的白色工具包里面装满了推子、剪子、口红、胭脂等物品。

2007年，有位同事因车祸离世，人被碾压得走了形，连殡仪馆的整容师都表示难以接手。家属失去亲人本就悲伤，再遭遇到这个状况，一家人更是伤心欲绝。为了安慰家属，老吴承担下了这个活，花了一整天的时间，用了几十斤的棉絮和石膏，才修整出了逝者的原样。当家属看到后，哭着给他跪下了，那一刻，老吴的心说不出有多酸疼。

渐渐地，老吴的热心在社会上也有了名气。没有人敢接手的非正常死亡，家属会辗转找到老吴，但凡有人相求，老吴从不拒绝，他说："我小时候没人要，是国家收留了我，社会接住了我。人嘛，都有个难的时候，这时伸一把手就帮了人家。"

但其实，老吴还是个癌症患者。2017年，刚刚做完手术两个月的他就又为别人操心了起来，有人说"老吴这样的好人，连阎王爷都不忍心收。"老吴哈哈一笑，说："活着多好啊，我和这个世上的人还没亲够呢。大家伙还有好多事等着我操心呐。"

看，这就是吴守林，一个没有上过多少学、识不了多少字，也讲不出啥大道理的人，却怀着一颗感恩的心，身着"国网绿"，布置喜庆红，拎着那只白色的工具箱，几十年如一日，用一片火热的心，竭尽所能地无偿帮助别人，成了大家伙儿眼里事事操心的人，向大家展现了一名共产党员、一个模范标兵的人生本色，为这个绚丽的时代增添了新的光彩！

抢占世界钢铁"技"高点

山钢股份莱芜分公司炼钢厂
连铸二车间主管师 公 斌

2023年3月9日，我应邀到南方某知名钢铁企业开展技术交流，坐在时速350公里飞驰的高铁上，心潮澎湃，因为在我的脚下，就有我们厂生产的腹板钢材。

什么是腹板钢材？我手里的这块类似H型的钢材，它的全称叫近终型异型坯。这个位置是异型坯的腹板，它的尺寸在同类产品中，是世界上最薄的，只有90毫米，正因为薄也最容易出现裂纹。一旦出现裂纹，钢材就无法销售，损失巨大。因此如何消除裂纹成了最大的难题，这也是世界公认的难题。

为了攻克这个难题，我们请来负责研发这种钢材的国际知名奥钢联专家。问他们能不能帮我们解决腹板裂纹的难题，没想到这位外国专家高傲地说："我们都解决不了，你们更不可能解决。"从他那轻蔑的眼神中，我看到了歧视和不屑。每当看到我的钢铁兄弟们在近千度的高温中挥汗如雨，生产出来的钢材却是成堆的废品，心里有一种说不出来的难过。

难道中国的炼钢技术真的就不如外国吗？难道中国人就比外国人笨吗？难道我们要这样一直被他们牵着鼻子走吗？我不服气更不想服输。那段时间，我在车间一次次地试验，一遍遍地观察。

说起来这套设备还是德国造的，质量很好，可是产出来为什么不合格呢？百思不得其解时，我突然想到了能不能加装吹水设备来降低裂纹，当我把这个想法通过越洋电话告诉了外国专家，外国专家大叫着："NO！NO！NO！"原来，我的这个想法他们早就想到了，并且邀请了全球顶尖专家进行了为期一年的研究试验，最后还是以失败而告终。得知这一情况，我的心一下子又凉了半截，巨大的挫败感涌上心头。怎么办？是就此放弃还是拼上一把？想想外国专家对我们的态度，想想每年报废的那些钢材，我心有不甘。

"一个国家只是经济体量大，还不能代表强。我们是一个大国，在科技创新上要有自己的东西，一定要坚定不移走中国特色自主创新道路"。习近平总书记的话一下子点醒了我，只有自立自强才能突出重围，抢占这个制高点。千难万难，只要重视就不难；大路小路，只有行动才有出路。于是我暗下决心，一定要解决腹板裂纹的难题。2017年深冬，我继续做着腹板裂纹消除试验。

那天，当我在车间打开冷却室的门，只见火红的钢坯像一条巨龙缓缓蠕动着，喷在钢坯上的冷却水瞬间化成巨大的蒸汽扑面而来，一会儿我的工作服就像蒸桑拿一样全湿透了。面前八百多度高温的钢坯烤得脸生疼，外面零下十二度的寒风又把湿透的工作服吹得结了冰，一热一冷，冰火两重天，像极了当时我那忐忑不安而又充满希望的心情，但是关键时刻，我还是咬紧牙关坚持了下来。

冬去春来，日复一日，每天早上，顶着月亮走，晚上披着星星回来，不知熬了多少个夜晚，流了多少汗水，光方案就制作了上百套，设计图纸摞起来有一人多高。功夫不负有心人，经过500多天的奋战，我终于摸索出一套消除裂纹的可行性方案。

2019年5月，又一次热试开始了。我紧盯着每一支钢坯，昼夜不停连续奋战了46个小时，检验结果是，所有的钢材完全合格，腹板裂纹终于消除了！那一刻，现场沸腾了，大家激动地拥抱在一起，高喊着："成功了！成功了！终于成功了！我们攻克了世界性难题！"

那个已经回国的奥钢联专家听到这个消息后惊讶地说，不可能，不可能，然后又飞回中国现场。到现场看了后终于服了，感慨地说："全球顶尖专家团队多年没有解决的世界性难题，你们却解决了，中国工人了不起！"然后给我们竖起了大拇指，他还说要向全世界推广我们的技术。听到这儿，我感慨万千，回想起曾在最难的时候犹豫过，也曾在无数次失败的时候想过放弃，是新时代泰山挑山工精神支撑着我们坚持不懈，持之以恒，一定要攻克腹板裂纹难题，才有了今天的成就。为此，我们还收获了九项专利，真正掌握了异型坯腹板裂纹控制的核心技术，实现了从跟跑到并跑再到领跑的历史性跨越。

近年来，我们不仅为中俄元首共同推动的AGPP项目提供了多批次优质钢材，还成功打入"一带一路"国家，并应用于航空航天、国防军工、核电工程等国之重器，撑起了科技强国的钢铁脊梁。

站在历史新起点，锚定强国建设，民族复兴新使命，我们开启了建设世界一流智慧梦工厂的新征程。到那时，钢铁工人不用亲临现场，只要在手机上轻轻一点，就能生产出精品钢材，用中国创造答好中国式现代化的"钢铁答卷"，请让时间来见证这一伟大而光荣的历史时刻。

从"打工妹"到党的二十大代表

济南超意兴餐饮有限公司仓储物流主任 张海燕

在我的身上有两个标签,一个是打工妹,一个是党的二十大代表。经常有人问我,你是如何从"打工妹"成长为党的二十大代表的?今天借这个机会,和大家分享下我的故事。

1989年,我出生在一个农村家庭,父母希望我通过读书改变命运,但是,2008年我高考失利了。父母让我复读,而我选择要步入社会工作,这个决定让父母忧心忡忡,但我坚信,三百六十行,行行出状元。面对我的选择,和蔼可亲的爸爸选择了沉默。就在我收拾行装准备去青岛打工的那天晚上,从来不抽烟的他却抽了一晚上的烟,在隔壁的我,清楚地听到他一声声地叹息。我知道对我的落榜,爸爸心有不甘。

就这样,我离开家乡,闯进了外面的大千世界,成为千千万万个打工妹中的一员。在青岛做过流水线工人,在江苏做过质检员,在深圳做过主板生产员。2011年,辗转来到济南,入职超意兴,在长清一家门店干收银员。刚开始真叫累啊,一天下来站着的时间接近七八个小时,晚上回到宿舍,脚背肿得能摁出坑来,当时一度想过放弃,但我一想这点苦都吃不了还能干啥!

正是凭着这一股不服输的劲头,2012年,我被推荐为第一批店长资格认证班的学员。当时认证班有五十多个人,个个都是精兵强将,我怎么才能脱颖而出呢?只有比所有人都更努力、更多付出汗水才行。最终我以笔试和实操双第一的成绩，成为同批学员第一个走向店长岗位的人。当上店长的那一天，我激动地给妈妈打了一个电话，她高兴得哽咽落泪，连声说："闺女好样的，以后更要好好干。"爸当时就在电话旁，晚饭时还高兴地多喝了几杯小酒。

后来发生的一件事让我终身铭记在心。小时候，父亲曾多次对我和弟弟说："咱们家还没出过一个党员，如果你们姐弟俩能有个入党的，那就太光荣了。"所以入党这件事在我小时候就在心里埋下了种子。进入公司后，身边的党员成为我学习的榜样，我也想成为他们那样优秀的人。2013年11月27日，我去济南市农民工综合服务中心，咨询入党问题时，惊喜地遇到了到此视察工作的习近平总书记，总书记得知我想要入党时，亲切地对我说："入党是一件很神圣的事，首先要在思想上搞清楚为什么要入党，入党要有入党的政治觉悟。"

总书记嘱托的每一个字都刻进我的心里，落实在一言一行上。我一定要争取早日入党。2014年，公司决定开辟泰安市场，25岁的我主动请缨。刚开始，我踌躇满志，决心闯出一片新天地，但现实泼了我一盆冷水。运营3个月业绩很难看，连房租的一半都挣不出来，两三个老员工因为看不到希望陆续提出要回济南，我觉得快扛不住了，躲在宿舍里，把头蒙在被子里大哭一场，感觉愧对公司和同事的信任。要放弃吗？不！我擦干眼泪直面困难，我带领团队进小区挨家挨户发传单、一家一家单位跑业务、细心周到服务每一位顾客，经过半年的努力，门店扭亏为盈，成为公司对外拓展市场的样板门店。

2016年9月，我光荣转正，如愿成为一名真正的共产党员，这对我来说是一份莫大的鼓舞和激励。我牢记总书记的教导，以更高的标准要求自己，不管是工作上还是生活上，都起到带头作用，为身边的人做好榜样、传递正能量。

2017年，我担任了公司仓储物流中心主任，职务不高但责任重大。超意兴有门店700多家，员工1万多人，每天服务70多万顾客，举个例子：1天卖出把子肉10万块、大米出库量40吨、蔬菜出库量100吨。我常和同事们说：我们一定要把好食材关口，绝不让一粒不合格的米，一滴不达标的油，一颗不干净的菜……从我们手中流出，牢牢地守住了老百姓舌尖上的安全。

从2011年入职到现在已经12年了，济南成了我的第二故乡，我成为一名新济南人，济南见证了我的成长。我从一个背着行李袋兜里揣着几百块钱的小姑娘，到现在在济南安了家，有了自己的事业和家庭，幸福感满满的。我先后获得"全国优秀农民工""全国五一劳动奖章""全国三八红旗手"，我还当选为省、区、市三级党代表，去年我光荣当选为党的二十大代表。我深深地体会到了，习近平总书记说过的"一个人能否成才，关键不在于是否上大学，而在于他的实际本领……只要你肯学习、能吃苦，没有读过大学，照样能成才"的含义。

"当代中国青年生逢其时，施展才干的舞台无比广阔，实现梦想的前景无比光明。"当我在人民大会堂聆听习近平总书记讲到这句话时，激动得眼含热泪。奋进新征程，建功新时代，我也切身感受到，即使再平凡的岗位，只要用心做事，不怕苦、不怕累，照样可以取得不平凡的业绩、实现自己的梦想。

煎饼小哥

淄博市淄川区西河镇河南村
党总支书记助理　高翔宇

我是高翔宇，也是前段时间网络上寻找的"180"淄博站接站小哥哥中，戴眼镜穿白衬衣的那个。自从这个视频火了之后，我在全国各地多了许多的"丈母娘"。

2022年8月4日，我从一名土木工程学院的理科生、学生会主席，选择了返回家乡、奔赴基层，成为一名选调生，一名与村里大爷、大妈们打交道的村官。没想到，不到一年时间，大家给我起了一个新名字——"煎饼小哥"。今天，我要和大家分享的就是我和淄川地方名吃——"西河煎饼"的故事。

西河是老工矿区，主要农作物是玉米，家家户户都会摊煎饼，但随着年轻人往城里跑，这门手艺好像要失传了。于是，我们便思考如何以西河煎饼文化为载体，带动煎饼产业发展，文产融合，实现乡村振兴。

文化振兴是乡村振兴的灵魂。去年夏天，我与同事们开始了对煎饼产业与文化的调研，我们跑遍了西河50多家农家煎饼户，了解西河镇的风土人情，挖掘西河煎饼的制作工艺。终于，我们在西河镇河南村建起了山东大煎饼文化博物馆，并在2022年9月25日开馆，面向全社会开放。我也有幸成为该馆的讲解员，负责馆内的直播与讲解工作，成为西河煎饼文化的推广大使。

展馆人来人往，有了人气，也就有了财气，大爷大妈们可开心啦！村里的陈大爷是我的老朋友了，前期为了了解煎饼历史，我没少找陈大爷拉呱。这天，我走进陈大爷的家里，发现陈大爷自己在墙角生闷气呢，这是咋回事？陈大爷说："翔宇，今早有人来买煎饼，给我唱了首歌，说：'西河煎饼硬邦邦，放个十年不变样'，人家说咱们西河煎饼加防腐剂来。"我对陈大爷说："这件事你交给我们，我们一定会给你们一个交代。"

于是在镇领导的协调联系下，我们征集了30户农家煎饼进行防腐剂检测。2022年12月15日，我们拿到了检测报告：不添加任何的防腐剂！当我挨家挨户把检验检测报告送到大娘们手里的时候，她们激动地拉着我的手说："好孩子，终于有人给我们正名了！"

就是这么一张小小的煎饼，又轻又薄，它却是许多像陈大爷这样的家庭，只能靠着这一张小小的煎饼，供养着全家的生计，对于我们村以及西河镇的人们来说，煎饼就是我们的根，深深扎在大家的心里。

可是，现有的煎饼户都是小作坊、家庭式生产，怎么才能让我们村里的煎饼生产走上标准化的生产经营之路呢？我和我们的村书记便萌生了走电商卖货的想法。于是，在西河镇本土人士和社会爱心人士的帮助下，一个给煎饼插上电商翅膀的公司——淄博西河好品文化传媒有限公司在西河镇成立了。

为了带动村民的直播积极性，我便挨家挨户地去劝煎饼户们直播，从下载直播APP、注册账号到直播内容都耐心地与他们沟通，时常有人跟我说：你一个99年的小孩，你知道什么是煎饼吗？你吃过煎饼吗？我回复道："大娘，别看我小，但是我从小就是喝煎饼汤长大的，现在我不光会吃，我还会用电商给你们卖煎饼。"

几个月过去了，大家都说我从白面书生变成了农村小伙，但当我得知，我们的煎饼直播两次进入了网络大V朱一旦的直播间，浏览量90余万；当我们的煎饼直播带动了周边村煎饼户们进行直播，直播场次达2000余场，带动了村民就业积极性时，我觉得，值了。

现在，我们不放过任何一个推广机会。我们的大煎饼走进淄博火车站，也正是在这一天，第二次来打卡淄博美食的B太，在火车站门口吃到了我们的煎饼，一个月后，B太团队来到了我们的山东大煎饼博物馆，来体验煎饼的文化。后来，我们还带着山东大煎饼走进了山东水利技师学院、山东省第六届非遗展、山东省工艺美术博览会等等。现在，我们村的抖音店铺也有了起色，一张张煎饼发往全国各地，让煎饼户看到了希望，尝到了甜头。

前几天，我又去到了陈大爷家里，我刚进门陈大爷就对我说："小高来了，我等等再和你拉哈，我还有好多订单没完事呢。"看着陈大爷忙碌的背影，让我脑海中的那个信念越来越清晰了，那就是：通过我的努力，至少让40年、50年后，人们来到西河仍能吃到地道纯正的西河煎饼；漂泊在异地他乡的人们，能通过抖音、淘宝尝到家乡、儿时的味道。

这几天，我们的煎饼工厂又有了新动向。我们不仅被列入了淄川区的开放式组织生活点，成为淄川区非物质文化遗产，还争取到了150万元的扶贫资金。目前，正在进行二期改扩建，相信在不久的将来，大家再来到这里，将会有更好的参观、研学体验。

现在，越来越多的人知道了我们村的煎饼。在路上、在网上，叫我"煎饼小哥"的人也越来越多了。说心里话，我挺喜欢这个称呼，只要能让陈大爷这样的煎饼户们多卖出去一张煎饼，只要乡亲们的日子能越过越好，我愿意做一辈子"煎饼小哥"。

送烈士回家

昌邑市干部教育中心职员　李园园

　　我的家乡昌邑是革命老区，当年，在原昌南地区发生过丈岭、岞山等十几场战役，700多名战士献出了宝贵的生命。1956年，在饮马镇修建了饮马烈士陵园，将烈士们的墓地集中迁到此处。这些烈士中，有详细资料的仅有59位，无名烈士多达650多位。

　　2014年，我们到饮马烈士陵园扫墓。望着墓碑上的名字，想起他们年纪轻轻就远离亲人，为革命南征北战，最终埋骨他乡。几十年了，很多烈士还无法魂归故里、叶落归根。于是，我们当即约定，要尽我们所能，为烈士找到亲人，送他们回家！

　　随后，我们组织发起了"为烈士寻亲"大型公益活动。走过四季，跨越山海，辗转奔波，锲而不舍地为烈士们寻找亲人。

　　2015年的一天，我们接到一位段女士的电话，询问是不是在找"段秀钦"的亲人，她说那是她的父亲。

　　第二天，70多岁的段女士就从威海赶到了昌邑，她一边哭一边核对信息，完全确认之后，满脸泪水的老人说："就是俺爹，谢谢，谢谢！俺给你们跪下了。"她说，她的父亲参加革命后音讯全无，一往情深的母亲一直都不相信父亲已经牺牲，每天都在望眼欲穿地等他回来，而这一等就是七十年，因为思念，母亲的眼睛都哭瞎了。

　　很快，段秀钦烈士的儿女来到饮马烈士陵园，儿子一下子扑倒在父亲墓前，撕心裂肺地哭喊："爹！俺可找着你了！"段女士手扶着墓碑，喃喃地说："爹啊，对不起，我们一直都没找到你，让你孤零零地过了这么多年，俺娘也牵肠挂肚这么多年，她想你啊，总是跟我说，活着不能在一起，百年之后也要跟你在一起。现在行了，这些心事都可以了了。爹，今天咱们就回家！"

临走时，儿女捧走了父亲墓前的泥土，带着父亲回家。

有人曾说：人已经牺牲这么多年了，能记得他们的家人也越来越少了，你们费这么大气力为素不相识的他们寻亲，有意义吗？我们说，革命烈士是共和国的基石，他们的英灵永存，我们不会也不该忘记，正因为时间越来越久、家人越来越老，我们的寻找才更加迫切，我们的行为，才更有意义！

2019年和2022年，我们两次受邀走进中央电视台大型公益寻人栏目《等着我》，与央视成立"寻亲团"，为3名烈士找到亲人，在全国引起了极大反响。

2020年6月，一位名叫王淑秀的88岁老人从江西南昌打来电话，她看了《等着我》节目，问能不能帮她找找自己的三哥王淑俊。她说三哥曾任昌南县青救会会长，1946年在战斗中牺牲，被埋葬在了马家围，但一直没能找到。

我们后来通过查阅县志、村志和实地走访才知道，老人所说的实际上是昌邑的马家和围子两个地名，由于靠近潍河，经历过洪水泛滥后，方圆二十里的墓地都已冲毁，烈士墓多次迁移。

当时正值疫情防控期间，寻找工作几度暂停，由于情况复杂，经过两年多的周折，我们终于找到了王淑俊烈士的墓，而我们的确认来得太晚了。

2022年9月，当我激动地拨打王淑秀老人的电话，想告诉她这一消息的时候，电话已经停机，后来才知道，老人已经去世三个多月了，后来才知道，老人是原江西省委主要领导的遗属，无儿无女，孤身一人……因为这件事情一直由我负责沟通，那一刻，我难以抑制内心的遗憾、愧疚与悔恨，扔下电话，放声大哭……因为我知道，我们给老人留下的遗憾，永远都无法弥补了。

　　10年时间，我们一直奔波在路上，历经11万多公里的行程，拍摄了5万多张照片、3000多小时视频，虽然只为54名烈士找到了亲人，但每当看到烈士魂归故里的那一刻，我们的心里总是充满着欣慰，洋溢着自豪。正如习近平总书记所说："对一切为国家、为民族、为和平付出宝贵生命的人们，不管时代怎样变化，我们都要永远铭记他们的牺牲和奉献。"是的，我们一直铭记，并且满怀崇敬。我们愿意竭尽全力，为烈士和他们的亲人圆一个梦，这个梦，关乎家国，关于人间大爱，这，就是我们所做的一切的意义！

有一束光　点亮黑暗

济南市按摩医院医疗按摩师　王清山

我是一名视力残疾人，只能看到五米范围内模糊的影子。

1988年，我出生在山东寿光一个普通的农民家庭，2007年，我以优异的成绩考进了985高校中南大学，学习生物学。怀揣对未来的美好憧憬，我孜孜不倦地学习，拿到了最高额的奖学金，积极投身各种志愿服务，并成为班里第一名共产党员。

然而一场灾难突袭而来。大二下学期，我不幸患上了视神经萎缩，这种病被称为眼科癌症，导致我双眼视力几乎全部丧失，治疗期间又因意外中毒差点失去生命。

刚被抢救过来的那一刻，我的眼前一片黑暗，心底充满了绝望。失明的痛苦潮水般向我涌来，压抑得我无法呼吸。我摸索到无人的角落，疯狂用头撞墙，大声哭喊："为什么会这样，为什么上天对我如此不公，为什么是我？！"

那段时间，我恐惧黑夜降临，害怕天亮了，我却再也分不清白天还是黑夜。在无数个夜晚，我辗转反侧，难以入睡，不停反问自己：我还有未来吗？

与死神擦肩，更知生命可贵。就此沉沦，我不甘心，让父母深陷绝望，我不忍心。我，一定要振作起来！

当了解到国家关于残疾人教育的有关政策，得知自己还有继续大学学业的可能时，我真的感觉有一束光，照亮了黑暗中的我。于是，在大学老师的帮助下，我办理了大学转学手续，进入长春大学学习针灸推拿专业。

进入一个全新的环境，困难其实远比想象的多，中医课程晦涩难懂，汉字教材看不清，盲文教材也摸不出。但面对来之不易的学习机会，我不敢懈怠，也绝不屈服。我借助电脑，在屏幕朗读软件的辅助下，靠听完成课程学习。

考试对我来说更是煎熬，我只能用助视器看放大16倍的汉字试卷，用手扎盲文的形式艰难考试。每场考试，因为眼睛受到过多光线刺激，头就像要炸开一样疼。就是在这样的艰难条件下，我以每年专业第一的成绩，顺利完成了大学学业。

2015年7月，我进入济南市按摩医院工作。这次的选择，是我重拾梦想的起点，也实现了人生价值新的飞跃。面对每一位患者的信任相托，我都全力以赴。

赵阿姨是我6年前的老患者了，去年因食物中毒患上了格林巴利综合征，虽然经过抢救保住了性命，但却全身瘫痪。看到阿姨面临疾病的无助痛苦，我不由得想起自己曾经在黑暗里的挣扎，感同身受。我暗下决心，一定尽我所学，让阿姨站起来。我为赵阿姨量身定制了恢复方案。慢慢地，阿姨能抬起手了，能坐起来了，能扶着栏杆站一会了，三个月后，可以慢慢走路了。阿姨的女儿满怀感激地送来了锦旗，激动地说："王大夫，真没想到我妈还有能站起来的一天，你救了我们全家啊。"

像赵阿姨这样的重症患者还有很多。

"王大夫，我都能吃下肉了。"这是几十年吃不下饭的薛阿姨高兴地跟我说的话。

"小王啊,你快看我今天能下床了。"这是骨折的李大爷迫不及待地给我报喜;

"王大夫,我这几天脑袋不迷糊了。"这是身受头晕折磨的刘老师发来的好消息。

一声声,一句句,都是最动听的声音。原来,在患者的眼中,我也成了照亮他们黑暗的那束光,我感到特别自豪和满足。

八年来,我坚守医者仁心,从未休过一个完整的周末,累计诊治患者近3万人,成为医院接诊最多、复诊率最高的医生。我不负育人使命,临床带教了20多位像我一样的视力障碍医学生。我热衷公益事业,连续四年被聘为山东省老年大学客座讲师,向老年朋友们传授中医养生知识。

法国作家巴尔扎克说过:苦难,对于强者是一块垫脚石,对于弱者却是万丈深渊。回顾跌宕起伏的人生,我心中有一束光,一直点亮我的黑夜。那束光,就是面对逆境,我要学会抗争,绝不屈服,残疾人也可以活出精彩的人生。

习近平总书记勉励广大残疾人于逆境中追求进步、在残缺里创造幸福。我虽然看不清这个世界,但我可以用不屈的灵魂和精湛的医术,成为一束希望之光,照亮他人,温暖社会。

竹竿巷里绽芳华

任城区越河街道竹竿巷社区党委书记、
居委会主任　张　宁

　　竹竿巷是一条迄今有着700余年历史的古巷，竹竿巷社区就是以这条古巷命名。提起我们竹竿巷社区，这里不得不提到一个人，那就是张宝芳，原竹竿巷社区党委书记、居委会主任，对我而言，她还有另一个身份，那就是我的母亲。

　　母亲扎根社区近20年，她一直秉承"一心向党、服务为民"理念，把毕生的精力和心血都献给了社区和居民，6900个日日夜夜、1200户居民群众，柴米油盐，她件件都操心，衣食住行，她事事都牵挂，把群众的小事当成自己的大事，被居民亲切地称为"小巷管家""芳华书记"。竹竿巷社区也先后取得了"全国最美志愿服务社区""全国示范性老年友好型社区"和"全国先进基层党组织"等荣誉称号。

　　母亲是社区的"主心骨"、居民的"贴心人"，在我眼里她是超人妈妈、万能妈妈，我从未想过工作起来激情四射、热情高涨的母亲，有一天会倒下……

　　十几年前，竹竿巷还是个不起眼的老旧社区：小区内设施陈旧，环境堪忧。2011年，母亲上任竹竿巷社区党委书记。此时，居民私下里质疑地议论着：竹竿巷这个连男人都啃不动的硬骨头，一个女人，行吗？！

　　通过一个月的走访入户，她了解到居民最关心的是供暖问题。于是，她挨家挨户征求意见，多次召集居民大会，一次次往返热力公司申请供暖。没人知道她每天走了多少路，说了多少话，这些，并不是最难的。因为供暖技术要求，一楼住户需要刨地施工，才是最大的难题！三号楼的李大爷指着母亲的鼻子说："我们老两口不需要啥暖气，我看你敢动我家的路！"说完狠狠地把门关上！怎么办？母亲问着自己：为居民办点实事儿咋就这么难呐？！放弃！不管了吗？看着胸前的党徽，她选择坚持。她一次次登门不厌其烦地说明情况，即便是一次次地被轰出门来。后来，母亲得知，李大爷和老伴儿是空巢老人，儿孙们一年回不了几次家。她就在家做好饭，带去陪二老吃饭，还经常买些牛奶、水果给老人家送去……慢慢地，李大爷动容了，他说："张书记呀，今儿我不想喊你书记，你更像我的女儿。这些年，哪有谁真的管我们老两口儿哎，你来了，我才觉得我们不孤单！孩子，我支持你！"于是，李大爷第一个带头同意开挖路面，管道铺设顺利开工……母亲一腔热诚的付出，换来全体居民的温室暖冬……

母亲，是我的榜样。榜样，注定是要付出牺牲的：牺牲私利，维护公利。每逢春节，只要是家里能拿出手的东西，不管是米、面、粮油，还是其他生活必需品，都让母亲拿出去走访慰问困难居民了。甚至是年三十儿刚刚准备的饺子馅儿，也被她偷偷拿出去送人……我们一开始是埋怨和不解的，她都是听着家人的数落，隐忍着委屈和苦楚，她理解家人的情绪，但更体恤居民的难处，她选择做自己认为正确的事儿，正如她所说的那样："居民的事，就是我的事；居民的命，就是我的命！"

居民的命，就是我的命！这就是我母亲，对组织培育多年的掷地有声地回馈。

2022年5月14日，我接到母亲的电话，说突然不舒服，我开始有点慌，因为我了解她，如果不是十分难受的话，她绝对是不会示弱的。陪她到医院抽血检查后，急促的电话又响起："宝芳书记，芙蓉街雨污分流改造把我们小区的下水管道截死了，您快过来看看吧！"顾不上等检验结果出来，母亲挂断电话，让我爱人将她送到芙蓉街施工现场。

检验结果出来了，血小板只有8个，正常人为100—300，医生要求立即住院，她才从工地回来，还不忘交代同事，雨污分流改造工程正处于关键阶段，一定要靠上做工作，把居民的事当成自家事，盯紧办好。然而，病情来势凶猛、急速恶化，11天以后，母亲生命永远定格在了2022年5月25日，永远离开了她曾经奋斗的这片热土和她时刻惦记着的社区居民。她没有等到我送的母亲节礼物，没有给我留下膝前尽孝的机会，就离我而去了，这也成为我人生的最大遗憾！

2023年1月，我接过母亲手中的接力棒，来到竹竿巷社区。我将传承母亲的精神品质，完成她未竟的事业。现在，每天沿着母亲曾经的足迹，穿梭在古巷，我都会和母亲进行穿越时空的对话，我总会默默地对母亲说：初心不改赓续红色血脉，实干担当汲取奋进力量，我也将用自己的实际行动续写绚丽多彩的新篇章。

如愿

莒县莒国古城管理服务中心工作人员　陈梦圆

从事宣讲工作三年以来，我讲过许多红色故事，故事的主人公，大都是走过烽火硝烟、在历史的长河中渐行渐远的人，我从未与他们相见过。去年，我作为莒县红色宣讲团成员在不同的场合，讲过同一个故事，故事的名字和今天一样，也叫如愿。故事的主人公，是莒县一位感动全网的老人，她为了一句朴素的承诺，等了丈夫76年，她叫陈秀英。

在日复一日的讲述中，我时常心有疑问，是怎样的信念支撑她走过76个春夏秋冬，走过这一生的光阴？我迫切地想要见到她，我想只有跟她面对面地交流过，才能解开我的疑问，才能讲好她的故事。于是，在一个阳光明媚的日子里，我走进她的家中，第一次跟我故事里的主角相见。

其实在去之前我有点担心，我想问的问题很多，我不知道那段苦难的岁月她是否愿意回忆，不知道重提旧事会不会再次撕开她的伤口，让她心痛。于是，我小心翼翼地改变了自己的提问方式，用更多的时间倾听，就像学生和老师聊聊信仰故事，就像孩子听前辈讲讲人生感悟。在她平静地讲述中，我跟她一起，走进了那段沉重的过去。

1946年，18岁的陈秀英嫁给了董秀安，婚后第四天，董秀安响应号召，参军入伍，奔赴战场，毅然投身到解放战争的洪流中。离家前，董秀安对妻子说，你有真心，就在这等着我。陈秀英记住了丈夫的话，哪知道这一等就是一生。她今年已经96岁了，经历过旧中国的苦难，也见证着新中国走向辉煌。老人跟我说，那个年代，温饱是最大的问题，吃了上顿不知道还有没有下顿，活过了今天，不知道还有没有明天。在她家中，我见到了那双一辈子都没给丈夫做完的布鞋，还有那幅她一生中与丈夫的唯一合影———一位好心人画成的画像。我问她，画里的人跟记忆中的人像吗？老人说，不像。我继续追问哪里不像，她说，不记得了。76年过去了，老人对于丈夫的记忆已经越来越模糊。在交流的过程中，她说如今日子过得挺好，多亏有了共产党。她忘了丈夫的容貌，却没忘记丈夫的信仰。76年很短，因为在人类历史发展的长河中，只不过是花开花落的几瞬间。76年，也很长，因为那近乎是一个人一生的光阴。

去年6月份，在各方的帮助下，陈秀英老人等来了丈夫的牺牲地四平烈士陵园的一抔陵土，如愿等到了与丈夫的团圆。这对曾经的少年夫妻，在76年后的今天，以这样的方式重逢，她终于，如愿等到了丈夫回家。我问老人，现在还想他吗？她说，回来了，就不想了。我说，董爷爷是英雄。她眼中泪光闪闪，没有回答我。我想，年迈如她，可能并不了解英雄这个群体对于这个时代的分量，可我懂，我们都应该懂。

这次采访，我如愿见到了故事中的主人公，也如愿直面了她内心的坚持与感动。我为什么做一名挖掘故事的人？是因为顺着这如愿人间寻找美好源头，寻着寻着你就会看到一个个不惧生死的英雄人生；我为什么做一名讲故事的人，是因为英雄故事点亮了中华民族最闪亮的精神坐标，而精神的引导总是会给人力量。

后来，我再去小学给同学们讲陈秀英老人的故事，在开讲之前我跟同学们互动，问他们有什么心愿，大家都很踊跃，有的说想要成为画家，有的说，过生日的时候想要一件公主裙。当我讲完陈秀英如愿的故事，我看到孩子们哭了，甚至有一位同学跑来跟我说："老师，我想给这个老奶奶一颗糖，她太苦了，吃糖会甜一点儿。"我感动于孩子们纯真的行为，同时更有一丝欣慰，我知道他们听懂了英雄的故事。如果你也觉得陈秀英老人的故事让人心疼，那么我相信你的内心一定能滋养出克服伤痛的力量。

每个人心中都有一盏灯，这盏灯能亮多久，人就能走多远。把一个个好故事讲给更多的人听，是我作为宣讲员的梦想，也是我心中的那盏灯。一路走来，我小小的梦想和伟大的新时代一起，不断成长，彼此护航。习近平总书记在党的二十大报告中指出："讲好中国故事，传播好中国声音，展现可信、可爱、可敬的中国形象。"身为一名基层宣讲员，我时常问自己，有没有始终保持讲好故事的初心，有没有通过故事给听的人带来力量？每当我在讲述中获得感动，我总想着也在你心里种下一颗种子，在你迷茫时，这颗种子能够生根发芽，让你在面临选择时遵从内心决定。让我们一起，讲好中国故事，传播好中国声音，将穿透时光的精神力量传承、铭记。

农民工程师的成长故事

山东聚祥机械股份有限公司研发组长　王呈周

1972年,一夜高烧后,我患了脊髓灰质炎,尽管父母花光家中所有的积蓄为我治病,我最终还是落下左腿残疾。在我童年的记忆里,不管学什么,都要付出超常人几倍的努力。上学怕迟到,我总是天不亮就提前出发。为学会骑车,经历了上百次的摔倒和爬起。

常言说麻绳专挑细处断,初中一年级的时候,父亲又因病去世,当时感觉天都塌了,我一边读书一边默默地帮六十多岁的老母亲在责任田里干活,我们母子相依为命,一直维持到1988年初中毕业,我就辍学回家。看到身边的同龄人都进城打工,自己重活干不了,打工没人用,我的心情一下子跌到了谷底,我的路该怎样走下去?

后来,为了学一门谋生的手艺,我进了一家农机修配厂做了学徒。当我看到旋转的机床、精致的工件,还有很多专业书籍,我就像迷途的孩子忽然找到回家的路,那一刻,我决心要好好地学一门手艺。白天跟着师傅学习技术,晚上回家看书自学,工作中遇到的难题,我就从书本上、实践中一点一点攻克,"别人可以的,我一定也要做到",就是凭着这种坚强的意志刻苦的学习,我一步一步掌握了机械设计的相关知识。

2015年初,我来到了专门生产砖瓦设备的山东聚祥公司。当时国内把烧制好的砖从窑车上卸下来还是靠人工搬运，温度高、灰尘大、环境恶劣，没人愿意干。淮海公司的陈总就是因招不到人卸砖面临停产，找我们帮忙的。其实国外也有类似于卸砖打包的设备，但价格昂贵。我就暗下决心，啃下这块硬骨头，"做我们中国人自己的卸砖打包机"。

我多方查找资料，研究技术方案。其实对于我来说，每一步都充满艰辛与挑战。白天，我守在车间里搞实验，晚上就蹲在电脑前模拟计算，每天工作十六七个小时，困了、累了就趴桌子上眯一会，饿了就烫包方便面。经过500多个日夜，光图纸就绘制了1万多张。因为我坚信，只有把自己逼到绝境，才能取得超人的成绩。

苍天不负有心人，终于，我们公司独自研发的国内第一台卸砖打包机在安徽淮北试车成功了，它不仅解决了淮海公司的大问题，还把工人从繁重的劳动中解脱出来，由原来的搬砖工成为设备的管理者。卸砖打包机的研发成功填补了国内空白，在行业内引起极大的反响。产品已销往全国21个省区，并出口越南、老挝等国家，给公司带来了可观的经济效益。

近几年，我带领研发小组创建了"工匠创新工作室"，先后开发无人扫地车等新产品30多个，申请国家专利15项，参与承担4项省级重大科研项目，我又被山东建筑大学聘为研究生校外指导老师，培训带徒40多人。同时我积极参与"希望小屋"公益活动，在团委的帮助下，和田庄镇困境儿童刘怡轩结成帮扶对子，尽我所能，关爱儿童，反哺社会。

"业精于勤技在专，行则将至事必成"。我从一个初中毕业的农民工，成长为行业专家，破格晋升为高级工程师，被授予齐鲁工匠、山东省五一劳动奖章、山东省劳动模范。这一切的获得，我要感谢党和政府对我的关怀，感谢工会对我的培养。我更感恩自己生逢的这个好时代。今后，我会继续发扬劳模精神、劳动精神，工匠精神，带好队伍、培养新人，在研发创新的道路上，努力工作，再立新功。

以血肉之躯守护百姓安全

滨州市公安局特巡警支队三级警长 邢书村

电影《拆弹专家》的主人公，在起爆倒计时的滴答声中，冷静拆弹；在爆炸的轰鸣和烟火中，行稳如山；在毫秒的时空里，与死神赛跑……这，就是排爆警察！

而我就是他们中的一员。

说起排爆，这是一份与死神博弈的职业，是生死之间的逆向而行，是"无声世界"里的生死时速。

那是2021年，我们接到省公安厅的紧急命令赶赴一处涉爆现场。但眼前的景象却让我们倒吸了一口凉气，在一处深达8米的建筑工地内，挖掘出解放战争期间遗留的炮弹，手榴弹、迫击炮弹层层叠叠掩埋在土里。但最棘手的是，弹体和引信已经结合，稍微碰撞就会引发爆炸，其威力相当于1枚15吨的超级炸弹，方圆百里将被夷为平地。因为我们采用高压水枪滋出炮弹，大部分炮弹埋在泥浆里，并且数量巨大，排爆机器人等专业装备根本无法发挥作用。我们必须一只手保护好炮弹前端的引信，避免受到磕碰而引发爆炸，另一只手紧紧握住弹体防止滑脱，然后一枚一枚地从泥里抠出来再捧起来。突然，我们的一名同志脚下一滑，身体不受控制地向前倒了下去，一瞬间，我们都呆住了。在这危险时刻，只见他将手里的炮弹高高举起，脸却狠狠地摔在了地上。过了好一会儿，他才缓缓抬起头用颤抖的声音对我说："哥，我没事。炮弹好好的。"我慢慢地接过他手里的炮弹，什么都没说，只对他重重地点了点头。

在进行第一次销毁时，突然嗖一声响，凭经验我知道这是燃烧弹。燃烧弹的内部装填有大量白磷和黏稠剂，一旦沾到皮肤上瞬间就会燃烧起来，甚至会烧穿肌肉和骨骼。我们的心又一次提了起来。每次在清理销毁坑的时候，我们都小心翼翼先将残留的白磷转移至安全地带进行深度掩埋，杜绝一切隐患。

整整7天，爆破32次，销毁炮弹14000余枚，我们打破了近年来同类型涉爆警情的最高纪录。我们终于赢了！我们又一次战胜了死神！

排爆是一场与时间的赛跑、是在刀尖上跳舞。定时炸弹、遥控炸弹等等不确定因素时常发生，常常令人意想不到。训练场上，铁筷子夹钢珠、木耳勺掏火药、铁钳子穿针这些专业技能训练，考验着我们的耐力和细心。

其实，在我们的心里始终有这样一个梦想："努力让排炸弹像咱们老百姓捡土豆一样简单安全"。为此，我们还研发了很多装备，其中，全国第一辆新型翼展式自动化排爆车，就是我们用近10年时间研发出来的。

那是2012年，看着传统排爆装备车，我就想，一件装备50公斤，4-5个人才搬到车上，更何况我们需要携带40余件装备，光搬运器材就需要半小时以上。要是排爆车像"变形金刚"一样，行驶的时候是车，排爆的时候是工具就好了，可如何实现装备的自动化搬运？如何实现排爆车的远距离遥控？我苦苦思索不得其解。

突然有一天，我在收快递的时候，看到工人们通过物流车的液压尾板来装卸货物。我猛然想，能不能把液压尾板改装到排爆车的两侧和尾部？没想到却遭到厂家浇来的一盆冷水：简直异想天开！但我知道，作为一名长年战斗在生死线上的排爆手，吃苦是必需的选择。于是，我白天和厂家沟通，晚上查阅资料，一次次改装探索，一次次推倒重来。有一次，在改装水箱时，里面100℃的开水一下子倒在了我的双腿上，剧烈的疼痛瞬间让我倒在了地上。即使这样，我也没有停止过研发。

终于，2022年，全国第一辆新型翼展式自动化排爆车研发成功了。在一次排爆行动中，从备装到展开作业，我们仅用了5分钟的时间，最后成功将爆炸装置安全处置，成为全国自动化排爆的领跑者，填补了国内空白，在行业领域最高论坛上荣获一等奖。在全省公安机关二十大安保誓师大会上，自动化排爆车首次亮相，惊艳四座，赢得阵阵喝彩。10年啊，为了研发这台车，我们探索了整整10年！

习近平总书记对人民警察提出了"矢志不渝做党和人民的忠诚卫士，为维护国家安全和社会稳定再立新功"的殷殷嘱托。一路走来，我曾经历过很多生死瞬间，也曾见证过同行战友为此付出的代价。但人一辈子总得干点事，而且是干点有意义的事。作为一名光荣的人民警察，头顶庄严的警徽，我再次郑重宣誓：请党和人民放心，我将义无反顾、牺牲奉献，勇敢担负起新时代赋予的新任务新使命，愿用血肉之躯守护百姓安全。

"法官"书记的酸甜苦辣

淄博市周村区北郊镇杏元子村
党总支书记、村主任　董　锋

2017年我从周村区人民法院退休，2020年服从组织安排回村任党支部书记。从此，人们开始称呼我为"法官书记"。

2020年8月24日是个让我难忘的日子。23日下午，北郊镇的领导动员我回村担任党支部书记，被我拒绝了。晚上又接到区委组织部张副部长的约谈电话，我辗转反侧，一夜无法入睡。次日清晨，我给在北京的家人通了电话。经商议决定，不答应。

24日上午9点，我和张部长见面了。张部长开门见山地说："董法官，组织上准备派你回村任党支部书记，今天我征求一下你的意见。"我把准备了一夜的拒绝理由一一细说，可张部长听后只是淡淡地笑了笑说："今天我就要你一句话，假如组织上决定派你去，你去还是不去？"话说到此，我再难拒绝，我说："我退休了，又没有退党，我去！"

家人知道后，儿子说："老爸，你就是个官迷！"老伴儿说："哎，你累死拉倒吧！"

8月26日我回到我阔别四十多年的故乡——周村区北郊镇杏元子村担任了党支部书记，9月1号被补选为村主任。我回村面对的是：村两委班子散了，村民的心乱了，已建三年的棚改工程停建了。上访多、诉讼多、不稳定因素多是这个村的三大特征，该怎么办？

为聚民心，我筹措资金为党员建了一个学习、活动的场所。我用心、用情地把每次会议都开成一个故事会。记得在第一次党员、村民代表见面会上，我用三个"不"回答了部分村民对我回村任职的质疑。不拿村里一分钱，不谋村里一分田，不怕得罪任何人！几次会议下来，村民脸上有了笑容，和我说的话也多了，他们开始接纳我了。

面对千头万绪的工作，我从村民最关注的拆迁后一直没有得到补偿的问题入手，登门串户、了解诉求。依据当时的拆迁政策和法律规定，制定出最有利于拆迁户的补偿方案，然后通过民主议事程序，妥善地解决了问题。针对村民们对有些村集体经济组织成员身份的质疑，我启动了集体成员重新确认程序，把不符合条件的全部删除。这一件事就节约土地补偿款20多万元，村里一下子稳定了下来。随后，我又扑到工程上，做施工队的工作，帮助他们解决难题，促使他们一年干了我回村前三年的活。去年6月11日，534套棚改安置楼通过七个小时的选房大会顺利分配完毕。可是在分房前一周我是吃不下、睡不着，唯恐分房再把村分乱了，我白天忙村务，晚上住在办公室里计划分房，房子分完了，我也病倒了，连续十几个小时两只耳朵什么动静都听不见了。大夫看了说："你是操劳过度，熬夜熬的，一定注意休息！"大年三十正是阖家团圆的日子，可我还在走访、慰问困难家庭和老党员的路上，三年没能和家人过一个团圆年。我已经66岁了，可每年的九九重阳节我都亲自操持着为村里六十岁以上的老人们过节，看着义工给他们理发，他们脸上露出的幸福笑容，看到我们的志愿者端着热腾腾的长寿面献到八十岁以上老人的面前时，他们脸上浮现出孩童般的笑，我那心里呀，真是幸福满满！

我这样拼命地干着，可还是得不到有些村民的认可。在2021年换届时，他们就四处散布流言蜚语，干扰选举。我曾在会上承诺这一年让老百姓回家过年，后因资金及疫情原因未能实现，有村民在大会上站起来就问我："董书记为啥还不辞职？"还有人跑到我的办公室，提出些无理要求被我拒绝后，当场抛下狠话："你等着，看我不弄死你！"

亲人们知道这些后，心疼地说："咱不干了成吗？"

朋友们也不理解我，问我："你这么没白没黑地为村里干，给你多少钱啊？"我说不拿钱，不拿钱你去干啥？到底为了啥？"

是啊，我为了啥呢？就在我最纠结、最无助、最煎熬的时候，是组织和家人在支持着我。时任周村区委组织部部长的王志臣多次到村里看望我、鼓励我。他握着我的那双大手既传递着力量，更传送着组织上的关爱和期望。有时我把我在村里工作的动态发到家人群里时，大家猜，第一个点赞的是谁？是我那还不满十一岁的孙子，他用稚嫩的童声对我说："爷爷你真棒，加油！"哎！我一切都释然了。

我想起了习近平总书记说过：民族要复兴，乡村必振兴。因我的付出，换来了整个村的稳定和振兴；我受着委屈，换得了村民的张张笑脸，我值了！

仅仅用了三年，我带领着村两委把一个乱村、落后村建设成了"先进村""红旗村"，党员由原来的43名发展到现在的59名，党支部升格为了党总支。我成了网红书记，村成了网红村。现在我们村两千多平方米的智慧化党群服务中心已经启用。四千多平方米的沿街商铺正在招租中，十二幢安置楼已建成只待村民回迁入住，集体收入从十几万元增长到今年的一百多万元，村民的美好幸福生活就在眼前！

这正是：乡村振兴道路宽，服务百姓意志坚。酸甜苦辣不怕难，一生听从党召唤！

我在军石村的"一千零一夜"

烟台市昆嵛山保护区党群工作部二级主任科员 尹利

7年前,我来到了昆嵛山脚下的军石村,当了包村干部。军石是个小山村,只有50户137人,村子萧条、没生气,村集体没产业没收入也没威信,村民年龄大、腰包瘪还喜欢窝里斗,这些问题当时真是让我"一个头两个大"。但是组织信任我,把我派到这里,我就一定要干出个样。下面,我围绕"大忽悠、馋老婆、老豆腐"3个小故事,与大家聊聊我在军石的"一千零一夜"。

首先,咱说说"大忽悠"。

这些年,国家出台了不少扶持农村发展的好政策,但乡村要振兴,关键还得靠村民自己有信心、有干劲。面对一穷二白的军石村,我提出应该成立合作社,把大家伙抱成团谋发展。没想到,村民们不仅不支持,还公开说风凉话:"就这么个小破村,还想弄出点道道来,这不是做梦吗!"为争取村民们支持,我只能靠着一张嘴,不断地给大家伙"画大饼",地头画、炕头画、大会画、小会画、白天画、晚上画,有个大叔说我:"你呀,就是个大忽悠!"别说,忽悠来忽悠去,慢慢地,我发现,村民心中有火、眼中有光了。这时候,我指着村前公路问大家伙:"公路上经过的一辆又一辆的旅游大巴拉的是什么?"村民们说:"游客呗。"我说:"不对,是一车又一车的钞票,这么多钱从你家门前飘过,你就不想捞一把?"村民们说"太想了!"我说:"光想不行,咱得有办法让车主动开进来，游客走下来。"于是，2017年8月，合作社终于成立了，军石旅游正式起航。

说完"大忽悠"，我再说说"馋老婆"。

军石村虽然小，但建村时间早，村民手里也有不少老手艺，而且周边有山有水，还有景区，如果把这些资源利用好，就一定能吸引到游客。有一次，我在一户村民家里看到了流传几百年的地方美食粕琪嵧。我们当地有谚语："馋老婆，巴清明，粕琪嵧，就芽葱"。意思是"馋嘴老婆盼望清明节，因为这个时候就可以就着大葱吃着美味的粕琪嵧！因为这户村民擅长做粕琪嵧，我就动员她把"馋老婆粕琪嵧"这个旅游招牌打出来，结果人家嘟囔个嘴说："俺又不是个馋嘴老婆，俺才不干呢！"我说："哎，这就是文化，是能挣钱的旅游项目！"。现在，她不仅把"馋老婆粕琪嵧"注册了商标，而且还申请了非遗。按照这个思路，我又把花姥姥花饽饽、蒋家石磨豆腐、小么哥酱油等老手艺都搞成了美食课堂旅游项目，吸引的游客是越来越多。游客来了，我又背起扩音器，当上了"黑"导游。我晒得是越来越黑，而我们的军石旅游却是越来越红！

最后聊一聊"老豆腐"。

村子发展了，村民也有钱了，但新的矛盾也出现了。有一次，一个旅行社联系蒋大叔要来做豆腐美食，没想到大叔不仅不接，还气呼呼地找到我说："尹部长，上次接待农家乐到手700多块钱，而我到手只有90块钱，跟人家比我挣得太少了，俺不想干了。"我说："大叔，这个账不能这么算，你看上次接待农家乐成本要400多块钱，利润率不到100%；而你的接待成本是15块钱，利润率能达到5倍，能说咱挣得少吗？只是客流量还没上来，你感觉挣得少。现在村合作社和旅行社都在给咱跑市场、带客户，等客流量上来了，咱的利润也是非常可观的。"通过这件事，我深刻体会到，在农村，不仅仅要把一碗水端平，还得处理好方方面面的利益关系。为了解决这一问题，我就召集村民们商议，把大家关心的问题都亮出来，共同参与制定了《军石十条》等一系列管理办法，大家伙气顺了、心齐了，军石旅游的路是越走越宽、越走越好。2018年以来累计接待游客1.4万人，旅游收入130多万元，村民和村集体都收获了实实在在的经济效益。

一千零一夜是阿拉伯民间神话故事，但对我而言，是亲情，是友情，更是使命与担当。现在，虽然我已经不包村了，但是村民还是把我当成自己人，经常给我电话："尹部长，俺家樱桃熟了，给你留了一些，你什么时候下班，俺在村口等你！"我的心也早已和村民们牢牢拴在了一起，习近平总书记已发出向乡村振兴进军的伟大号角，面向新的征程，我将继续帮助村民们走向更加美好的未来！

回家

胜利第一初级中学教师　刘永革

1949年，上海街头近百万军民敲锣打鼓，庆祝上海战役胜利。

15岁的山东"老兵"商建华因为部队休整来到外滩。迎面走来一位说家乡话的战友。他一下子愣住了，看样子、听声音，太像7年前离家参军的哥哥——商建楼。商建楼更是吃惊，他一眼认出面前这个娃娃兵就是自己的弟弟，可他压根没想到，当年他离家时那个才8岁的小娃娃，竟也参军入伍。商建楼一把搂过弟弟，两人抱头痛哭。分别时，他们在南京路"王开照相馆"，留下了一张珍贵的合影。

谁也没有想到，这一分别，竟成了永别。

2022年7月11日，东营区退役军人事务局接到了一个求助电话："我是史口镇西商村村民商建华的儿子，我爹想委托你们帮忙寻找70多年前牺牲的我的大伯商建楼的墓地。"事务局当即安排人联系我所在的"红五星志愿服务队"，第一时间找到商建华老人了解情况。

老人回忆说，那次短暂相聚后，他随部队南下，哥哥因伤留在上海治疗。没想到，两个月后，医治无效牺牲了。怀着悲痛的心情，他连夜赶往上海，到虹口陵园祭拜了哥哥。

1955年，他再次前往虹口公墓，才知道虹口公墓已迁到了宝山公墓。从此，他失去了哥哥的消息。

"73年了！俺想了他73年，也找了他73年！可俺就是找不到他！啥时候，俺哥能回家啊！"老人紧紧抓住我们的手，哭得像个孩子。

一声声的呼唤，让所有人潸然泪下。一场"送烈士回家"的行动就此展开。

由于年代久远，信息不全，寻找烈士之路坎坷而曲折。

2022年10月13日，我们驱车赶到上海宝山烈士陵园。迈进陵园大门，站在"热血丰碑——解放上海烈士英名墙"前，仰望8000余烈士的英名，我们的心无法平静。为了祖国的解放，为了和平安宁，多少青年的热血洒在了战场，多少年轻的生命留在了他乡！

屏住呼吸，睁大眼睛，我们一个名字一个名字地仔细查找，多想从这8000余烈士英名中，找到那个在我们心里呼喊了无数遍的名字——商建楼。

没有！还是没有！

大家沉默了。

我们又辗转来到上海民政局，耐心翻阅党史资料，试图找到记载烈士的文字，哪怕只言片语，可还是毫无线索。

走出民政局大门的那一刻，我们的心都沉甸甸的。

尽管寻找烈士之路异常艰难，但我们从未想过放弃。

回来后，我们在"9120寻亲平台"、"宝贝回家"上海志愿服务协会的帮助下，通过走访、电话和网络等发布寻亲信息，不停地寻找烈士线索。"送烈士回家"，这已不仅是我们的一项工作，更是一份神圣的使命。

2023年2月11日，春节喜庆的气氛还没散尽，清脆的电话声欢快地响起："你好！我们是'宝贝回家'上海志愿服务队。受东营区'红五星志愿服务队'的委托，经过努力，我们在龙华烈士陵园找到了烈士商建楼的墓地，还有啊，在宝山烈士陵园病故军人存放处，我们找到了烈士的骨灰盒。74年了，烈士在这里等待亲人太久了。"

7个多月的奔波与努力，化作热泪滚滚而下。

离家犹是少年身，归来已是报国躯！

3月14日，护送烈士遗骨的车辆缓缓停靠在西商村村口。92岁的商建华微颤着身子，紧紧抱着哥哥的骨灰盒："哥，74年了，我们带你回家了！"

我的父亲是一名抗美援朝的老革命，在我小时候，他常给我讲打仗的故事，他说的最多的一句话就是："不知道那些牺牲的战友，都回家了没有？"

2017年，"红五星志愿服务队"在东营市成立。我主动申请加入。"为英雄寻亲，送烈士回家"，就是我们志愿服务队最大的心愿。8年来，我们"寻访抗战老兵"310位，让英雄的故事走进百姓家；走访慰问伤残老兵、烈军属共300多名，帮他们排忧解难；帮助战争时期失散的13位烈士后代寻亲圆梦。

细算下来，这8年，我们跑遍了8个县区、20多个乡镇、31个烈士陵园。东营区"红五星志愿服务队"在"全国青年志愿服务项目大赛"荣获了全国银奖、山东省金奖。

曾经有人问过我们，现在都是和平年代了，你们这样做有什么意义吗？我想告诉大家，在寻找革命英雄的过程中，我们深刻体会到老一辈革命者抛头颅洒热血、大无畏牺牲精神的伟大崇高，更加坚定了我们奋斗强国的使命担当。

新时代、新征程，我们将踏着先烈的光辉足迹，肩负使命，继续前行！

空中逆行火焰蓝

青岛市消防救援支队航空
救援大队飞行员 高 嵩

2016年，经过6年部队院校的专业学习，研究生毕业的我，进入青岛市消防救援支队，成为一名消防指挥员。2018年，青岛支队首次组织消防直升机飞行员招飞，我经过层层考核，最终成为青岛支队首批飞行员，目前也是全国消防唯一的女飞行员。

说起消防救援，大家首先想到的是危险。面对危险，穿上这身火焰蓝，我义无反顾。那是2022年4月19号，青岛三标山突发山火，凌晨5点38分，我接到命令驾驶37021号直升机飞赴火场。在空中侦察发现火情异常复杂，山谷、峭壁、石缝都燃起了熊熊烈火，滚滚浓烟更是遮天蔽日，能见度极差，大大增加了灭火的难度。面对这场山火，我和我的机组成员没有丝毫畏惧，驾驶直升机在山林间穿梭往返，连续向火点洒水。没想到的是临近中午12点，仪表显示山间突然出现9级强阵风，气流异常紊乱，而这时直升机正载着5吨水飞到一处峭壁上空，受上升气流的冲击，机身突然出现严重抖动、仪表指针疯狂摆动、飞行数据瞬间临近极限，此时若稍有不慎便会有撞壁、坠机的危险。为了确保机组人员安全，我果断决定：立刻将载着的5吨水洒掉，减轻机身重量，爬升高度，尽快摆脱危险境地。最后，经过了35个小时的灭火，飞行往返了28架次，洒水1092吨，终于将这场山火扑灭。直升机落地后，我走出驾驶室，由于紧张和疲劳，我的胳膊和腿止不住发抖，浑身发软，衣服全部湿透了。这场山火，不仅历练了我特情处置的能力，而且让我积累了经验、更有信心完成今后的各项救援任务。

消防队伍改制转隶到应急管理部以来，不仅有灭火的任务，更担负着救援的任务。2022年9月6号上午11点，我们接到命令：一名巴拿马籍邮轮船员突发心脏病，急需上岸救治，而这艘邮轮行驶在青岛胶州湾外海域，海上刮着8级强风，急救直升机的抗风能力有限，无法飞到海上救援，于是就调派我们消防重型直升机前去救援。当我驾驶直升机到达现场上空发现，海平面的风与空中的风风向相反，形成强对流，再加上当时8级风浪的影响，直升机在高度下降过程中随时都会受到气流的威胁，如果操作不慎，就会导致坠机。此时，我们从100米的高度开始逐渐下降，风吹得直升机摇晃得越来越厉害，我紧紧握住驾驶杆，精力高度集中，尽最大努力保持直升机平稳状态，80米、50米、30米……5米，到达作业高度，就在我正要下达救生员出舱救援指令的时候，海面突然掀起一股巨浪，使邮轮在翻滚的海浪中不断摆动、摇晃，于是我只能一边稳住直升机方向，一边保持5米高度，追着邮轮移动的幅度，不断调整直升机来保持它与甲板相对稳定的位置。终于，救生员成功从后舱索降到甲板，将外籍病人救到后舱，紧接着我驾驶直升机快速爬升到安全高度，最终在黄金救助时间内顺利将病人送到抢救地点。虽然只有短短十几分钟的救援，却让我感觉像经历了几个世纪一样漫长。看到病人得到救助的那一刻，我感到自己小小的身躯，竟然可以释放如此强大的力量。

2022年以来，我还参与了即墨丁字湾、青岛第一海水浴场等海域救援任务。那天临近傍晚，一艘渔船在即墨丁字湾出现险情，我接到命令驾驶直升机快速赶往海湾,在最短时间内将全体船员救助上岸,避免了险情的进一步发展。外省游客由于不熟悉青岛海域涨退潮情况,不慎被困在海中,我们第一时间飞赴救助,使其脱离险境。

到今天,我完成了烟台昆嵛山和青岛大珠山、崂山、三标山等重大森林火灾扑救任务,成功救助5名遇险者,累计飞行600多小时。将来还会有800、1000、5000小时……只要需要,我就会一直飞下去。

身为新时代消防救援队伍中的第一名女飞行员,一名空中逆行者,我将始终牢记习近平总书记授旗训词精神,把火焰蓝的荣光,书写在碧海蓝天,写下我的誓言:对党忠诚,纪律严明,赴汤蹈火,竭诚为民。

我的甜蜜事业

山东耿师傅食品有限公司总经理　耿超军

2010年，我走出大学校门，只身一人到北京闯荡。在大城市立足，有车、有房、有家、有事业，是我当时的梦想。真正成为"北漂"一族后，我才发现，大城市的生活并不如想象中那样精彩。早晚高峰的地铁车厢中拥挤不堪，朝九晚五、按部就班的工作枯燥乏味。每天两点一线的生活，没有朋友，没有家人，感觉我的未来一眼就望到了头。那时的我，天天想家，想吃妈妈包的羊肉饺子。拨过去的电话被飞快地接起，另一头的妈妈笑着说："妮，等你回来，妈给你包。"一个周末，我终于回到老家，吃着妈妈包的水饺，心里涌出一股特别踏实的归属感。看着家乡日新月异的变化，看着自家食品厂扩大规模急需人手，看着进进出出不停忙碌的父母，我决定回家！帮助父母二次创业，也搏一个属于自己的未来。

2013年，我回到家乡，负责自家企业的生产经营。每天起早贪黑，四处奔走，真正体会到企业经营的艰难。为了打开新市场，我拎着大包小包的糕点试吃样品，满脸堆笑，顺着沿街店铺一家一家地上门拜访推销。"不要，我们不需要！""告诉你多少次了，我们已经有固定供货商了。"有干脆拒绝的，有委婉劝退的，但我的热情丝毫没有动摇，我很快调整好心情，重新出发。印象最深的是2015年的夏天，天气火热，我带着10个月大的儿子去跑市场。在一家超市门口停好车，看着熟睡中的孩子，我不忍心叫醒他，便把孩子放在了后车座上，第六次进门去推销。"我说过了，不行，你不用再来了……""这是我的联系方式，有需要的话……"我正准备再争取一下，忽然听到了孩子的哭声，我三步并作两步地往回跑。拉开车门，看到儿子歪坐在车座下号啕大哭，满头是汗。我赶忙抱起他，轻轻擦去他满脸的泪水汗水，柔声安抚着他："宝宝不哭，妈妈在呢，妈妈在。"嘴里不停地说着，眼泪却止不住地掉了下来。眼前的挫折和困难并没有迫使我放弃，反而激起了我不服输的斗志。回去后，我更加深入地做了关于这家超市的背调，在我第八次登门时，他们终于同意留下几件糕点销售试试。

因为有了孩子，我经常在网上与其他宝妈交流育儿经，也交了不少朋友。2016年秋天的一个傍晚，一位要好的宝妈打来电话，她声泪俱下地诉说着自己的憋屈：因为孩子她不得不回归家庭，但是，全身心地为家庭付出却被丈夫忽视，长期与社会脱离却遭到丈夫嫌弃，甚至面临即将离婚的局面。她的每一句话都沉重地扎在我的心上，很多全职在家带娃的宝妈失去了经济来源，又得不到家人的理解，慢慢变得自卑、压抑、焦躁。我理解她们的情绪，特别想帮助她们摆脱窘境。看着手中的订单，突然灵光乍现——我拥有自家工厂，妥妥的一手货源，我可以为她们提供一份兼职收入呀！说干就干，当晚哄娃入睡后，我就开始学习如何做好微商。我推出了"一件代发"零门槛的优惠政策。很快，我们拥有了200多人的宝妈代理团队，就是这一群爱拼的宝妈们，第一个月竟然实现了销量翻番。看到宝妈们眼里重新散发的光芒，我顿时领悟到人生的价值。我暗下决心，一定要带着大家一起走下去！

2019年，我敏锐抓住抖音、快手等短视频平台的推广作用，投入研究直播和短视频的制作。一部高质量的短视频作品，从内容策划、视频拍摄、后期制作,到创意创新、营销推广、用户体验,每个环节都需要细致的规划和准备。这些对于我这个门外汉来说,只能是花更多的时间、付出更多的努力去学习去实践。我大把大把掉头发,失眠和焦虑如影随形,但不轻易服输的我,在经过上百次的失败后,终于在2020年的春天开始了第一场直播带货。经过不懈努力,当年的"6·18购物节",我带领宝妈们直播销售一场近10万元,更是用4个月创下了100万元的销售额。昔日压抑苦闷的宝妈们,而今实现了"财务自由",看着姐妹们变得越来越自信,越来越开朗,我感觉特别骄傲。

从一个人创业到一群人创业,这段经历让我更加清醒且坚定:要想走得快,就一个人走;要想走得远,就得一群人走。现在,我在做大做强自家企业的同时,承担起更多的社会责任。在市、县妇联的帮助下,我成立了"巾帼共富"电商培训基地,通过分享自己的经验,帮助更多想从事网络销售的姐妹、当地企业和品牌走出小县城,一起创业、共同富裕。

在返乡创业的日子里,我深刻体会到"幸福是奋斗出来的"深刻内涵。未来的路还很长,我希望把这份甜蜜事业越做越大,在乡村振兴的大舞台上出彩圆梦!

弯腰姑娘

**济南市莱芜区高庄街道曹家庄村
党支部书记助理 李希晗**

我是2022年入职的选调生，也是曾经火爆微博、抖音、朋友圈，多次登上热搜的那个女孩。

2022年10月份，周五的傍晚，天色渐黑，我骑着自己的小"电驴"，快乐地行驶在下班的回家路上。走到205国道时，隐约看到车流都在躲避着丁字路口的一块区域，正纳闷着原因，我自己也到了这个路口。定睛看去，快车道上，拳头大小的石块不均匀散落着，明显是棱角锋利的料石，零零散散竟有数十米长。新闻中因为路边落石而车毁人亡的惨痛场景在我脑海中浮现，大车驶过，石头会被弹飞，这对行人与车辆来说，是多么大的安全隐患，不假思索，我便把车停到路边，自己则下车捡起了石块。

正值下班高峰期，货车汽车摩托车，混杂的车辆从我身边呼啸而过，天也渐渐黑了下来，我捡捡停停，再看看路况，秋高气爽的夜晚，鼻尖竟也冒出了汗珠。突然，耳边的车辆呼啸声没有这么明显了，路过我的车子都放慢了速度，有的还打起了双闪，相互提醒着路况，温暖在道路上、在闪烁的灯光中、在我的心里涌动。捡完这片我继续前行，隔了十几米，又是几块，依旧是停车捡起，回头望，路面隐患一扫而空，我带着极大的满足感继续着回家行程。

往前走了没多久，几个交警在路边拦住了我，人生第一次经历被交警拦住，我心里直犯嘀咕，抬头脱口而出就是："我戴头盔了，是要检查吗？"交警们笑着摆摆手，问道："唉，小姑娘，路边捡石头的是你吧？""是呀。"我心里一阵懵，这刚刚发生的事儿，他们是怎么知道的，我不得其解，交警们也只是记下了我的联系方式，便跟我挥手告别了。

想不到的是，第二天，两位交警居然来到单位给我送来了锦旗和小礼物，还把当晚的视频刻成光盘送给了我，原来当时他们正在查处货车违法运载，在处理完成后返回现场，准备清理碎石时，发现碎石已经被清理干净了，便通过监控找到了我。就这样，交警、锦旗、我，一张照片定格了这场简单行为带来的神奇机遇。本以为事情就这样告一段落，没过几天，我收到了来自朋友的信息："你知道自己上热搜了吗？""热搜？"我满脑子都是"这怎么可能？"点开微博，竟然真的看到"女孩弯腰28次清理超载货车落石"的热搜，而且正在由全网第15位慢慢上升。

就这样，我有幸感受到火爆后的连锁反应，手机号被朋友调侃变成了"热线电话"，不同媒体的采访邀请、上亿的阅读量、各大平台的热搜榜，甚至我还收到了奖金。我惊讶于网络的推动能力，但细细思索，真正推动这件事火起来的并不是网络。事情很小，于我而言是微不足道，举手之劳，被推动着出现在热搜上的，是大家心里的正能量，是社会主义核心价值观的缩影，是这个时代积极善良的新风向。我联系交警将5000元的奖金全部捐出，用于因交通事故受困家庭的援助。

一次意外的"弯腰之举"让我除了"基层选调生"外，又多了一个新的身份——"弯腰姑娘"，现如今，有人第一次见到我，还会恍然道"噢，拾石头蛋的小闺女"。

村里行动不便的李大娘想办残疾证，那天，她抱着自己认为所有能用到的证件，一瘸一拐、颤颤巍巍地走进了村委办公室，看着她怀中的一大摞材料，再看看她因为无法理清楚步骤而紧张涨红的脸，我自告奋勇地担起了帮她申请的工作。奔波着办完手续后，大娘拿着终于办完的证件，跟我拉起了家常。原来，她的丈夫和儿子都因病去世了，平时自己在家，身边连一个一起说说话的人都没有。从那以后，我每个月都要去李大娘家好几趟，一起唠唠家常、收拾房间、打理小菜园……今年春天，我吃到了和李大娘一起种的豆角。"为了俺恁来回跑着照顾，就和亲闺女似的，真好啊，俺感谢国家感谢党。"仅仅是这样简单的小事，却得到了大娘握着手不放甚至语无伦次的感谢，我好像理解了千秋家国业尽在平凡间的真正含义。

到今天，我已经踏入工作岗位近一年，时间虽然不长，却也见证了这座城市太多的感动。有第一时间闯入车流救起孩子的快递小哥，有提起灭火器化身"救火勇士"的公交司机，有在滚滚浓烟中毫不犹豫翻窗救人的好邻居……我看到，无数平凡英雄拼搏奋斗，汇聚起了新时代中国昂扬奋进的洪流。未来，我将继续躬身热土，扎根基层，在平凡中坚守初心，在实践中践行使命。

非遗赋彩新时代

临邑县兴隆镇人民政府 许同新

我是一名来自基层的宣传文化工作者，今天给大家讲一讲我与非遗戏曲"一勾勾"之间"起""承""转""合"的故事。

我与一勾勾缘分的"起"实在无法说清，从一开始的听不懂，到慢慢体会出它独特之美，或许这就是文化潜移默化的力量。如今的我，能品味得出它韵味悠长的唱腔，也欣赏得了它一招一式间的魅力，更能感受得到它钩子一样动人心魄的力量。听奶奶说，老一辈人都爱听一勾勾，甚至有了"白天不听勾勾调，晚上睡不着觉"的说法。

作为国家级非物质文化遗产，一勾勾也经历了一段艰难的传"承"，我有幸参与其中。早年间，由于种种原因，老艺人相继离世，学唱的人越来越少，一勾勾濒临消亡。这揪着每一颗热爱一勾勾人的心，其中就有一名叫杨润海的戏曲爱好者。他是当地小有名气的农民企业家，还曾连续三年担任当地政协委员，名利都不缺，可他心里却总觉得少了那份最宝贵的东西，他要让一勾勾传承下去，这个想法越来越坚定。可一勾勾传人早已散落各地，而且自古"传内不传外"，想要传承下去谈何容易？

他打听到，杨官营村的张秋英夫妇会唱一勾勾。杨润海费了九牛二虎之力，终于做通了夫妻俩的思想工作，可村里有威望的老人却不同意外传，祖宗的规矩怎么能丢呢？你杨润海是不是有所图？他坦诚地说："是！我是有所图！我图的就是让一勾勾能继续演下去，别在咱们手里失传！"正是这句话撬动了老人们的心。就这样，一群普普通通的老百姓在镇文化大院成立了"一勾勾剧团"，杨润海自费购买了演出车，不辞辛苦地带着剧团到处演出。我负责组织乡镇文化活动，从这时起我与杨叔的接触逐渐多起来，一勾勾的春天似乎就在眼前。

然而，2018年，一个惊天噩耗降临了。杨润海不幸查出了胃癌，晚期。腊月初八，他的胃全部切除。可过完年正月初九，全省的非遗展演就要开始了。我想他应该不会来了吧，可却在后台看到了走路摇摇晃晃的他。正想过去，就看到他的女儿"扑嗵"一声给他跪下了。她哭着哀求："爸，咱不演了行吗？你都这样了，还要命吗？"杨润海却说："你懂什么？好不容易发展起来的一勾勾，它比我的命还重要！"那天的演出非常成功，可谁也不知道，主角刚刚动过手术。

2019年初秋，我在办公室听到敲门声，推开门，杨叔斜靠在门框边，他伛偻着身子，脸色苍白，却硬生生地挤出微笑来。我吃惊地扶他进屋，问："叔叔，你好些了吗？"他"嗯"了一声，递给我一沓厚厚的手稿，他说："以后剧团就交给我女儿了，麻烦你们多帮帮她。"几天后，传来了杨润海去世的消息。我翻看着他在患病期间写完的上万字剧本，心中生出了无限感慨！我暗下决心：一定要把原汁原味的一勾勾传下去！

作为一名基层宣传人，我经常跟着剧团一起送戏下乡，却在一次次的演出中，渐渐地发现，一勾勾老了。剧团里的演员，年龄最大的81岁，最小的也已经55岁。那段时间我日思夜想，最终把目光锁定在了镇中心小学这群孩子们身上。2018年，我们创新性地开展了"非遗进校园"活动，这也是一勾勾传承路上的"转"折点。传承人张秋英精心选拔了46名学生，每周二进学校为孩子们教授基本功。寒暑假期间，我们还会免费地去到各村，接送孩子们来学习唱腔和乐器。

记得去年暑假的一天，同学们吃完午饭，都回家休息了。我在服装室汗流浃背地整理着戏服。突然，听见院子里传来一阵熟悉的旋律。原来是10岁的恩哲，因为学不会那句低八度的唱腔而睡不着觉，正央求着老师多教他几遍。这个小男孩一脸的稚嫩和严肃，汗珠混着油彩滑落到脖子里，神态却非常投入。曹老师已经81岁，皱纹布满了脸颊，但眼睛却炯炯有神。我想，他是在小徒弟身上看到了一勾勾的希望吧。

为了更多地吸引到年轻人关注，我还尝试着把现代元素和一勾勾相融"合"。"讲文明，树新风，家和万事兴"农村文明新风尚用一勾勾的戏腔唱出来，搭配有节奏的快口，别有一番韵味，我们以短视频的形式发布在网上，赢来了年轻一代的喜爱和点赞。

有些光彩，即使穿过时间的长河，依旧熠熠闪烁。戏台上的角儿，吟唱着千年的文化，伴随着黄河雄浑的涛音，将一个个传承的故事刻入一代又一代人的基因。总有一群人，用平凡去创造非凡，为守护而倾尽全力！传承、创新、发展，这既是非遗的魅力，也是文化的力量！

让中国海上钻井平台傲立大海

中国石化集团公司技能大师　刘东章

1993年，怀揣着"我为祖国献石油"的一腔热血，我经过三个半小时的海上颠簸，来到了渤海湾胜利二号海上钻井平台，成为了一名石油工人。嘈杂轰鸣的机器声，大海中翻腾的波浪声，每天折磨得我彻夜难眠。这还不算，更难的是要面对平台上众多的进口设备，无论是说明书还是操作面板全都是英文的，这对只是技校毕业的我来说如同天书。恶劣的海上环境、高难度的技术工作，曾让我产生了逃离的念头。是铁人王进喜的先进事迹，是平台上工友们不怕苦不怕累的精神感动了我，最终我选择了留下。

1995年，我报考了山东大学英语自学考试，那时候，没有网络辅导，更没有现在的手机APP，学习全靠一本英文词典和一个复读机。我把业余时间全都用在英文学习上，学习用的稿纸摞起来比人还高，光随身听就用坏了好几个，历经3年苦读，我终于顺利拿到山东大学英语文凭。有了英语这个"敲门砖"，干起活来就顺手多了。此后，我翻译了30余万字的英文技术资料，熟练掌握了平台进口设备的使用和维护要领。

作为一名石油技术工人，光有理论知识没有实战经验是远远不够的。为了练就"金刚钻"，我每天不知捋了多少根管线，钻了多少回舱室，在一次次的设备检维修中，练就了听音诊断故障的本领。2008年7月的一天，刚刚倒班上平台的我，得知4号主机故障无法排除，上报待修，了解现场情况后，我主动要求排除故障。凭借自己积累的经验，顶着120分贝噪声的折磨，冒着50℃高温的烘烤，经过36小时的抢修，终于将故障排除，为公司节约维修成本达20余万元。

2011年，我奉命跟随胜利十号平台远赴波斯湾开拓海外市场。独立在外打井既要面临"卡脖子"的问题，又要面临突发事件。2011年12月平台顶驱突发故障，在更换电机时遇到了齿轮拆装难题。像这种情况，在国内都是由专业维修厂家负责，我们在海外，没有这个条件，只能靠自己。我反复研究，一边上网查询，一边通过国际长途咨询国内专家，设计加工了电机齿轮拆卸工具，安装时用平台厨房烤箱精确控温，没想到10分钟就换好了，办法虽然土了点，但是很管用。

2012年2月，在BS-14井放喷作业中，由于甲方对井内压力预判不足，只打开了2个放喷阀，井口压力持续升高，随时都可能爆炸着火，这将危及平台上80多人的生命安全。现场的人全都慌了。我在短暂的恐慌过后，强迫自己冷静下来，冒着生命危险冲向舷外20米处燃烧臂的尽头，用尽全力打开了第三个放喷阀，看着压力降下来的那一刻，我的双腿一软瘫坐在了地上，超强的噪声导致失聪20多天。我用生命保护了国家财产和全体平台人员的安全。那天平台上20多个外国人都对我竖起了大拇指，"Chinese，great！"

在波斯湾与平台相伴的7年间，我们直面风浪，保证了平台充足的动力。除船检要求的设备外，全部实现了海外自修，为公司节支增收3000余万元。

2021年，公司响应国家号召，加大海上石油勘探力度，租赁了国外公司一条弃置5年的钻井平台，想进行技术改造后重新投入使用。改造中遇到的最为棘手的难题是泥浆导流装置损坏，我们没有配件。生产这个配件的厂家全世界仅美国一家，人家执行霸王条款，供货周期无法保证，这让平台投产变得遥遥无期。这不由让我想起油田开发初期，明知道石油就在下面，可是因为我们没有高强度钻杆，刚打到两千多米就再也打不下去了，而老外卡我们的脖子，就是不卖给我们，当时连一个外国打工人员也敢冲我们叫嚣：没有我们的钻杆，你们永远也打不出油来，即使这样，老一辈油田工人也没有屈服，而今天再次面对"卡脖子"难题的时候，我临危受命前往大连船厂开始了艰难的技术攻关。时间紧，任务重，每天晚上都睡不好觉，做梦都在画图纸。前后修改技术方案30多次，经过50多天昼夜奋战，导流装置的配件制作成功，平台上终于传来了机器的轰鸣声。那天，大家抱在一起激动地高喊："成功了！我们成功了！"攻克现场卡脖子技术难题，为国争光，为海上石油勘探助力，我们创造了极不平凡的业绩。

2021年10月，习近平总书记视察胜利油田时指出："能源的饭碗必须端在自己手里"。我听了之后，心潮澎湃。30多年来，从渤海湾征战波斯湾，扎根平台一线，端牢技术饭碗，取得121项技术成果。我先后获得全国五一劳动奖章、全国技术能手，享受国务院政府特殊津贴。作为一名新时代蓝领，我将坚守初心，发扬石油工人精神，让中国海上钻井平台永远傲立大海！

勇担新使命 当好"绣花人"

泰安市泰山区岱庙街道花园社区
原党委书记、居委会主任 刘 欣

2002年4月，在我即将离岗，将要离开工作了几十年的泰安市泰山区岱庙街道办事处，卸下一名政协干部的担子，打算在家含饴弄孙，尽享天伦的时候，组织上考虑我的基层工作经历，安排我到花园社区担任党组织书记、居委会主任。我从小没了娘，党就是我的母亲，党叫我干啥，我就干啥！已经50岁的我重新上岗"再就业"，这一干就是20年。

一个党员就是一面旗帜，一个支部就是一座堡垒。在基层工作，就是要顶着风雨、迎着困难冲锋在前，既然接过了担子，就要千难不改其心、万险不移其志。

"花园社区没有花，到处都是脏乱差。"这是我初到社区听到的口头禅。4202户居民中有3000多名下岗职工、77户残疾人家庭、30多个大病户，生活的困窘，环境的脏乱差让居民心生怨气。于是我暗下决心："宁肯自己万般苦，不让居民一时难"，作为社区"绣花人"，首先要绣好居民思想上的花，解开他们心里的疙瘩，把工作做到百姓家里，把实惠交到群众手里，把政策讲到居民心里，真正用"绣花"功夫让花园社区化茧成蝶，圆居民的幸福梦。

我们搬迁了有300多个摊点的中心街市场，争取了1000平方米的办公服务用房，建设了1100平方米的居家养老服务中心。特别是在2015年，

286个违建院落拆除工作耗时长，难度大，大量动员工作做到精疲力尽。有的居民在动员会上借酒劲指着我大骂不停，我下班骑车回家，一路跟随与我吵闹；更有甚者抱着汽油桶到办公室当面威胁。说实话，那时已过花甲之年的我受到这样的委屈，一时也接受不了，心里畏难，思想发愁，精神一度恍惚，心情抑郁，心脏也出了问题，十多年不住院的我，这一住就是20余天，体重一下掉了10多斤。当时我躺在病床上，反复琢磨怎么办？不拆，这286个违建院落就像一个个马蜂窝；拆，不知道还要承受多少这个年纪想象不到的困难和委屈。社区600多名党员一万多居民看着我，期待我的决断。经过激烈的思想斗争，我下定了决心：干！百余名党员干部历经1个月的日夜奋战，彻底清除了这一大顽疾。如今的花园小区，道宽了，路平了，居民心气顺了，看到这，深感自己当初做出了正确的抉择，没有辜负党和人民的信任和托付，所有委屈化成了满满的幸福。

服务好一万多人口的社区，单靠几名社区工作者是远远不够的。2009年，我们创新工作思路，按照志向相同、兴趣相似、职业相近、地域相邻的原则，组建了"志缘、趣缘、业缘、地缘"四缘党支部，接纳了160多名离退休党员干部，为他们发挥作用提供了平台。

花园社区有面"幸福时光墙"，墙上载满了老人们在社区大家庭幸福生活的笑脸。其中有一张照片上的面孔笑得最为灿烂，她就是82岁的季玲老人。她从小在保育院里长大，上学当兵参加抗美援朝，1970年从部队转业到地方，退休后来到社区居住。二十世纪五六十年代，她先后两次申请入党，由于一些特殊的历史原因，都未能如愿。后来在社区四缘党支部的感召下，她再次燃起了入党的热情，坚定了入党的信念，2011年3月的一天，她来到社区，眼含热泪，把第三份入党申请书交到我手上，拉着我的手说:"刘书记,我感恩党和政府,退休了,有吃有喝,我一直还有个心愿就是加入中国共产党,如果入不上党,我就是死也合不上眼。"我立即召开会议,决定要圆老人的"入党梦"。2012年7月1日,季玲光荣地成为一名正式党员,她没有辜负党组织的期望,在四缘党支部的支持下,成立"季玲音乐吧",带头开展各类文艺活动,宣讲党的故事,传递党的声音,她的事迹教育了社区几代人。

20年的社区工作,我只是尽了应尽的义务,做了该做的事,党和人民却给予了我至高的荣誉。我先后被评为"全国离退休干部先进个人""全国优秀党务工作者",两次走进人民大会堂接受表彰,受到习近平总书记亲切接见。合影时我荣幸地站在了总书记身边,这是作为一名共产党员一辈子的荣光,终生难忘。

七十并非古来稀,"绣花""宣讲"两不误。退休不退志、离岗不离责,作为"全省百名基层党组织书记宣讲团"成员,我建立起了"刘欣工作室",继续当好党的创新理论宣讲员。工作室成立以来,参与全省"百人千场"宣讲20余场,围绕宣传贯彻党的二十大精神,先后走进机关、企业、学校开展宣讲50余场。

我今年72岁了,如果说当好社区"绣花人"是我的使命所在,那么做好社区的"护花者",则是我义不容辞的责任,我还要再干它十几年,干到底,奉献全部的光和热,温暖千千万万居民的心!

冯思广：人民英雄 永生神鹰

山东理工大学管理学院辅导员　靳　祺

我分享的是我的校友冯思广的故事。

首先，请大家思考一个问题，1.1秒的时间，能做些什么？1.1秒，可以是滑动手机的片刻，可以是心脏跳动的刹那，但是，对于一个英雄来说，1.1秒，是拯救4000余人生命的一瞬间。

这个英雄，就是冯思广。冯思广从山东理工大学生物工程专业毕业后，想成为一名飞行员的心，让他走入了招飞的队伍。当他穿上了蓝色军服，少年时期一直珍存心中的愿望终于有机会得以实现。在2009年，他多次荣立三等功。这样的冯思广就是一个前途无量的年轻军人。

2010年的5月6日，夜色深沉的济南，空军某师飞行员冯思广和张德山正在进行夜间飞行训练。第二轮飞行时，刚刚爬升到50米，轰鸣声突然消失，紧接着，无线电里传来了张德山急促的声音："我停车了！"

低高度空中停车，是飞机遭遇的重大特情。完全失去动力的飞机在这样的高度上，已没有调整迫降或再次启动的可能。危急中，指挥员果断下令："跳伞！跳伞！"

千钧一发之际，冯思广和张德山清晰地知道，如果现在跳伞，飞机下坠爆炸的地方正是常住人口超过4000人的密集居民区，一旦坠入，后果不堪设想。生死关头，他们只有一个念头：最大限度地保障人民群众的生命和财产安全！

于是，两人不约而同地前推驾驶杆，看到飞行轨迹已经避开居民区，才实施了跳伞。按照飞机座椅弹射程序，后舱先于前舱弹射，间隔为1.1秒。就在这日常中可以忽略不计的1.1秒，先行跳出的张德山成功开伞。而前舱冯思广弹出时，飞机高度已降至32米，降落伞还未张开，他已在巨大的冲击力中坠地。

230米外，城区的夜晚依然灯火璀璨。

而28岁的冯思广，生命永远定格在这一片蓝天中，他用生命的最后航程铸就了共产党人的忠诚与担当。

追悼会上，刚刚结婚，还没来得及举行婚礼的妻子田文君，以她和冯思广的名义，向济南空军司令员敬了两个军礼，颤抖的右手久久没有放下。她说："请司令员见证，今天就是我和思广的婚礼……这辈子，嫁给这样的飞行员不后悔……"

壮士一去不复返，鹰击长空滑九天；忠魂永驻壮民心，虽死犹生美名传。

随即，冯思广烈士被空军追记一等功，获评全国见义勇为模范等称号。

冯思广不仅是家人的骄傲，中国空军的骄傲，他也是我们山东理工大学的骄傲。

如今，在山东理工大学图书馆的东南角，冯思广烈士的半身铜像静静伫立在苍松翠柏之中。他忠于人民、勇于担当、不怕牺牲的崇高精神和感人事迹，一直激励着山理工的广大师生。

以他的名字命名的"冯思广班"，正以最优异的成绩传承和发扬着冯思广精神，续写着蓝天英雄的故事。

今年5月，学校举行了第三届"冯思广班"交接仪式，我也非常荣幸见证了这一时刻，作为一名高校教师，我深深感受到教师的职业不仅仅是"教书"，更重要的是"育人"，是在平凡工作岗位上神圣职责与使命的坚守，就像冯思广一样，把每一项平凡的工作做好就是不平凡。

行走在新时代，实现中华民族伟大复兴的中国梦，需要千千万万个追梦人、奋斗者，需要千千万万个英雄群体、英雄人物。只要执着坚守、奋力逐梦，相信每一个人都可以有机会成为"自己的英雄""时代的英雄"。

小画笔绘就好生活

巨野县永丰街道杨堂村妇联主席　王桂芹

我是来自巨野县的农民画师，我身边的这幅画就是林武书记在央视《对话》栏目中点评的那幅作品。它就来自于我们画院。我要和大家一起分享我与工笔画的故事。

十几年前，为了过上好日子，我和丈夫外出务工打拼，想起那些漂泊在外的日子，至今都是满腹心酸，一年中只有逢年过节才能回家陪陪老人和孩子，每到临别时，孩子们依依不舍，我更是放心不下，总是千叮咛、万嘱咐，等妈妈挣够了钱，再也不出去了。看着孩子们红着的眼眶，我的心里说不出的酸楚。

渐渐地老人岁数越来越大了，孩子也到了入学年龄，挣钱重要，陪伴老人、教育孩子更重要。思虑再三，决定我留下来照顾老人孩子，让丈夫在外安心工作。自此，我成了众多留守妇女中的一员。孩子上学后，我舍不得享清闲，便四处打听找工作，可是人家一听还得接送学生，都把我拒之门外。

直到有一天，听几位家长闲聊，在家里画工笔画，做家务、带孩子啥都不耽误，收入还很不错，看她们开心的神情，我心动了。回到家就给丈夫打电话，把我的想法告诉了他，又担心自己学不会，浪费学费。他笑着说，那怕啥，人家能行的，你也保准行。

有了家人的支持，我有了更大的动力。2011年的秋天，通过街道妇联牵线搭桥，我来到了书画院，当我问到得交多少学费时，老师告诉我，这里免费培训。我真是既欣喜又感动。到了画室，仿佛进入了世外桃源，画师们一只手拿着两支画笔，灵巧地来回换动，看到她们笔下一朵朵娇艳的牡丹，一幅幅栩栩如生的画面，心里不只是羡慕，还有震撼。我暗下决心，一定要学会这项技能，也像她们一样优雅地画画，自此，我与工笔画的缘分开始了。

学习的第一步是勾线，第一次拿画笔不知道怎样用力，有劲使不上，勾出的线条歪歪扭扭，实在是太难了，要不就算了吧。可想想家人的支持、自己的决心、妇联的帮助，我沉下心来，不断给自己打气。"世上无难事，只怕有心人"，经过老师的精心指导和长期的苦练，我终于学会了勾线、染色、用色等绘画技法。我的第一幅作品，只是张一尺多的小斗方，但心里却有很大的成就感，也更加坚定了学习的信心。

农忙扛锄头，农闲拿画笔。每天把孩子送到学校后，就来画院画画，放学时间接孩子做饭。工作轻松，来去自由。后来，画熟了之后，买了画案在家也能画，画好由书画院统一销售，完全没有后顾之忧。生活没有亏待我的努力与坚持，如今，我的两个孩子都考上了大学，我的一幅工笔牡丹由开始的几十元，到现在的几千元；由开始三四天才能完成小斗方，到现在一幅十二米的长卷十天就能完成。柳暗花明，我也能自食其力，成了新时代的独立女性。

我们创作的巨幅工笔牡丹《花开盛世》《锦绣春光》先后在上合峰会、进博会上大放异彩。看到习近平总书记和各国领导人都站在巨野农民画师的作品前合影留念，我无比地骄傲和自豪。去年，我们的工笔牡丹《盛世长虹》又亮相美国纽约时代广场，巨野农民画师的作品已经走出了家门，走出了国门，走向了世界。

在2021年换届选举中，我很荣幸地被推选为村的妇联主席。从当选那天起就想着干点啥，我现身说法，带动村里160多名姐妹加入了工笔画的队伍。其中，邻村的王春丽让我印象深刻。她腿有残疾，不能干重活，家庭收入就是靠丈夫打个零工。可雪上加霜的是她的丈夫也患病不能工作，家庭陷入了困境。去年年初她找到我："姐，俺也想学画画，挣钱养家……"看着春丽，我不由得一阵心酸，仿佛看到了当初那个迷茫无措的自己，我手把手地教她，不到三个月就画出了成品，看着她从开始的自卑无助，到现在的自信独立，我深感欣慰，也有了更清晰的努力方向。

目前，我们成立了巾帼志愿服务队，通过互帮互带的形式，让更多家庭共同致富。在我们巨野镇镇有画院、村村有画室，想学画有人教，想画画有地方，想卖画有人收。全县绘画人员2万多人，光中美协会员就有21人，年创作书画作品120多万幅，远销40多个国家和地区，实现产值20亿元。

今年6月11日，周乃翔省长来到了我们画院，他详细了解了农民工笔牡丹画的发展情况，给予了充分的肯定并寄予厚望。希望我们塑品牌、育人才、拓市场、走出去，把巨野工笔画产业做强、做响。

小小画笔，也能绘就大未来，新时代的农民画师定能齐心协力、助力家乡产业发展、乡村振兴！

46把钥匙46颗心

青岛市公安局市北分局兴隆路派出所
民警、二级高级警长 马怀龙

我手边的这串钥匙，是我长期帮扶的孤寡老人和困难家庭的钥匙，共46把。大伙一定会问："你一个民警，拿这么多钥匙干什么？"

2008年，我告别了奋斗24年的军营，从部队转业到兴隆路派出所，成了一名社区民警。46把钥匙的故事就从这里开始。

2011年10月的一天，我正在进行社区人口普查，当我来到一户居民家中，眼前的一幕让我隐隐作痛。屋子里住着一对夫妇，女的叫宋月兰，双腿残疾，拄着拐杖。男的叫杜盛昌，严重的糖尿病使他的双腿溃烂，床单和被子上留下了斑斑血迹，家中还有一个上小学的孩子。了解情况后，我问他们两口子："怎么不去医院？"床上的杜盛昌有气无力地说："我们去不了，这种病也治不了，熬一天算一天吧。""不行，必须去医院，现在就走。"说着，我俯下身子背起杜盛昌直奔医院。经过急诊，杜盛昌的病情暂时得到了控制。同时我也在四处奔走，为杜盛昌争取治疗费用。杜盛昌住院期间，妻子需要在医院照顾他，另一个难题又来了："孩子怎么办？"这时候，我便主动担负起照顾孩子的任务。为此宋月兰拿出了家门的钥匙，含着泪对我说："马警官，孩子就交给你了，家也交给你了。"从此以后，这把钥匙就留在了我的手里，这是我收到的第一把钥匙。也是我收到的第一份沉甸甸的信任。13年来，我一直在不离不弃地帮扶着这个残疾家庭。如今，杜盛昌也能按时就医，病情也稳定了，孩子也茁壮成长起来，参加了工作。

2012年，辖区13岁的徐龙父母因病相继去世，家里就撇下他一个无依无靠的孩子。父母的去世给徐龙的心理上造成了巨大的创伤，他变得性格孤僻、内向、郁郁不乐。我得知情况后，第一时间走进了徐龙的生活，帮他整理凌乱的屋子，给他做可口的饭菜，更多的时候带到我家里吃饭，让他得到家的温暖。从此，我手里又多了一把钥匙。2018年，徐龙上高三的时候，有一天突然肚子疼，我和老师迅速把他送到医院，检查后发现，原来是膀胱结石。徐龙住院期间，我一直陪伴在左右，精心地照顾他，徐龙也被我感动得偷偷抹泪。在一次吃饭时，徐龙突然问我："我能叫你一声爸爸吗？"说完泪水落在了我的手上。"孩子，我就是你的爸爸啊！"那一刻，我的心都融化了，我太高兴了，无法形容。从此，我成了徐龙的"警察爸爸"。

10年来，我用超越血缘的亲情为徐龙撑起了一片蓝天，在我的资助和关怀下，徐龙顺利完成了初中、高中和大学的学业，现在已经成为公司的技术骨干，并加入了我的志愿服务队，逢年过节都陪我一起去看望辖区的孤寡老人。

社区里有一位70多岁的傅大娘，2002年女儿去世、2004年丈夫去世，巨大的家庭变故，一下子打垮了傅大娘，从此，她再也不愿与人交往了。我知道后，主动上门和她拉呱，逢年过节都去陪伴她，安抚她那颗伤痛的心。2022年，大年三十那天，我带领服务队到傅大娘家去包饺子，大伙有的说笑话，有的唱歌，逗大娘开心。傅大娘拉着我的手激动地说："怀龙，谢谢你，这么多年一直陪伴我这个孤老婆子，自打家里剩下我一个人后，我最怕过年。18年来，这是我过得最开心的一个年。"说完拿出了一把钥匙："怀龙，在这个世上我没有亲人了，你就是我最亲的人，这把家里的钥匙交给你，你啥时候来都行，这里就是你的家。"然后，她情不自禁地唱起了《唱支山歌给党听》，她边唱边流泪。在场的所有人也都流泪了。那一天，动人的歌声伴随着新年的钟声，开启了傅大娘崭新的一年。后来，我又带着傅大娘参加了合唱团。现在的傅大娘歌声不断，在欢声笑语中度过每一天。

2008年以来，我一直在不断地帮扶辖区的孤寡老人、孤儿和残疾困难人家庭，不知不觉，我手上的钥匙从1把变成了46把。15年来，我先后从工资收入中拿出20多万元，为辖区孤残老人和困难家庭支付房租和医药费，为他们解决实际困难。受我影响，我的爱人和孩子也主动加入我的队伍中，我也带出了一支300多人的志愿服务队。

46把钥匙46颗心，它串起的不仅是托付，更是信任，打开的不仅是群众的家门，更是一扇一扇心门。46把钥匙46颗心，连接了人民警察与群众的情感，也架起了党和政府与群众之间的桥梁，在新时代新征程的奋斗路上，我要把党的阳光洒向社区，洒向弱势群体，我要永远做人民的公仆，永远奋斗在全心全意为人民服务的道路上。

心手相连一家亲

高密市凤城艺术团党支部书记、团长 于钦画

我是一名基层舞蹈老师，今年5月20日那天，我收到了一沓来自新疆的信件，捧着这些信函，我的手有点发颤："于老师，我想你了！""于老师，您教我们的舞蹈又获奖了！""于老师，我要好好学习，长大后成为像您一样优秀的老师。"品读着那一句句爱的文字，心里真甜！

第一次亲抚这些孩子是在2016年9月，我作为潍坊市唯一的志愿者，参加了"走进大美新疆"大型公益支教活动，被分配到乌苏市巴音沟牧区学校，这里有100多名哈萨克族和蒙古族的孩子。刚到那里，语言不通，和孩子们交流起来很困难。因气候干燥，流鼻血是常有的事，半个月才能洗一次澡，我强忍着时差和高反折磨，每天不断调整教案，不厌其烦地跟孩子们交流，嗓子再沙哑也坚持边歌边舞。

每次下课孩子们都会问："老师，明天你还来吗？""老师，你能在这里多待几天吗？"我微笑着说："还来，一定多待好多天。"班里最不受管教的留守儿童达木，也因为我对他的关心照顾变得快乐自信起来，每次放学都会主动留下来打扫教室、关窗子。

支教结束分别时，孩子们围着我哭作一团。当我转身要走的那一瞬间，站在队伍最后的小达木突然像疯了一样冲开人群，跑到我跟前，紧紧抱着我，仰着头问："老师，我该怎么去爱你，你才可以不走？"我被震撼到了，竟不知如何回答，只有泪如雨下。我第一次感受到：不同的民族，

一样的爱。

今年4月，我又跟随公益行脚步重返新疆，走进喀什疏附县吾库萨克小学。时隔七年，新疆的教学环境大变，实现了所有学段国家通用语言教学全覆盖，崭新的教学楼和现代化的教学设施让我欣喜。支教过程中，我主动把课堂搬到校园，不管沙尘暴和紫外线如何肆虐，我们师生以舞为乐，用跳跃的身姿扮靓了校园。为呈现汉维两族心连心、手牵手的美好情谊，我带着这群孩子用5天时间编排的舞蹈《心手相连一家亲》，作为学校唯一的舞蹈节目，走进习近平总书记曾视察过的托克扎克镇中心小学进行汇报演出，并斩获一等奖。

这次新疆行，我还肩负着"爱心使者"的任务，把高密49名"爱心小天使"一对一捐赠的爱心包、图书、书信带给了49名维吾尔族的孩子，又将新疆孩子的感恩书信和对话视频带回，继续传递这份爱的回音。我这次的支教团服上，签满了维吾尔族、塔吉克族被捐赠孩子的名字，承载着148名孩子满满的爱，更是民族团结一家亲的美好见证！

2018年正月，受台湾基隆市文化局和枫香舞蹈团邀请，我以文化交流使者的身份，带着我们的省级非遗——高密地秧歌，赴宝岛参加了"欢聚闹元宵"舞蹈文化交流活动。

临行前，娘发烧了，她怕我担心，拉着我的手说："闺女，你干的这可是大事儿，一定要好好演。"我们小传承人踩着小高跷跳的舞蹈《家乡美》，在宝岛刮起了一阵迷人的旋风，基隆市百年老店"李鹄饼店"的老板，看完演出当晚，将五大包凤梨酥送到酒店，留言道："多少年没看到这么原汁原味儿的家乡舞蹈了，真好！想家了！"

两岸孩子们一见如故，没有一点儿陌生感，他们手拉着手，像久别重逢的朋友一样交流、拥抱，互赠礼物，互留地址，直到现在孩子们还保持着友好联系，让我体会到了做这件事情的意义所在。

3月1日，我们满载而归，小妹说："咱娘病得厉害，在医院里。"我不敢相信："视频时不还好好的吗？"小妹含着眼泪摇摇头。原来，娘在我出发的第二天就因血管炎住进医院，为了不让我担心，她每次都精心梳洗打扮、特意找面白墙当背景，跟我视频说笑。我急忙跑到医院，紧紧握住娘的手："娘，我回来了，我把大事完成了，演出很成功！"娘微笑着看着我，眼含泪水，使劲攥了攥我的手，一句话也没说。七天后，娘永远地离开了……

娘不识字，但她却知道什么是大事，我要把这件大事一直做下去，以舞为媒，用爱唤醒孩子们心中的艺术梦想和中华民族命运共同体意识，继续用舞蹈讲好中国故事，让中华优秀传统文化绽放璀璨的新时代光芒。

让"造纸"术再放光彩

烟台民士达特种纸业股份有限公司
总经理 孙 静

大家看我手里这张"纸",外表和普通的纸差别不大,但它可不是一般的"纸"。普通纸的原材料主要是植物纤维,而它的原料是世界三大科技纤维之一的芳纶纤维,它就是芳纶纸。它不怕火、不怕水、不怕电,耐高温、抗腐蚀,轻盈柔软,却"比钢还强比铁还硬"。飞机的机翼地板、高铁的电机、新能源汽车的驱动电机都离不开它。

四十多年来,芳纶纸一直被国外公司垄断,我们要购买,不但价格高而且交货的数量、时间都要看人家的脸色,还经常买不到我们想要的高品质产品,国内的很多企业因此受尽了委屈。2004年,我们的母公司泰和新材打破垄断,生产出了芳纶纤维,芳纶纸的原料问题解决了,我们就向国家申请立项,组建团队,开始攻克芳纶纸生产技术。然而,理想很丰满,现实很骨感,做起来才发现太难了!芳纶纸的生产不是将纤维进行简单的混合加工,没有可以借鉴的资料和技术,就连生产线的一张照片我们都没有,我们是真正的一张"白纸"。

第一步要做的,就是把生产线搭建起来。可能有人要问,这项技术到底难在哪儿?我们都知道芯片难,难在它是一个系统工程,芳纶纸没有芯片那么难,但它也是一个复杂的系统,涉及纺织、造纸、高分子、材料力学、流体力学等多个专业,我们只能一点点地摸索研究,反复地改进确认流程，与国内外厂家交流设计定制我们的专用设备，三年多的时间，绞尽脑汁地将上千台套的定制设备和近万米各类型管道集成起来，2007年，我们终于建成了国内首条芳纶纸生产线，实现了零的突破。

产品是生产出来了，但新的问题又摆在面前：怎么消除缺陷，提高稳定性，生产出高品质芳纶纸。说白了就是流水线连续生产上千米的产品，不能有一点瑕疵。做到这点太不容易了，我们只能一环一环地分析，一点一点地检查，大家都全力付出了也迟迟看不到希望，特别煎熬。一些兄弟忍受不了这种煎熬就痛苦地离开了……

望着他们离去的背影，我是既不舍又难过：一起熬过了多少个不眠之夜，失去了多少陪伴家人的时间，真想抱住他们，让他们坚持坚持……我不想服输，想想造纸术都是咱老祖先发明的，今天我们怎么就造不出高品质的芳纶纸？再说，国家已经投资上亿资金，肯定不能半途而废。在最困难的时候，我担任了项目小组负责人，给大家鼓劲加油，天天靠在生产线上，一道工序一道工序地改进，产品越来越好了。但是，每隔几百米偶尔还是会有小缺陷，反复确认过流程和参数都是对的，到底怎么回事？一天晚上，我愁得趴在机器上，苦思冥想：难道是从没怀疑过的进口设备的精度不够？安排停机，打开设备，钻进去一节一节检查，还真在一处看着很光亮的管道和设备连接的地方发现了问题，处理以后，重新开机，缺陷还真的就没有了！兴奋的我顾不上已经凌晨三点多，就开始给项目组的同事打电话……望着满天星辰，我知道，我们离梦想越来越近了。就这样，一个阵地一个阵地攻克，我们终于实现了芳纶纸规模化、稳定化生产。

我们的产品全面上市，进口芳纶纸垄断被彻底打破，芳纶纸价格也从每吨五六十万元降到二三十万，中国企业终于用上了既经济又安全的国产芳纶纸，连ABB、西门子等跨国公司也陆续成为我们的客户。国外公司为了挤压我们，抓住我们当时还不能提供全系列产品的短板，要求客户不允许将我们的产品与它们混用，比如说，在大型海上风力发电机上，主要规格都已经切换为我们的产品，但有个配套产品我们还不能提供，他们就停供，给我们造成很大困难。我们就这样被逼着加速开发产品，如今，我们已经研发出了30个型号，112个规格的芳纶纸产品，能批量提供世界上最大幅宽、产品系列最全的芳纶纸。

经历了无数黎明前的黑夜，我们终于靠自主创新迎来了国产芳纶纸的高光时刻，先后荣获"山东省科技进步一等奖""国家科技进步二等奖"，先后承担国家和省部级项目十余项，解决了多项关键装备的"卡脖子"问题，成长为国内第一、世界第二的芳纶纸生产企业。今年4月25日，公司成功登陆北交所上市，敲钟那一刻我感慨万千，从没想过我从一个操作工能成长为总经理，一个几十人的小公司可以发展为上市公司。我想，这既是不服输、敢创新的结果，更是时代赋予我们的能量，让曾经以造纸术闻名世界的我们再次以中国芳纶纸在世界舞台绽放光彩！

我家的 40 万欠条

菏泽市人大常委会民侨外工委
工作室综合科副科长 戚 迪

今年过年，在老家打扫卫生的时候，我看见储藏室里有一捆捆泛黄的纸条，打开一看，里面竟然是一张张欠条，债权人都是爷爷的名字。奶奶说，这些欠条是从70年代开始累积的，有1元的、5元的、10元的，总数大约40万。

爷爷只是一名普通的乡村医生，日子过得并不富裕，怎么会有这么多欠条呢？下面，我给大家讲讲这些欠条背后的故事。

我的爷爷戚风亭，1965年从卫校毕业后，回到村里的卫生室，成为一名"赤脚医生"，行医50多年来，他背着药箱走村串户，给村民看病。一年365天，爷爷几乎没为自己、为我们这个家放过一天假，不管白天还是黑夜，只要有人看病，他总是随叫随到。

村里的经济条件差，路不好走，爷爷出诊都是靠步行，往往刚从这家出来，那家又来喊，一个上午忙得连口水都喝不上。

后来，爷爷攒钱买了辆自行车，不仅缩短了出诊的时间，还扩大了出诊的范围，从此，骑着自行车赶几十里路就成了爷爷的日常，单是自行车爷爷就骑坏了8辆。

听奶奶说，30多年前的一天晚上，北风呼啸，大雪纷飞，忙活了一天的爷爷正准备吃饭，只听砰的一声，邻村的李忠德闯了进来，着急地说，他的父亲突然晕倒了。爷爷二话没说，放下筷子，穿上雨衣，推着自行车，就跟着去了。

可是，两村交界处有一条一米多深的大沟，由于积雪掩盖，爷爷一下子滑进了沟里，自行车砸在身上，耳朵和腿都被砸伤，鲜血直流。在李忠德的帮助下，爷爷艰难地从沟里爬出来，他顾不上自己的伤口，拉起自行车继续赶路。

经过爷爷的及时治疗，老人清醒了过来，看到爷爷耳朵和腿还渗着血，李忠德非常感动，他紧紧地握住爷爷的手说："多亏了你啊，要不是你，俺爹的命都没了，俺不知道咋谢你，俺给你磕个头吧！"

由于没能及时处理伤口，回到家后，爷爷腿上的血已经凝固，粘在了裤子上，奶奶看着爷爷的伤口，心疼得直掉眼泪。直到现在，爷爷的腿上还留着这道疤，一到阴雨天就隐隐作痛。

当奶奶心疼地讲起这件事时，爷爷却告诉我们，医者父母心。行医路虽苦，但在爷爷看来，能看好病人，心里啊，比啥都高兴！

我拿着欠条，找到爷爷。爷爷告诉我，他一直坚持先看病、后付钱，对于困难群众，都是不要钱。但乡亲们心里过意不去，主动写下了这些欠条。

村里的李厚恩老人是爷爷的"老病号"，常年患有高血压，但他基本靠低保生活，根本没钱看病。爷爷定期上门为他检查身体、免费送药。

提起爷爷，李厚恩老人总是竖起大拇指，他逢人就说："风亭可是个好人哪，给俺看病没要过钱，还给俺买东西，俺给钱他都不要！"

就是这样，爷爷陆陆续续收下了这四十万元的欠条。

对于爷爷的做法，起初，奶奶并不理解，她经常抱怨爷爷："你整天出去看病，没见你挣钱，你还倒贴钱！"但后来，看到很多村民经过爷爷的治疗，身体恢复了健康，奶奶慢慢改变了想法，家人也逐渐开始理解爷爷，支持爷爷。

爷爷说，他留着这些欠条并不是想着向人家要钱，只是提醒自己，曾经老百姓看病有多难，任何时候都不能忘记救死扶伤的使命感。他常说："钱不重要，健康重要，生命更重要！"

半个世纪的坚守，爷爷救治了无数患者，成了十里八乡出了名的好人，多次被省、市评为优秀共产党员、道德模范和优秀基层医务工作者，今年4月份，爷爷又被评为山东好人。在他的感染下，我们家还被评为山东省"最美家庭"。

受到爷爷的影响，我的父亲放弃了县医院的工作，回到村里给村民看病。父亲毅然接过爷爷的接力棒，沿着爷爷的路继续前行。

这就是我家40万欠条的故事。

有梦就有希望

山东陈州影视文化传媒有限公司董事长 陈 州

我有一个聪明漂亮的女儿,在去年的高考中考取了564分,她一直都是我的骄傲,现在也已经走进了大学,开启新的人生。我还有一位漂亮贤惠的妻子,一个活泼可爱的儿子,现在我有一个幸福美满的家。

其实,假如回顾我的上半生,我只能用2个字来形容:活着。

我出生于一个穷苦的家庭。小时候,父亲赌博酗酒,离家出走。无助的妈妈拉着我和弟弟也要走,爷爷扑通一声跪在我的妈妈面前,恳求说:"你能不能给我们陈家留一个苗啊?"就这样,我留了下来,成为一个孤儿。家散了,爷爷没钱供我上学,从8岁时,我就跟着爷爷四处流浪乞讨。

13岁那年,我在潍坊流浪中,突然想去济南,但没钱买票。于是,我偷偷溜到一列运货的火车上,火车开动后,我才发现方向反了。情急之下,我选择了跳车。等我再次睁开眼时,才发现我的双腿没有了。那些日子,我每天都在哭,爷爷奶奶也跟着哭。找不到活下去的意义,期间,我尝试自杀了三十多次,撞墙、喝药……但一次都没有成功。

后来,我突然想明白了:"人再难,总得活下去。"有一天,趁着爷爷奶奶下地干活,我爬到村头拦下了一辆车,来到了济南。

到了济南,在冰天雪地的夜晚里,我被冻得瑟瑟发抖,我找到一处冒着热气的下水井盖,将整个身子趴下去,贴着它取暖。记不清过了几个小时，饿昏眼的我，模模糊糊中看到一个老奶奶缓缓走近我，弯下身，亲切地问了一句："孩子你饿吗？"我说："饿。"老奶奶拿出一个梨递给我。多少年过去了，我一直觉得那是我一生吃过的最好吃的梨。

从13岁到18岁，我不知道梦想为何物，最大的愿望就是能吃饱饭，第二天睁开眼，发现自己还活着。

18岁时，我长大了，也有自尊心了，我不愿意当一辈子的乞丐，于是我开启了新的人生。卖报纸、擦皮鞋、收破烂、摆地摊……那段时间，虽然很辛苦，但我不再是一个潦倒不堪的乞丐，靠自己的双手去劳动，去赚钱，一种尊严感在我心底满满升腾。

人生重大的转折，往往是在不经意间发生的。有一天，我在街上看到了两个残疾人在唱歌，我很好奇，征得同意后，我唱了一首《水手》，唱的时候，围过来的人越来越多，掌声一阵阵响起来。这是我人生中第一次，有掌声是为我而响起。黯淡了18年的人生，突然透过了一束光。后来几年，作为一名流浪歌手，我在700多座城市开过3000多场街头"演唱会"。因为歌唱，我在江西九江收获了爱情。有一次接受采访时，主持人鲁豫采访我时问我："唱歌对你来说意味着什么？"我激动地说："唱歌不光救了我，还救了我一辈子。"

原来自己也可以像健全的人一样拥有幸福，我开始向生活发起挑战。2012年，我漂泊到泰山脚下。看着上山下山的人群，我不禁好奇地问一名游客泰山有多高，这个游客上下打量了我一番，满脸鄙夷地说："你觉得你能登上去吗？"我为什么登不上泰山？山东人骨子里的就有一种不服输的精神，第二天，我开启了第一次泰山之行。这一路，手被磨满了泡，屁股脱了层皮，但我没想过放弃，围观的游客纷纷为我呐喊助威，经过漫长的12个小时，我终于如愿登上了泰山之巅。人生如山，为梦而攀。从此，我一发不可收地爱上了登山，成功登上了国内100多座高山，仅泰山就登了14次。对此有很多媒体赞许我是"登山勇士"。

"世界以痛吻我，我却报之以歌。"我被火车轧断双腿时，是孙宝华叔叔及时出现将我送到医院。在济南寒冷的夜晚，是一个老奶奶送的半个梨，让我没被冻死。在四川，我发着39度的高烧躺在大街上，有人给我看病，我才能捡回一条命。从事社会公益，好好回报社会，我一直心心念念。这些年，我将收入的40%投入公益事业中，致力于为社会做出更大贡献。比如，2016年我发起"不完美英雄计划"，第一批我资助了10名无腿少年，这个数字每年都在逐渐增加。另外，我已走过全国700余座城市，在上千家企业、学校开展过1000多次励志演讲。我的本意是，点亮心烛，照亮自己，照亮别人，这是我的祈愿。

"从2011年至今，央视关注了他12年，凭什么？"有媒体这样写道：因为我是一名"无腿勇士"，因为我是"用歌声行走的人"，因为我被誉为中国"最励志的演说家"，因为我是热衷公益事业的爱心人士。而我想要说的是，虽然我没有健全的身体，但我"一定要有健全的生活和梦想"。

"有梦就有希望"，这是中央电视台报道我时，曾经使用的一个新闻标题。在这个伟大的新时代，作为残疾人，我们都应该怀揣梦想，向阳花开，不仅要活出自己的精彩，活出自己的价值，还要勇担时代使命，持续追光逐梦，奋斗以恒。

天下无孤

临沂市手牵手孤困儿童心理辅导
志愿服务团团长 徐 军

我手里这厚厚的一沓名单，是5年来我们通过实地走访摸排出来的5317名孤困儿童名单。

名单第一页最上面的孩子叫小浩，是个孤儿，我为什么要从事孤困儿童救助，还得从这个孩子说起。

那是在2016年中秋节，我去他家中走访，和他聊了半个多小时，他一句话也不说，给了他3000块钱，他面无表情，非常冷漠。

我想这样的孩子到底该怎么帮？我开始深入走访了解全市的孤儿、事实孤儿、精神病家庭孩子、服刑人员家庭的孩子。我发现他们普遍存在自卑自闭、迷茫无助、偷盗打架等问题，严重的已经违法犯罪，这是一个不好解决的社会难题。这些孩子不是吃不饱穿不暖，而是缺少关爱和温暖的陪伴。

2018年4月19日，我发起成立了临沂市手牵手孤困儿童心理辅导志愿服务团，我担任团长，紧接着各县区、乡镇团队成立，实行了"一对一"对接，"一帮二十年""扶心、扶志、扶技、扶困"的帮扶模式。

志愿者代替了孩子父亲母亲的角色。

有一个家庭，父亲患艾滋病去世，母亲离家出走，志愿者王海月帮扶后，监护人含着眼泪说："闺女，村里人都不理我们。"被帮扶的孩子说:"阿姨,我不想上学了,在学校同学们都不跟我玩,她们还叫我艾滋病小孩。我想让我的妈妈回来,我想妈妈了,哪怕回来一天,甚至一小时,让妈妈抱抱我好吗?"

我们帮扶的孩子有87名是"硬骨头",有辍学多年的,有偷盗的、打架的,还有1000多名自卑自闭不自信的孩子。我们为他们组织了400多场以心理辅导为主的夏令营、冬令营、特训营。志愿者和孩子吃住都在一起,让孩子感受到身边有这么多的好人都在疼他、爱他、无私地帮助他,我相信,孩子们长大了肯定会成为一个有爱心、愿付出、奉献社会、报效国家的人。

我们把住在家里有潜在风险的76名女孩保护起来,都接到寄宿制学校,从小学到大学都由女志愿者陪伴。

我们让62名辍学的孩子重返校园,建设了58处心灵家园,为孩子做心理辅导,捐款救助大病患者47人,改善300多户家庭的居住环境,把40多名辍学多年、偷盗打架的孩子安排在明德班,学习优秀传统文化和做人的道理。把116名患精神病,经常打孩子的监护人,接到医院长期治疗,把孩子接到寄宿制学校。

服务团成立5年来,我带领志愿者累计走访28万多人次,行程1600多万公里,对全市9494个村庄进行全面摸排,共摸排出孤困儿童5317名。实行了"一对一"帮扶。

有一个孩子叫小龙,他和年迈的奶奶一起生活,由于家庭的变故让他变得自卑、不自信、不与人交流。经过志愿者李林涛五年的帮扶,慢慢地孩子有了希望和力量,学习成绩逐步提升。2022年7月26日,小龙收到了浙江大学的入学通知书。

有人说天下无孤是天方夜谭，五年来我面对着种种压力和别人的不理解，走访了4000多个家庭，经常一天跑两三个县，去十几个家庭解决问题，为让孩子安心学习，我跑了100多次学校，最后有7所寄宿制学校安置了263个孩子。

志愿者们做了3000多次集体活动，到5000多个家庭陪孩子吃顿暖心饭。志愿者王秀芝走访47次才被监护人接纳；王光琳一天摸排27户累晕倒在路边；宋彩云三天三夜没合眼寻找离家出走的孩子；周凤霞走访精神病家庭时被砍伤；李晴帮扶路上出车祸颈椎断裂，王著增出车祸，韧带烧断，他们伤未痊愈就继续走访；伊永国走访路上突发心脏病，永远离开了我们；陈德功常年陪伴7名偷盗打架的孩子；曹丽搂着要自杀的孩子10多天，直到孩子被暖化。患脊柱侧弯、骨癌的孩子，急需180万元的治疗费用，志愿者们争相捐助，排队献血。8000多名志愿者，不图回报、不计名利、心纯粹无私欲的大爱付出，才有了孩子们花朵一样的绽放。

服务团在预防未成年人犯罪、保护女童等方面做出了突出成绩，被中央主流媒体多次报道，被中共中央、国务院授予"全国脱贫攻坚先进集体"，被省委宣传部授予"齐鲁时代楷模"称号。我两次受到习近平总书记接见，当选全国人大代表。

梦想虽远，非遥不可及；时代虽好，需用心描绘；使命虽重，我愿意承受。这些孩子都是国家的孩子，我要把国家的温暖传递给孩子。我们召开三次天下无孤研讨会，我去过40多个城市宣讲临沂帮扶经验，目前，已有37个城市借鉴临沂模式成立了服务团。

我相信"天下无孤"一定实现！

电网神医　护万家光明

国网山东省电力公司超高压公司变电检修中心
电气试验班副班长　冯新岩

我叫冯新岩，来自国网山东省电力公司超高压公司。

2000年，我参加工作，成为一名特高压电网的电气试验工。"特高压"是目前全世界最先进的输变电技术，是当之无愧的"大国重器"。我的工作，就是为特高压变电站内设备把脉问诊，处置疑难杂症，所以被称为"特高压电网医生"。

给特高压设备看病可不是那么容易的，特别是特高压变压器，每一台重达600吨，造价高达上亿元，可谓是特高压的"心脏"，也是最值钱的"家当"。在百万伏电压环境下捕捉变压器里因隐患产生的微弱放电信号，是一个世界性难题。风声、电晕声、机器运转的噪声夹杂在一起，混乱的电磁场环境中，测得的信号90%以上都是干扰。并且，狡猾地放电信号，还会以每秒30万公里的速度疾速传播。一纳秒，也就是一秒钟的十亿分之一，瞬间的误差，就可能让定位结果偏离数米，之前世界上最先进的仪器诊断准确率也不足50%。

我决定用创新来攻克这一难题。公司成立了以我的名字命名的创新工作室，组建了团队。我们用多年时间，跑遍了山东、江苏、安徽、甘肃等10多个省，全国近一半的特高压变电站，搜集整理了数万条原始数据，总结出一整套特高压变压器局部放电带电检测的定位技术，研制了一系列仪器、工具，成功将检测准确率从不足50%提升到近100%。

2018年初，一台特高压变压器内部出现了疑似放电，公司上下都很紧张，一方面担心隐患处理不及时损坏设备，给国家造成重大财产损失；另一方面，这台变压器承担着"外电入鲁"相当大的负荷，如果立即停电检修，将造成特高压入鲁大动脉被切断，停电负荷损失也将不可估量。在左右为难的关键时刻，我主动请缨，展开了隐患查找工作，成功地在最短时间内找出了隐患部位，推断出隐患原因并采取应对措施，让这台变压器持续运行至年度停电检修。得益于我们精准诊断，提前准备好了备品备件，在变电站内就将变压器修复完毕。要是没有精准诊断，变压器就得返厂修，光运费就得几千万以上呢。这些年来，我参与处置省内、省外甚至海外的重大缺陷有100多次，避免损失电量近15亿千瓦时，相当于济南市全社会10天的用电量，避免因设备故障可能导致的损失超10亿元。凭借变压器诊断的绝活，我被评为国网公司变压器检修领域唯一一名首席专家。2022年还光荣当选党的二十大代表，受到了习近平总书记等党和国家领导人的亲切接见。

本领的练成，源自20多年持续学习与积累。刚参加工作时，单位里同事大多是本科生或者研究生，而我只是中专毕业，却从事了技术含量非常高的电气试验，遇到的困难可想而知。我心里憋着一股劲，要抓紧学习，不能比别人落后。当时我的师傅是西安交通大学的研究生，一碰到问题我就追着他问个不停，后来师傅见了我恨不得躲着走。在做试验时，别人做一遍，我就做十遍、二十遍，直到把原理、异常搞明白。渐渐地，我成为班里记录试验数据样本最多的人，遇到设备出了问题，我凭借着数据和经验，就能大致分析出故障位置和紧急程度，以及是否需要停电处理。不仅如此，我还练成了不用仪器、靠耳朵听就能初步判断设备运行状态，也就是"听声辨位"的绝活。2023年初"大国工匠年度人物"的颁奖典礼上，主持人就提供了五段非常相似的设备运行声音，观众们都听不出来差别，但是我立马就判断出有问题的声音。

二十多年来，我见证了山东特高压电网建设全过程、全省用电负荷迈入"亿千瓦"时代，见证了黄河战略全面落地、新旧动能转换全面展开，参与了山东建成全国最大省域交直流混联电网，守护着全省经济发展能源大动脉。我为自己能够参与其中而感到骄傲自豪和无比光荣。

在特高压领域，我们中国，是妥妥的行业标准制定者。作为一名产业工人，我有幸成长在一个伟大的时代，工作在一个对国家、对社会、对人民有贡献的企业，没有党组织的培养，没有身边党员的带动，就没有如今的我。我将始终牢记自己的第一身份是共产党员、第一职责是为党工作，以更优的业绩回报社会、奉献企业，保护能源安全，服务能源转型，送电四方，使命必达！

我的一千个孩子

威海市海高园石岛区文化旅游局
宣传科科长 刘艳芬

我是威海荣成市芬芳青少年社工中心创始人，也是社工中心帮扶的1000多名孩子心中的"芬姨"。

先给大家报个喜！今年高考，我们帮扶的孩子中，有5人被大学本科录取！17年来累计已有23人考上了大学！

当孩子有了出息跟我分享时，我总是不由地回望17年的公益之路。

2006年，我的一对同学夫妻，男同学离世，女同学身患重病、独自拉扯着女儿。我知道后，非常难过，在同学中发起爱心倡议，很快筹集了2万多元。当虚弱孤苦的娘俩看到我和爱人时号啕大哭。此后，我又和同学们陆续筹集近十万元资助她们。然而几年后，同学还是走了……那天，我抱着瑟瑟发抖的孩子说："桢桢，别怕，芬姨给你当'妈'。"

之后五年，我陪桢桢度过了她最痛苦的阶段，度过了青春期、中考、高考……当孩子手捧中国农业大学录取通知书跪在我面前时，我抱着她泪流满面。

桢桢是我帮扶的第1个孩子，从1到1000，我用了整整17年。

帮扶桢桢时，我了解到荣成石岛有大量外来务工人员带着孩子来此工作，许多孩子无人看管，成了"异地留守"儿童。

孩子事，无小事。为了走进孩子内心，提供更好的帮扶，46岁时，我咬牙考取了中级社工师、心理咨询师，并牵头成立了荣成市芬芳青少年社工中心；为了筹集资金，我四处托人，从身边亲朋到爱心企业，从壹基金到各级慈善组织；为了给孩子们一个温暖的"家"，儿童站从一处扩展到三处……

一次走访，我遇到了八岁的楠楠，她父母离世，年迈残疾的奶奶无力照看她，弱小的孩子孤苦伶仃、性格自闭。此后无数个周末，我和伙伴都去陪伴她、开导她，她封闭的内心逐渐有了阳光。楠楠现在是一名高中生了，前不久，她生病住院，我忙前忙后照顾她，医生以为我是孩子的妈妈。为了给楠楠增加营养，她出院后每天中午我都会给她送饭，许多人以为我是孩子的妈妈。

肖肖兄弟三人随父母在石岛上学。原本幸福的家庭因父亲致残而陷入困境，肖肖偷偷辍了学。那天，他哭着对我说："芬姨，我要帮妈妈撑起这个家！"看着懂事的孩子，我决心无论如何也要让孩子读书。此后数年，我和伙伴们想方设法进行帮扶。2020年，肖肖考上了大学。入学后，我经常收到孩子微信："芬姨，我成立了大学生助老服务队。""芬姨，我得了国家奖学金。""芬姨，我当选系学生会主席了。""芬姨，我递交入党申请书啦。"看着他不断进步，我打心眼里高兴。问及今后理想，孩子说："芬姨，我想成为你！"那一刻，我知道，孩子的梦想，已经插上了积极向善的翅膀。

多年苦心浇灌，终有芬芳时刻。如今，3156名芬芳志愿者每天都奔忙在帮扶路上，服务站每个周末都充满欢声笑语，300多个结对困境儿童重拾生活信心，1000多名孩子掌握一技之长，成为有用之才。

成绩背后，离不开领导和社会的大力支持，离不开志愿伙伴们的同心合力，也离不开家人的理解陪伴。从帮扶第一个孩子开始，我爱人便无条件支持我，十几年来，每当遇到难关挫折、疲倦无助时，他都会给我最强大的支持和安慰，让我重拾前行力量。我儿子也常说，"我妈是爱的播种人，我爱她！"

其实，家人还担心我的身体。我患心肌炎20多年了，医生一再嘱托不可劳累，可是想到我的一千个孩子和同行伙伴，我不能停也停不下。感染新冠后的一天，我突然晕倒，在急救室，我什么也不知道，只是隐约有千百个孩子的声音在耳边回荡："芬姨！芬姨！芬姨……"是我的孩子们在叫我，我猛地惊醒，却发现身边只有急救的医生……那一刻，泪水止不住地喷涌，我明白，是孩子们的依恋和呼唤，硬生生把我从死神手里拽了回来。

助人亦是助己。多年来，我奔忙不停，却甘之如饴。芬芳团队先后获得全省关心下一代先进集体、威海市最美志愿服务组织等称号，我个人被评为"中国好人"、山东最美志愿者、威海优秀共产党员、荣成道德模范，以我为原型拍摄的电影《妈妈一样的爱》在全国公映。

新时代新征程，赋予了我新的使命。习近平总书记强调："孩子们成长得更好，是我们最大的心愿。"今后，我愿继续为孩子们点燃一盏心灯、放飞一个梦想，我愿用毕生心力、用妈妈的爱温暖他们，愿他们向阳花开，一路芬芳！

守光明初心 建精致电网

国网威海供电公司工程公司
安全总监 隋石妍

2022年是我从事电力施工的第十个年头。记得刚入职时,我天真地以为自己的工作会是吹着空调坐办公室。但到工地的第一天,我就被狠狠地上了一课。那天我的任务是放电缆,这是一份怎样的工作呢?简单点说,就是在不到一米高的地下空间里拖着重物来回穿梭。当钻进黑暗又潮湿的电缆沟时,我的内心是崩溃的,当手被电缆刀划破、想上厕所却怎么都找不到一个女厕所时,我的眼泪不争气地流了下来,我想自己肯定会马上换个岗位!这天晚上我失眠了,入职时的初心不断在脑海萦绕,最终,我决定再给自己个机会,如果不行,我就撤!接下来的一周,我咬着牙跟着师傅放完了全站电缆。收工时,师傅说:小隋绑的电缆非常漂亮,大家向她学习!那一刻,我的内心有一个声音轻轻地对我说:我行!于是,这个声音陪着我走了下来,这一干,就是十年!而我从一名普通职工变为了威海供电公司工程公司的安全总监。

说起电,可能大家会发现一个现象:现在生活中,已经很少会遇到停电的情况了。而这背后,是无数电力人的坚守与奋战。

2021年4月24日凌晨1点50分,一条高负荷预警信息让大家的心揪了起来。由于拉手站突发故障,北部城区"供电主动脉"——戚家站承载力达到峰值,扩建势在必行。

戚家站牵动着十几万户居民的用电保障，为了顺利迎峰度夏，原本90天工期需要缩到50天。这打了对折的数字意味着我们不仅要挑战通宵作业的生理极限，整个工程所涉及的12道工序，也必须严丝合缝，不能有"回头"打磨的可能。

"人民电业为人民"。我想大家都听过这句话。对我们来说，它从不是一句简单的口号，而是我们愿意倾尽全力去守护的目标！于是，一夜之间，一支以安全质量组、施工项目组、物资保障组为框架的13人党员突击队火速集结。而这就是我们攻坚克难的最大底气。

赶工期，首先要保安全。我们以"创无违章现场"为号令，分析风险、细化责任清单，10小时的殚精竭虑后，26号凌晨，一张详括了4个维度、12个风险点的作战图让战役正式打响。

戚家站地处半山腰，坡陡难行。这就带来了头号难题：怎么将150吨重的变压器运进站。

为了用最少的时间最大化地保障安全，身为安全质量组组长的我，提前将变压器的进站路线摸了十几遍。在最后一轮摸排中，路边不起眼的树枝，引起了我的警觉。

大家可能会疑惑，小小的树枝为何要在意？这个庞然大物看起来坚不可摧，其实是由上千个精密零件的集合体。一旦剐蹭，很可能为日后的运行埋下漏油等隐患。于是，第二天凌晨3点30分，我们一行四人便带着工具上了山。

从黎明到深夜，又从深夜到黎明。整整三天两宿，随着道路清障、路面平整、树枝修剪等准备工作的一一就绪，变压器的进站实战在沉睡的山头打响。那一天，短短412米的路，我们走了近5个小时。

接下来，工程仿佛被按下了加速键。施工程序，有效衔接；施工现场，昼夜不息。

可故事，总会朝着无法预料的方向滚动前行。

就在变压器进入最关键的安装环节时，质检员却发现前期工程预留基础内的密封垫严重损伤，如果不加以处理会存在爆炸风险。联系厂家后得知，没有库存，若现场测量再返厂制作，至少需要一周时间。

那一宿，我们谁都没睡，看着乌泱乌泱的资料，太阳穴突突直跳。最后，湖南的一个类似案例让我们产生了一个大胆的想法：现场加工密封圈！就这样，我们把材质、尺寸、隔油性能，每一个细节都反复推敲。在不断犯错，不断推翻，不断重建中，拿出了一份可行性方案，难题迎刃而解。

6月9号晚，随着最后一组信号的核对完成，工程在第46天全面告捷！我们再次刷新了公司最短基建工程建设周期记录。然而，4天后，我们便再次出征了。

这里就是我转战的硬核战场——福河工程。2022年3月23号，甘肃疫情突发，工程急需的"开关柜"被封在厂里，工程出现30天空白期。

要想填补空白，就必须把母线桥预埋挂点工序提前。可没有开关柜作参照位置的预埋挂点施工，无异于盲人探路。反复讨论后，我们决定运用可视化模型指导施工，而这在全省尚属首次！

为攻克技术难点，我们先后进行了100多次模拟碰撞和十几次方案调整。最终，20%的增效率成功填补了空白，也让我们再次创下了提前投运记录。细数这些年，我们累计拿下的20多项创新成果，每一项，都夯实着精致电网的前行之路，也为精致城市提供着璀璨的电力支撑。

光明前进一寸，黑暗便后退一分，这是每位电网人再通透不过的道理，而我们所追寻守护的这束光不在他处，就在此时，此地，此身！常常有人问我，你将大好芳华全献给了工地，值得吗？我想说，很多事，不问值不值得，只需问，它是不是你想坚守的信仰。而我，也定将在这份信仰的支撑下，不负重托、不辱使命，努力交出无愧于时代的强国答卷。

法治路上追梦人

汶上法院审判委员会委员
城郊法庭庭长　林　娜

很多人一听到法官会不自觉联想到神圣肃穆的法庭、理性端庄的法袍以及响彻人心的法槌。我也一直在思考，对于这个社会，法官到底应该是什么样的存在？

记得小时候我跟随奶奶去观看庭审，审判台上的法官正在进行庄严的宣判，那一瞬间犹如一道光照进了我的心里，在我心中种下了法的种子；长大后我攻读了法学专业，那时的我简单地认为只要学好法律知识，就能成为一名合格的法律工作者；毕业后我背着梦想的行囊踏入了人民法院的大门，从一名书记员一步步成长为一名人民法官，对法治也逐渐有了更深的认识和理解，我认为法官最重要的就是真心实意为老百姓做点事！

2017年汶上法院创新工作模式，成立法官工作室进驻交警大队，面对案件多、压力大、责任重的"烫手山芋"，如何选派法官入驻成为一个难题。而作为党员的我偏要挑最重的担子、啃最硬的骨头！同年2月，全市首家人民法院驻交警队工作室——林娜法官工作室成立了。

一个夏天的清晨，一名妇女领着一个瘦弱的小女孩蹲在工作室门口。这个妇女面容憔悴，旁边的小女孩怯懦地躲在妈妈的身后。原来，这位妇女的丈夫在一起交通事故中去世了。看着小女孩一脸的无辜和懵懂，我的泪水在眼里打转。我努力克制着情绪，告诉自己要竭尽所能帮助这个不幸的家庭。为了帮助母女俩尽快拿到赔偿款，我顶着接近40℃的高温，不断地往返于双方当事人的家中，对他们晓之以理、动之以情。从一开始的吃闭门羹到后来勉强能够进门，再到最后被热情地迎进门，经过十几次来来回回拉锯式地工作，最终促使双方达成了调解。虽然案子结了，赔偿款到位了，但我的心还没有放下。我又多次到母女俩家中回访，鼓励她们积极面对生活……其实类似这样的案件在我的日常工作中比比皆是，小案件大民生，时刻检验着我作为一名党员的初心与使命。我暗下决心，要把经手的每一个案件办成经得起考验的铁案，办成深入百姓心中的暖案，尽自己的微火之光守护社会的公平正义。

　　家是最小国，国是千万家。在做好驻交警队法官工作室工作的同时，我又承担起打造汶上法院家事诉讼服务中心的重点任务。家事纠纷不同于一般的矛盾纠纷，很多时候，家事无对错，只有和不和。在邵某与郭某离婚案件的诉前调解阶段，我了解到双方共同生活近十五年，并且生育了两个儿子，有着很深的感情基础，但现在却因家庭琐事而发生矛盾。于是我先后多次到双方家中走访，印象最深的就是放在孩子书桌上的那张全家福照片，看着这张照片，我在心里告诉自己，为了这两个孩子，更为了这个家，我一定要竭尽所能做好调解工作，促使双方和好。带着心里的这股劲儿，我从中华民族的传统美德到法律法规，从社会上的共同认知到家族的看法，从相濡以沫的过往到双方的现实处境，做了大量的充足的思想工作。同时我又把孩子作为突破口，利用亲情感化，最终功夫不负苦心人，夫妻二人回忆起共同生活的点点滴滴，相拥而泣重归于好。看着双方带着儿子来撤诉的温馨画面，我打心眼里为他们高兴，早已将之前冒着严寒加班加点走访时的辛苦抛之脑后，感觉一切的努力和付出换回了两个字——值得。

2022年8月30日上午,我永远无法忘记那个时刻,人民大会堂里,期待、憧憬而又紧张……当习近平总书记迈着稳健的步伐微笑着走过来,当"全国人民满意的公务员"证书落到我的手上,我感到无限的光荣与自豪。看着总书记坚毅、赞许、关怀的目光,我激动得热泪盈眶,党和人民给了我至高无上的荣誉,我深知肩上的责任重大。回想自己的过往,在默默坚守的平凡岁月中,在与老百姓朝夕相处的精心耕耘中,一股深深的人民情怀油然而生。要说苦不苦?苦!要说累不累?累!但是因为热爱所以义无反顾!

初心亦如来时路,平凡之处最动人。我始终坚信,迈出去的是脚步,带回来的是民心;弯下的是身体的角度,挺直的是精神的脊梁。我愿做一个坚定的法治追梦人,把正义牢记脑海,把人民放在心中,守护社会的公平正义,用忠诚和意志书写属于自己的最美芳华。

千名折翼天使的"妈妈"

阳谷县文化和旅游局妇委会主任 李 媛

有人说母爱是无私的,在我身边就有这样一位"妈妈",她用人间大爱,关爱和康复了近千名特殊儿童,让折翼天使幸福成长。她就是"山东好人"、聊城市第四届道德模范侯立霞。

那是2002年,大学毕业的侯立霞刚刚走上工作岗位,命运却给了她当头一棒:她的两个一岁多的双胞胎儿子,被医院确诊为脑瘫。脑瘫?这意味着两个孩子可能一辈子都要躺在床上。面对这个残酷的现实,不甘心的她下决心:不管多难,都要给孩子看病,让他们站起来。此后,侯立霞跑遍了全国各地大小医院,花光了所有积蓄。巨大的经济压力,看不到的希望,让侯立霞有时候也想放弃,可当听着孩子们一声声的"妈妈""妈妈"地喊着,侯立霞擦掉眼泪又走上了治病之路。

从洛阳回到家后,这个家已经背负了40多万元的外债,再也筹不出钱给孩子治病了。无奈之下的侯立霞决定自己给孩子们做康复。白天她用从大夫那里学来的手法给孩子推拿,晚上就挑灯夜读,查阅相关资料,日复一日,年复一年。2005年的一天,侯立霞惊奇地发现老大会爬了,能抓住东西站起来了,老二也能上下楼梯了。两个孩子的变化让侯立霞欣喜若狂,更有信心了。

侯立霞能用康复手法辅助治疗脑瘫的消息逐渐传开。第一个找上门的是9个月大的瑶瑶,她从出生就被诊断为脑瘫。孩子妈妈一见到侯立霞，扑通一声就跪到了地上："侯大姐，恁帮帮俺吧！""你看我带着两个这样的孩子，还得料理家务……"话说到一半，看着孩子妈妈那渴求的双眼，想到自己曾经历过的无助和绝望，一种母性的慈悲油然而生。"那就让孩子来吧！"就这样，她又肩负起了康复另一个孩子的重任。在侯立霞的精心呵护下，瑶瑶从无法完成翻身、坐、爬等简单动作，到能自己吃饭了、走路了。现在的瑶瑶已经顺利地进入小学，并且成绩优异。瑶瑶妈妈逢人就说："侯大姐就是俺娃的大恩人呐！"

侯丽霞自救自强，并免费为其他孩子做康复的事受到了社会各界的关心与关注，在党和政府的帮助下，2010年，侯丽霞成立了阳谷县残疾人康复中心。

8岁大的静静双脚严重畸形，只会站不会走。静静来到康复中心以后，侯立霞每天给她进行推拿按摩。由于静静年龄偏大，肢体已经定型，矫正起来更加困难。每次治疗时，静静哭，妈妈哭，侯立霞也哭。侯立霞边流泪边劝慰："孩子啊，再坚持一下，咱再坚持一小会儿，再苦再疼咱也要把脚正过来啊……"半年后静静的脚放平了，能走几步路了。那天当静静的双脚一步一步向前走时，她高兴地喊："我能走啦，我能走啦！"然后一头扑进侯立霞怀里说，"侯妈妈，侯妈妈，你是我的好妈妈！"母女三人激动地抱头痛哭，这一刻实在是等得太久了，太久了！

2022年，党和政府扩大了残障儿童康复救助范围，提升了救助力度。侯立霞又创建了阳谷县慈海康复医院，并组建了20余人的专业康复团队。自做康复以来，侯立霞先后收治了974名残障儿童，均取得显著疗效，为近千个家庭减轻了负担，其中114名儿童已经走进校园，能够正常地生活和学习。曾经，抬头、爬行、走路，这些最基本的动作对他们来说都是奢求,现在他们都能自己走出康复中心。在他们的心中,是侯妈妈给了他们崭新的、更有尊严的人生。

党的二十大报告指出:要"完善残疾人社会保障制度和关爱服务体系,促进残疾人事业全面发展"。侯立霞和她的伙伴们将牢记康复残障儿童的使命和担当,她坚信:在这个温暖的大家庭中,每个孩子都能快乐奔跑在阳光灿烂的大路上!

菏泽数控奔向世界舞台

菏泽技师学院专职教师　冯　泉

2007年的6月底，因为高考的失利和家庭贫困，我没有选择继续复读，而是决定去技校学门技术赚钱养家。成为一名技校生，我第一次听说了数控加工这个专业。

一转眼到了2010年，技校刻苦的学习让我成为一名非常熟练的数控技术工人。而这一年对于我们技术行业却是非常特殊的一年，中国成功加入了世界技能组织，有了去参加世界技能大赛的资格。我想可能很多人并不知道这代表了什么，世界技能大赛号称技术界的奥林匹克，只有加入世界技能组织的国家才有资格参加，每两年一届，到这年已经是第41届了。也就是说咱中国，世界上人口最多的国家，有接近百年的时间无缘进入这个世界大赛的舞台。那时候我还不懂什么是技能强国，但年少的我却知道，外国人能做到的，咱中国人一样也能行，甚至能比他们更出色。从那以后，我开始拼命努力的训练，入选了学校组织的技能大赛培训班，准备代表学校去参加山东省的技能选拔赛，也为祖国技术事业的发展尽一份自己的力。但这并不是一条好走的路，技术、技能从来没有捷径可以走，有的只是无数个没日没夜的努力与苦练。可遗憾的是因为赛前体检的一次误诊导致我与这次大赛失之交臂。但在我心中却已经埋下了一颗技能强国的种子。

2013年，我凭着自己的努力考回了菏泽技师学院。成为一名数控实习指导教师，开始负责技能大赛的培训工作。然而，梦想很美好，现实却残酷得多，老旧的设备、落后的工艺、不成体系的培养方式，无数的难题困扰着我们，甚至我们连比赛用的机床都没有，学生只能临赛前去其他学校摸一摸看一看就直接上了赛场，那时候我们菏泽的数控选手在山东省一直是倒数的水平。但我们也并没有放弃，没有新机床我们就用旧的练，没有新工艺我们就到处去学习。但单纯努力，没有设备也还是不行。2015年，我代表菏泽带队去参加了山东省数控技能大赛，到如今我还依然记得我们报道时赛场老师问我们四个选手为啥只带了一个工具箱。记得我的学生看到其他选手全套装备时眼神里的羡慕，记得成绩发布时我们所有人难以掩饰的失落。但这一年，也是让我非常开心的一年，咱们中国的数控选手第一次在世界技能大赛夺得了金牌，这也让我们看到了希望。

　　回到菏泽，我们开始潜心钻研，成立数控技能大赛工作站、建立完善的培养梯队，购买了新的设备，开始突破各种加工中难题，虽然困难重重，我犹记得，我的学生夏天晚上在车间通宵训练，点了五盘蚊香，跟我说今天晚上他和蚊子只有一个能活下来。而为了解决铝制工件的变形问题，我们六个老师在车间尝试了上百种工艺方法，加工了数千个试验零件。到后来我们终于买到了新的设备，开始了赛前的集训。有时候，因为一句我们再换种方法试试吧，多少次我们从白天试到黑夜又从黑夜试到天明，甚至第二天学生来上课我们还没有走。

　　但就像我说的，技术，从不辜负每一分努力。2017年，我们重整旗鼓参加了山东省数控大赛，取得了二等奖的好成绩。而这一年对我们技术行业是举世瞩目的一年，中国代表队在世界技能大赛的舞台上斩获15金7银的成绩，一举震惊世界，成为当年夺得金牌最多的国家，咱中国的工匠精神真正得到了世界的认可,这也给我们菏泽的数控选手树立了榜样。

经过不懈的努力,2019年我们培养的学生获得了省赛一等奖第二名,2020年我们获得了省赛一等奖第一名,2021年我们冲出了山东走向了全国,在全国一类技能大赛的舞台上斩获了一等奖。而我也获得了山东省技能大赛一等奖第一名,被评为了"山东省技术能手",获得了"山东省五一劳动奖章"。

习近平总书记强调:"要在全社会弘扬精益求精的工匠精神,激励广大青年走技能成才、技能报国之路。"咱们菏泽的数控选手,从全省倒数,到在山东省站稳脚跟、站到最前列,到现在走出山东走向全国。十年间我们培养了无数的高技能人才,去往了全国各地的技术岗位,他们也都在为技能强国的梦想贡献自己的力量。而我则始终坚信,就算前路艰险重重,我们菏泽的数控选手也必将迎难而上奔向世界舞台。

在特教这方天地，
梦想，绝不是不可到达的未来

宁阳县特殊教育中心党建办主任
兼文明办主任　闫　蕊

  2018年12月，一场大火让我的学生小光的家变成了灰烬。当时他一个人在家，万幸的是，这个12岁的脑瘫男孩，发现卧室起火，便跌跌撞撞逃到了火势尚未蔓延的客厅，蜷缩在墙角，最终安全获救。从卧室到客厅，短短几步，小光走出的是生的希望。

  这短短几步的背后，是老师和家长蹲在孩子身后，抓着脚踝辅助双脚交替迈步的日复一日，这一蹲就是三年。从刚入学时的一迈步就摔倒，到可以独立上下楼梯，小光的妈妈无比感慨地说："我孩子的站，是一秒一秒加起来的；走，是一步一步数出来的！"

  小光是我带的第一批智力障碍学生，两岁时被确诊为脑瘫，具有严重的运动障碍和语言障碍。小光的妈妈曾这样对我说起："闫老师，你知道吗？孩子还没来上学的时候，我经常抱着他，望着村里的井发呆，我就想从那儿跳下去……"如今，小光上七年级了，能自己走路，能和熟悉的人无障碍交流，会洗衣服，会炒几个简单的菜，这些在普通人看来微不足道的事情，已经是小光一家人最踏实的梦想。

  孩子的每一个微小进步，落在家长的眼中，就汇聚成生活希望的光。

  10岁的小涵是孤独症谱系障碍的孩子。刚分到我的康复社团的时候，他一进到教室就躺在地上，怎么都不起来，不说话，也不理人，家长愁得几乎要放弃。接连好几节课，我发现，当其他同学和妈妈做互动训练的时候，小涵会主动起身凑过去瞪大眼睛瞧。他，是不是缺乏安全的亲子依恋关系呢？我，可不可以给他一点妈妈般的安全感呢？

"妈妈、爸爸、爷爷……"当小涵坐上秋千，我就站在他的身后，轻轻地念着这些词语，只会说单音节字的小涵居然跟着我的节奏念，而且很清楚。那一刻的我，难掩心中的惊喜，却笑得小心翼翼，唯恐他又退回到自己的世界里去。

和小涵相处的第五节课，当我走进感统教室，发现他没有再躺地上，而是站到了康复楼梯上。他看见我，立马瞪大了眼睛，跳了两下，又看看我，又跳两下，我恍然大悟——他在等我给他做康复训练！"1，2，3，跳！"我们的训练就这样开始了。他喜欢在康复楼梯上跳来跳去，我就拍着手、喊着节奏，鼓励他双脚高高跳起；他喜欢趴在大龙球上双手撑地爬，我就跪在地上帮他引导方向；他喜欢张开双臂飞一样冲下滑梯，我就一趟一趟来回跑着陪他一起飞。慢慢地，小涵的眼里有了光，有了我，也有了周围的世界。小涵的爷爷，一位年近70的退役老兵，语重心长地说："这孩子，将来能自己顾得了自己，我也就放心了。"

是教育的光，让我们的学生、家长、老师相暖相依、携手筑梦。在通往梦想的路上，无论面对什么样的困难，获得何种荣誉，我的心中，始终萦绕着一个声音："老师，将来我老了，不在了，我的孩子该怎么办？"学生家长那么渴望看到孩子能够独立生存，却又不敢去想那个似乎那么遥远，又不确定的未来。作为特教筑梦人，我也深知，不是每一份坚持，都能看见收获，有的学生甚至还面临着身体机能的退化。然而，在特教这片土地上，梦想，绝不是开放不了的花，绝不是到不了的未来！它，就在每一个永不放弃的今天！就在每一步我们携手走过的路上！

一路走来，我们特教筑梦人遵循着党的"支持特殊教育""办好特殊教育""强化特殊教育普惠发展"的指引，实施课堂改革，康教结合、学段延伸……已经有越来越多的智力障碍孩子实现生活自理、谋得生活本领，迈向美好生活。

踏上特教路，立下愚公志。我从事特殊教育22年了，来了，就没想过离开。也许我倾尽全力，只是一束微光；也许我倾尽一生，也教不了多少学生，但我不是一个人，也必定还有后来人！相信，民族复兴人民幸福的中国梦中定有残障孩子的一份安暖。请谨记习近平总书记说过的话："世界上最大的幸福莫过于为人民幸福而奋斗。"

岱顶火焰蓝　誓言重如山

泰安市泰山风景名胜区泰山
消防救援站政治指导员　闫　兵

　　我叫闫兵，现任泰山消防救援站政治指导员。今天为大家讲述的是我们这个山顶上的小小消防站的故事。

　　会当凌绝顶，一览众山小。古往今来，无数游客来到五岳独尊的泰山，感受它的巍峨壮美。在海拔1545米、最低温度接近-30℃的泰山岱顶，一支由18名救援人员组成的消防救援站，从1996年成立至今，已经坚守了27年。

　　作为世界自然、文化双遗产，泰山的消防安全责任有多重要不言而喻。当地人都说，泰山"不能烧，烧不得，烧不起"。泰山消防救援站肩负着18万亩山林、26处古建筑群、58座寺庙、42家社会单位、2200多处碑碣石刻的防火、灭火和消防救援任务，我们是华东地区驻勤海拔最高的消防救援站，也是华东地区唯一一个没有消防车的消防救援站，防火灭火只能徒步行进，抢险救援必须手抬肩扛，选择泰山消防救援站，就是选择用双脚丈量泰山。

　　我2010年来到泰山，和这座大山相伴了十多个春秋。泰山上面冬夏两季雾气弥漫，难得见个晴天，在长达半年的冬季里，山上的气温比山下低十几度，水管里的水经常被冻住，我们就要挑着扁担到四五里外的山泉破冰取水。刚开始，不会用扁担，山路结冰打滑，稍有不慎就可能摔个鼻青脸肿，水泼到棉大衣上接着就结冰，感觉全身都凉透了。为此，我也情绪低落过。这时候，站里的党员站了出来，他们说：老挑山工们挑着扁担不曾停歇，我们有什么理由退却，不管遇到多大的困难，唯一的选择就是一往无前。守护泰山和游客平安，是一份沉甸甸的责任，更是我们对人民群众的承诺。

泰山每年接待旅游和户外探险的游客数百万人次，高峰期每天就有五六万人次，游客摔伤遇险、突发疾病等情况逐年增多，泰山消防救援站责无旁贷地承担着抢救遇险游客的任务。游客戏称我们的战士："能跑又能爬，全是蜘蛛侠。"我们靠的就是一双铁脚板、一副铁肩膀，还有一身铁担当。陡峭的十八盘，1630级台阶，每周我们都要负重20公斤，上下往返跑3次。一年下来，每个消防员都要跑52万多级台阶。

闻令而动，与死神的竞速，是我们的工作常态。还记得2020年冬天的一个深夜，十八盘附近有一名游客摔伤。冬季的泰山狂风呼啸、寒冷无比，索道早已停运，摆在我们面前的只有一条路，顶着零下26℃的严寒，踩着冰封的盘道，一步一步走下山去。眉毛、头发慢慢结了冰，身上的衣服被汗水浸透，寒风一吹，禁不住发起抖来。大家轮流抬着担架，被替换下来的队员刚刚还满身大汗，不一会儿衣服上就结了满满一层冰，冰凉地贴在身上，再抬一段担架，一层冰又变成了热气腾腾的汗。经过三个多小时的手抬肩扛，从南天门到中天门，跨越将近700米高差，走过近4000级台阶，终于将伤者送上了等在山下的救护车。

2006年，一个少年在十八盘不慎滚落100多级台阶，身上多处骨折，脸上血肉模糊，生命危在旦夕！我们7名指战员立即出动，1000余级台阶仅用10多分钟。受伤小孩颅内出血、意识模糊，口中不停吐出鲜血、右腿已经骨折。进行紧急救护后，我们迅速把他抬上担架向中天门飞奔……10分钟，仅仅用了10分钟，就把孩子送上了救护车，孩子得到了成功救治。后来，他每年都会给我们写信，成年后，他定期献血，他说："是泰山消防救援站给了我第二次生命，我要好好珍惜，回报社会。"

类似这样的救援，数不胜数。我们经历过一天连续12次马不停蹄的救援，经历过一个晚上从南天门到中天门往返5次的超负荷战斗，也经历过零下20℃雪夜4小时不间断的执勤巡逻。绝壁救援、寒潮急救、雨夜驰援……27年，共计救助群众3300余人，从死亡线上挽救了600多条生命，泰山消防救援站荣誉室里的120余面锦旗，每一面都在诉说着悬崖峭壁间救援的艰险，也展现着陡峭石阶上消防员用双肩双腿与时间赛跑的伟岸身影。

走一趟盘道，植一棵青松，访一位挑夫，学一遍队史……这是每一名泰山消防救援站救援人员入队的第一课。在我们18名队员中，先后有5名经过选拔到消防院校进修，提干后又毅然沿着十八盘回到了这座我们所热爱的大山上，把自己和这座大山紧紧地绑在了一起。虽然常年值守在山巅，大家的膝盖、腰部都有伤病，有的甚至因为膝盖严重受损，双腿的两个半月板都已经摘除了，但是我们拥有无比坚定的信念，誓言如山，尽责至善，这是泰山消防救援站的一个口号、一条站训，更是我们向党和人民许下的誓言。

岱顶火焰蓝，烈烈党旗红。只要群众需要，我们就会始终冲锋在前。在山巅，我们用自己的方式向青春致敬；在山巅，我们用臂膀脊梁扛起新时代泰山"挑山工"永不懈怠的责任和担当；在山巅，我们努力把个人理想融入国家事业，牢记习近平总书记"对党忠诚、纪律严明、赴汤蹈火、竭诚为民"的训词要求，践行党旗下的铮铮誓言！

大山的女儿

恒丰银行昆明分行职工　张蓝鹏

我是来自恒丰银行昆明分行营业部的一名综合柜员，也是来自云南省红河哈尼族彝族自治州的一名彝族姑娘。作为一名来自大山的女儿，我想和大家分享一个我家乡的故事。

我的家乡云南很美，步步是风景，镇镇有奇观。可就是那么美丽的地方，却因为地理位置偏远、地形地势复杂，教育落后、产业结构单一等原因，仍然有部分山区群众遭受着穷困潦倒之苦。

菜"老头"是个彝族阿伯，年龄虽然只有40多岁，但由于常年卖菜，日晒雨淋，显得特别老，我们都称呼他为菜阿伯。菜阿伯每天都来存钱，每次拿来的都是一堆花花绿绿的纸币，有50元的、10元的，更多的是1元和5角的。我不知道这些钱来得多么不容易，但却知道这些零零散散的钱对他来说很重要！因为每次存够两百，他就会叫我开一张定期的存单给他。

有一天，他过来存钱的时候我没收了他一张50元的假钞，他情绪很激动，希望我们把钱还给他，被告知不行后，我看到菜阿伯眼眶都红了，走的时候，只是一个劲地念叨，这要卖多少菜啊……我被当时的情景触动到了，第二天一大早就去彝族村找到了他。原来菜阿伯家有30头奶牛，这批奶牛至少饲养一年后才能达到产奶标准，前期只有投入没产出，每头奶牛每天要吃70元左右的牧草料，30头奶牛每天就要消耗近2100元牧草料。随着奶牛即将进入产奶季，对牧草料需求量也越来越大，采购资金让菜阿伯犯了难。知道菜阿伯的情况后，恒丰银行昆明分行迅速定制了"牧草贷"专属金融服务方案，为菜阿伯开辟绿色审批通道，提高了审批速度，解决了菜阿伯的问题！临走时，菜阿伯粗糙的双手把我握得生疼，并坚持要送我几个大蒜头，我哭笑不得。

从那之后，菜阿伯就不怎么来存钱了。

就在我快要把菜阿伯的样子忘了的时候，忽然有一天，他又出现在我面前，拿出厚厚一叠存单要我帮他全部取出来。我看了看，有好多都没有到期，就提醒他提前支取要损失很多利息，他却憨憨地一边笑着一边大声说："都取了吧，都取了吧，儿子考上了大学，要给他买个电脑！养的那30头奶牛也开始产奶了，今年的牛奶收购价比往年高，家里孩子这学期的学费和生活费也都不用发愁了。"

我从未见过他如此兴奋与高兴的表情，那一刻，仿佛岁月在他身上的重负都得到了释放。我花了整整两个小时帮他结清了存单，他就那样在我面前乐呵呵了两个小时。

走的时候，看到他在我车头挂了一袋大蒜头，向我挥挥手乐呵呵地走了。那天是我人生中第一次尝试了大蒜头的味道，辣得让人想哭。

菜阿伯其实就和千千万万彝族老人一样，生于大山，长于大山，虽然生活资源贫瘠，但有一颗热爱生活的淳朴的心，他们也许不清楚何为乡村振兴，但始终秉持着对这片土地的深情眷恋。身为彝族儿女的我，在此时此刻无比深切地感受到了自己肩膀上的责任与重担。

彝族，一个骑在鹰背上烤太阳的民族。我们热爱光明与火种，因为它象征着永不熄灭的希望，而这种希望，在新时代的今天，理应由我们彝族的青年将它薪火相传。这种来自深山中的信仰，无论时隔多久，都永不过时。我想我应该有这样一份力量助力乡村振兴，就像往返于昆明和红果的5652次扶贫列车，他们把票价压到了最低，解决了一方百姓的生计问题。

在恒丰银行工作的3年里，我深深为组织对少数民族的关爱而感动，那些紧紧围绕实现脱贫攻坚目标制定的金融政策，无不体现了恒丰银行为乡村振兴做出的努力与贡献。"牧草贷"不仅是信贷产品，更是菜阿伯、是扶贫工作队员、是乡村振兴路上的你和我！

今天，我把菜阿伯送我的大蒜头带到了现场，我也将恒丰人乡村振兴的决心带到了现场！凌晨五点的济南，我还在想应该讲什么样的故事给你们听，但是当我站在这里时我突然知道我要说什么了，因为我在会场看到了一个个奔走在乡村振兴路上朝气蓬勃、意气风发的你们，这是中国新青年里的一抹红色，就是这一抹抹红色，雕琢着我内心信仰的模样。各位，时不我待、踔厉奋发，今天站在这里，我愿意在恒丰银行这片热土里深耕我自己，更愿意怀揣这一抹鲜红，继续奔走在村村寨寨，做一个向上、向善、向美的人，讲述好一个又一个的扶贫故事。

怒海勇士

胜利油田海洋石油船舶中心
党支部书记 崔舰亭

我是胜利油田海洋石油船舶中心的一名船员，视频是拍摄于三十年前大海上救援的影像，画面虽不算清晰，但是它却像烙印一样刻在了我的心底。

故事发生在1994年4月7日，突如其来的风暴潮呼啸而至，招远、龙口海域顿时巨浪滔天，数十条未能及时回港的渔船顷刻间陷入了绝境。

危难时刻，当地政府紧急电话打进胜利油田指挥部，胜利油田电令海洋船舶，立即组织精兵强将，全力实施救援。

刚刚回到龙口港避风的胜利261船临危受命，船员们没有任何迟疑，第一时间备车起锚，冲进这滔天巨浪中。

风愈刮愈猛，巨浪疯狂地盖过船艏，船体剧烈地摇晃，"看！前方有条渔船……"船员们顾不上晕船带来的不适，边喊边跑向船舶后甲板，随时准备营救。

渔船在波涛中时隐时现，3名渔民在拼命地挥动双臂，声嘶力竭地呼叫着。261船顶着巨浪，多次尝试救助，然而生死总是差着一臂的距离。

就在千钧一发之际，一个敏捷的背影，翻过船舷，冲进浪涛，伸出手臂将三名遇险渔民救上船。

短短几分钟的营救视频，这个背影总是出现在最危险的地方，他的每次出手相救，都令我为之动容。

多年以后，我再次看到这段珍贵的影像，正当我感动唏嘘之时，这个背影猛然回头，我突然看清了那张我不能再熟悉的脸庞，翻出船舷救人的竟然是我去世已久的父亲，那一瞬间，我的泪水夺眶而出。

小时候父亲留给我的印象是模糊的，那个时候，胜利油田向海洋进军，船舶人作为从陆地走向海洋的先锋队，深知肩上的责任重大，妈妈说父亲每年出海工作将近300天。

父亲模糊的印象，也就在这段视频中突然高大起来，遗憾的是我无法去求证他救人时的想法，但是我清晰地记得他跟我说过："人命关天的时候，是共产党员你就得冲出来，豁出去！"

历史在前进，时代在发展，环境在变化。唯有不变的，是早已融入胜利人骨子里的义无反顾。每一次面对险情，胜利人总会勇往直前。

北极村村民王和荣在大海上失踪七天七夜，被救后，紧抓着我的手说："我以为这次活不了了，没想到是你们这艘大船救了我。"

那是2016年的11月，王和荣和同村村民李刚等三人驾船出海，因为渔船设备出现问题，在大海上随波逐流。

一天，两天，三天……王和荣和同伴们感觉到死亡离自己越来越近，没有淡水，就开始每天喝发动机的冷却水，船上仅有的一把干挂面，成了他们活下去的唯一希望。

失踪的第七天，我们驾驶着胜利241船在茫茫的大海上发现了他们，船上的人拼命地挥手，我没有任何犹豫，开足马力驶向渔船。

找准机会一次次靠近，水手们一次次将撇缆抛向他们，七天七夜，王和荣三人早已浑身无力。危急时刻，我们翻过船舷，伸出手臂，将三位渔民救了上船。那一瞬间，我看见王和荣手里紧攥着剩下的几根面条。恍然间，我骄傲，我们能像父辈一样勇敢！

两次翻越船舷，相隔近三十年，三十年弹指一挥间，一代代胜利人乘风破浪，一名名共产党员奋楫争先，冲出来，豁出去。改变的是时间，不变的是胜利人的大无畏精神。

自1994年以来，胜利船舶在渤海、黄海、东海、南海累计救助遇险人员970人、船舶141艘次，积极履行社会责任，彰显央企担当。

三十年初心如磐，胜利船舶在蔚蓝色的大海上保障着油田海上安全生产、绿色发展，为建设海洋强省贡献胜利力量。

新的时代，新的使命，我们手扶历史的航舵，扬起奋进的风帆，以胜利的名义组成浪尖上的钢铁方阵，挺进海洋，船头高挂的是胜利的旗帜，我相信，这面旗帜，永远会在大漠、在荒原、在祖国需要的地方迎风招展，高高飘扬。

微光如炬绽芳华

胜利油田老年服务管理中心
副组室长 岳婷婷

5月的深夜，夜阑人静，万物入梦。突然，一阵急促的电话铃声打破了这份宁静，她急忙接起电话，一边安慰，一边探询，说话间已娴熟地收拾好用品，冲进了夜幕里。

她，叫杜全芳，是我们胜利夕阳红暖光志愿服务队的队长，也是我今天故事的主人公。

给杜全芳打电话的是她的邻居，亲人突然离世，让邻居不知所措。杜全芳的到来，让一家人的心安定下来，多年来，到底帮过多少家庭操持红白事，杜全芳自己都不记得了。

大家一定好奇，一个女同志处理后事，难道她不害怕吗？

这一切源于一次特殊的"告别"。

那是多年前的一天，杜全芳接到一名女同事溺亡的噩耗。当她赶到现场时，看到无一人敢往前凑。在一旁十几岁的孩子撕心裂肺地哭着……杜全芳强压着眼泪、忍住恐惧，慢慢地走上前，为逝者整理遗容，送完最后一程。

这次意外深深触动了杜全芳，年华易老、生命易逝，人活着，为什么不多做些有意义的事？

于是，她找到老年站，主动请愿，要求参与小区居民的白事操办。

慢慢地，从身边的朋友、单位的同事，到小区的居民，再到周边小区主动找上门的陌生人……杜全芳的名字也被越来越多的人知晓。

其实呢，工作期间的杜全芳，就已经是名人了。她是胜利油田第一位获得全国五一劳动奖章的女劳模，被评为全国职业道德标兵、全国"十佳女职工"。

在她看来，工作可以退休，但服务胜利、奉献爱心的精神永远不能退。退休不久，她就带头组建了胜利夕阳红暖光志愿服务队，并自任队长，从此，杜全芳有了更大、更广的舞台。

人们几乎每天都能看到留着一头利落的短发、穿着红马甲、骑着一辆老式坤车、驮着理发工具包穿梭在小区里的杜全芳。越来越多的人都会收到老年站帮她印制的名片——暖心帮扶、邻里互助……

提起这张名片，小区里的赵阿姨就会格外激动。由于身体的原因，赵阿姨的贴身内衣脏得很快，看到外人进家，她就会把来不及洗的衣物藏起来，一次，杜全芳在叠好的被子里发现了，从此赵阿姨和杜全芳就开始了"捉迷藏"，这次藏在柜子里、下次藏在褥子下，杜全芳却每次都能变着法地找出来并帮着洗干净。老人几度哽咽，逢人就讲，自己啊，又多了个闺女……

手机24小时不关机，一家四口"挤"在50平方米的老房子里，37年不搬家，为的就是让需要帮助的人能找到自己。

90岁的陈文勇老人基本不认人了，但认得定期上门帮她理发的杜全芳；双目失明的于树林、肖丽克夫妻，听脚步就知道是杜全芳又来帮着他们打扫卫生了；87岁的赵凤彩老人看到杜全芳，就会拉着她的手，一口一个"闺女"喊个不停……

"一人红、红一点，众人红、红一片"。在杜全芳的带领下，志愿服务队扶贫、助残、救灾、助学……人数从十几人逐渐扩大到六十多人。如今，作为一名为老服务工作者的我，也光荣地加入了胜利油田暖光志愿服务队，跟着杜大姐一起做好事，给"老石油"们送温暖，听着老人们亲切地喊我"丫头"，我骄傲！我为志愿队的每一束"暖光"骄傲。

疫情防控期间，我们化身"大白"，疏导车辆、测温验码……

在外闯员工父母家中，我们又化身"儿子闺女"，送上热腾腾的饺子……

在老同志查体中，我们化身"协助员"，跑前跑后，无微不至……

在防诈反邪、拒绝酒驾宣传中，我们化身"宣讲员、监督员"，倡导社会正能量……

在校园路口，我们化身"安全员"，当好孩子们的"保护神"……

在优良传统教育中，我们化身"辅导员"，讲好石油故事、传承红色基因……

若将岁月开成花，人生何处不芳华！在胜利油田，百余支老年志愿服务队、无数个"杜全芳"尽己所能、奉献社会。我相信，虽然我们只是一束微光，但只要有越来越多的微光汇聚在一起，微光如炬，照亮油城……

大白哥哥

临清市人民检察院第二检察部主任 肖云光

最近,我国第一部以未成年人刑事检察科检察官为题材的电视剧《归来仍是少年》马上就要开拍了,其中男一号就是大白哥哥,原型就是我们全体未检检察官。

我们为什么被称为大白哥哥?那是2015年在一所中学讲完法治课后,有个学生对我说:"我可以叫您大白哥哥吗?我觉得您和电影《超能陆战队》中大白的形象特别像,温暖亲和、正义善良、无所不能。"受此启发,我们组建了"大白哥哥"团队,用爱心传递"未检"的温度。

2017年,小海还是个十六七岁的孩子,经常流浪街头偷盗电瓶车。警察把他送来的时候,天正下着蒙蒙细雨。做笔录时,孩子的父亲也在场。我问他:"孩子,你为什么要偷东西?"小海看了旁边的父亲一眼,没有回答。我鼓励他:"没事,说吧。"孩子仿佛鼓起了巨大的勇气,他说:"从我记事起,爸爸对我非打即骂,无休无止,所以我不想回家……"话还没说完,只听咣的一声,爸爸一掌拍在桌子上,"小兔崽子,皮又痒痒了,看我不打死你!"孩子趴在桌子上,呜呜地哭了起来。

这是个脾气暴躁、容易动怒的父亲。多年的职业素养让我赶紧调整情绪,深呼一口气,走到小海爸爸身边,说:"我知道你很爱孩子,可你永远不知道,你爱孩子远不如孩子更爱你。我猜想,在你成为打人的爸爸之前,肯定也是一个从小被打到大的孩子。"没想到,就是这样一句话,竟然让这个一米八的山东大汉号啕大哭起来。过了一会儿，小海爸爸情绪慢慢平复了下来，向我讲述了他的童年。原来当年他的父亲经常把他捆在树上，用腰带把他抽得浑身是血，还说什么棍棒底下出孝子。对他们家来说，教育孩子就是一个字："打"。基于这种情况，我对父子俩进行了长达三个小时的心理疏导和情感沟通，最后，我说："这样，你们爷儿俩拥抱一下吧？！"小海的爸爸愣了愣，极不自然地走上前去，笨拙地抱了抱孩子。小海却毫不犹豫地用力搂住了爸爸，说："爸，你好多年没有抱过我了。"那一刻，父子俩泪如雨下。2022年暑假，我收到一条短信：大白哥哥，我从大学心理专业毕业了，再告诉你个好消息，我要结婚了，我希望，我们家"棍棒底下出孝子"的教育方式从此终结了。到时候，邀请您来给我当证婚人。

如果说，小海眼里的大白哥哥是温暖体贴、善解人意的，那么，在七岁女童小敏的心里，大白哥哥则是无所不能的。

2018年冬天，我接到一个电话，电话里传来一个怯生生的声音："请问，你是大白哥哥吗？我的爸爸丢了，你能帮我把他找回来吗？"原来，小敏的父母靠着打零工勉强度日，可妈妈不幸查出宫颈癌晚期，残酷的疾病成为压塌这个家庭的最后一根稻草。妈妈确诊后的第二天，小敏发现，自己的爸爸不见了。起初，母女二人以为他外出筹钱去了，可三四个月过去了，爸爸再也没有出现，音讯全无。本来，这并不属于我的工作范围，可事关未成年人，我责无旁贷！几经辗转，我们找到一条线索，孩子的爸爸有可能去了东北。经过山东、辽宁两省三级检察机关协调，我们决定异地联动跨区域合作。数九寒天，从山东到东北，我们每次驱车上千公里，来回往返十余次，经常是开着开着，天就下起了暴雪，车子打滑，好几次差点溜下山崖。终于，我们在丹东一座偏远的矿区找到了孩子的爸爸，经过长达十几个小时的沟通解释，小敏的爸爸终于回心转意。2019年1月28日，那天正是小年夜，天空飘着雪花，当小敏颤抖着双手把饺子喂到又黑又瘦的爸爸嘴里时，爸爸再也控制不住，一把把小敏娘俩抱在怀里，一家人相拥而泣。那一刻，我们深感再多的付出都是值得的，因为我们是未成年人的国家监护人。

近年来，我和团队每年为未成年人解答法律问题、开展心理疏导1000余人次，累计帮助700余名罪错未成年人迷途知返，帮助105名涉案未成年人重返校园，其中15名孩子还考上了大学。我先后荣获中国预防青少年犯罪研究会理事、中央电视台守护明天栏目主讲人、山东省人民满意的公务员等40余项省级以上荣誉，推动建成山东省首家未成年人"一站式"关爱中心、山东省首家家庭教育检察工坊和全国预防青少年犯罪研究基地，可是我们做得还远远不够……

新时代赋予了未检检察官新的使命，那就是扎实推进未成年人保护法、预防未成年人犯罪法、家庭教育促进法的落实，携手为孩子们的健康成长提供全方位的保护。习近平总书记说："孩子们成长得更好，是我们最大的心愿。"正青春，有梦想，我是大白哥哥，守护少年的你，我们一直在路上……

爷爷的"算盘"这样打

岚山区虎山镇桥南头村党支部书记助理 张红宇

今年清明节，我和父亲一起回老家看望年事已高的爷爷，清明的细雨飘洒在山村，雾色缭绕中，层层叠叠的村庄显得更加静谧而美丽。来到爷爷的老房子前，大门上"光荣之家"四个字，因年岁久远字迹已经模糊。走进屋里，斑驳的墙角上挂着一个大大的算盘，算盘中央那一枚红色的党员徽章，印证着爷爷的光荣一生。

看着这些老物件，我的记忆被一下子拉回到小时候。记忆中，爷爷最喜欢跟我们孙辈夸共产党的好，他常说："没有共产党，老百姓就吃不饱、穿不暖，更不会有今天的好日子。"

村里人一般不叫爷爷的大名，而喜欢叫他"铁算盘"。爷爷是大队会计，也是村里的老党员，因为算盘打得好，账记得准，加上铁面无私，颇受村里人尊重。然而，不谙世事的我，对"铁算盘"这个外号并不喜欢，直到父亲给我讲起爷爷的故事，才改变了我的看法……

父亲回忆，他小时候，爷爷总是很忙很忙。作为大队会计，爷爷需要每天核算村里每一分每一毛钱的收入和支出，确保村集体的资产分毫不丢。那是饥馑的年代，爷爷的工资很少，因为家里孩子多，集体分的粮食经常不够吃。有一天，爷爷忙到很晚才回家，奶奶小声地跟爷爷商量，家里断粮了，从村里偷偷挪点粮食给孩子们吃吧。

本来和颜悦色的爷爷，脸色瞬间变了，铁青着脸大声呵斥奶奶："偷公家的粮，还不如要我的命。"奶奶羞愧地低下头，再也不敢提这事。当天晚上，爷爷走了几十里路，到外乡的亲戚家借了一些余粮，才渡过难关。

长大后，我跟爷爷提起这件事，他意味深长地对我说："爷爷是党员，账目不能错，底线不能破，做事要对得起组织，不能让群众戳咱脊梁骨。"

账目不能错，底线不能破！30多年的会计生涯，爷爷坚持着自己的"算盘"原则。在爷爷身上，我看了一名共产党员该有的样子，也立志成为一名爷爷那样的共产党员。

2018年，我顺利进入大学，与爷爷见面的次数逐渐少了。但每次见到爷爷，他总会问："红宇，入党了没？"爷爷的语气带着殷殷的期盼与希望，简短的话语充满力量。

大学期间，我努力学习专业，积极参与学校组织的志愿活动，面对困难和挑战，有时也会出现逃避、退缩的想法，可每当想起爷爷的谆谆教诲，我总能咬牙挺过。

大学入党的消息，我第一个告诉爷爷，电话那头爷爷激动地说："红宇，不管什么时候，要永远记住自己是一名党员，要比群众做得更好，咱不能打错了算盘！"

爷爷讲不出什么大道理，但算盘打得准。他深知，共产党员不仅仅是一个光荣的身份，更多的，是一份担当和责任。

2022年夏天，即将迈出大学校园的我，通过选调生考试，成为一名基层干部。我至今仍清楚地记得，看到公示名单时，爷爷脸上那欣慰的笑容。尽管岁月已在他的脸上刻下深深的皱纹，他的目光却依旧明亮而坚定。这一刻，爷爷身上那忠贞的党性，跨越岁月长河，深深地烙印在我的身上。我知道，它的名字，叫"传承"。

入职后，参加第一次廉洁教育大会，看到那一桩桩触目惊心的反面案例、一封封发人深省的自白书信、一段段追悔莫及的痛哭忏悔，让我大为震惊，感触颇深。此时此刻，我想起爷爷的话，人生其实就是一本账，你记的是"糊涂账"，还是"明白账"，关键在于算盘怎样打。

转眼间，入职已快一年。这一年，我走遍桥南头村的每一个角落，积极参与村镇的各类活动，还有幸担任山东省养老观摩会讲解员，与养老服务中心的爷爷奶奶们同吃同住，为老人们带去温暖与欢乐。每当离开时，看到他们眼中不舍的目光，我的眼眶都会湿润，我心中刻下的责任传承，怎会忘记；人与人之间最纯粹的爱意，怎会搁浅。

习近平总书记在庆祝中国共产主义青年团成立100周年大会上寄语青年："实现中国梦是一场历史接力赛，当代青年要在实现民族复兴的赛道上奋勇争先。"当前行的接力棒交到我们当代青年手中的时候，初出茅庐、资历尚浅的我，将继续沿着爷爷的足迹，打好心中报效国家、服务人民的算盘，努力使自己成为"站起来能讲，坐下来能写，走出去能干"的年轻干部，乘着党的二十大的东风，于基层的广阔天地中扎根破土、开花结果，淬炼无悔青春。

跨越世纪的"信得过"

齐鲁石化烯烃厂员工 吴金霖

刚刚过去的7月12日,是中国石化40岁的生日,而我要讲述的"信得过"的故事,也要从40年前说起。

党的十一届三中全会以后,"实现四个现代化"成了全民族的渴望,被隔绝了十年的中国人,热切盼望着与这个世界同频共振。但是,严重不足的石油化工能力成为中国走向世界的一块短板,也严重制约着人民衣食住行用的改善。

1983年7月12日,中国石化在北京人民大会堂举行成立大会,"爱我中华,振兴石化"的号角从此吹响。而中国石化开张后的第一手大棋就是要在大庆、山东、江苏、上海布局四套30万吨乙烯装置,破解扼住中国化工工业咽喉的重大难题。山东乙烯的选址就放在了齐鲁石化。

1987年9月27日出版的《人民日报》在最显著位置,刊发了国务院对齐鲁乙烯一期工程建成投产的贺电,其中有这样一句话:"党和国家对建设齐鲁乙烯工程极为重视",齐鲁石化从此成为国家使命的一部分。

然而打江山容易,守江山难。就像那个年代许多新建成的工厂一样,松散的劳动纪律成为制约安全生产的瓶颈,让刚刚建成投产的乙烯装置就像一个任性的孩子,时不时闹一闹脾气、捅几个娄子。齐鲁乙烯必须破解这道守江山的难题。于是,整顿劳动纪律成了当务之急。

然而各层面的密集检查,难以避免地形成了管理与被管理的对立情绪，劳资双方产生了"互不信任"的隔阂。

在这种情况下，1990年10月，裂解车间——也就是我现在所在车间，青年职工们向车间递交了一份劳动纪律"免检申请书"，立下了"军令状"，叫响了"自我管理，信得过"的口号。

短短几个月，齐鲁石化"信得过"的事迹就在中国石化全系统引发强烈反响。1991年7月14日，时任国务院副总理朱镕基视察乙烯装置，并欣然题词"信得过班组"。受到鼓舞的年轻人，更是以倍加严格的自我管理兑现了当初的承诺，进而影响和带动了全厂风气的转变，乙烯装置终于稳住了。

1992年5月，当初立下"信得过"军令状的裂解车间一班，荣获了"全国五一劳动奖状"，走上了人民大会堂的领奖台。那一天，一班的年轻人都笑了，但是笑着笑着，大家又哭了。

30年前那群初生牛犊不怕虎的青年，无论如何也想不到，当年他们叫响的"信得过"，时至21世纪，仍然深刻影响着齐鲁石化。从员工信得过到班组信得过，从党员信得过到党小组信得过，从产品信得过到企业信得过，建设一个让党和人民放心的"信得过"企业，已然成了每一名齐鲁石化人深植于心的精神图腾。

您可曾知道，2020年那个近乎凝滞的春节，齐鲁石化的医用级化工原料却马不停蹄驰援前线，我们深知"信得过"的质量会让更多生命看到希望；

您可曾知道，保家卫国的钢铁长城里面，流淌的是齐鲁石化专供的特种燃料，我们深知"信得过"的生产线才会让人民子弟兵负重前行时后顾无忧；

您可曾知道，天安门前那支雄赳赳的阅兵队伍，正是前进在齐鲁石化的沥青铺就的长安大街上，我们深知"信得过"的中国制造才会彰显最强国威军威。

从我们车间走出来的"信得过"就这样一点点浸润着齐鲁石化，也塑造着一代代齐鲁人。伴随着"新时代中国特色社会主义现代化强省"建设的步步为营，齐鲁石化"炼化一体化转型升级"项目也在加速推进，"千万吨炼油，百万吨乙烯；产值过千亿，利润过百亿"的"双千双百"目标将在我们这一代人手中变成"信得过"的未来。

央企姓党，生而为国。是的，我们是一家企业，但我们首先是在经济领域为党工作的排头兵。"爱我中华，振兴石化，为美好生活加油！"是的，我们信得过！

不改戎装志 以实干护航中国铁路

国铁济南局青岛电务段车间副主任 叶琛琳

我叫叶琛琳,我想通过四句话和大家分享一下我的成长经历。

首先,我认为"最笨的办法就是最快的捷径"。我是一名退伍军人,在部队里担任武警内卫,每天面对重刑犯,责任大、担子重,突发事件多,但艰苦的环境也把能吃苦、不服输的劲头刻进了骨子里。于我而言,部队是锤炼个人意志的"磨刀石",铁路是追求自我价值的"加工坊"。2012年,我从部队转业来到铁路,正准备"大干一场"却不承想迎来"当头一棒"——自己完全是个"门外汉",基础规章不了解,信号设备没见过,更别提"天书"一般的电路原理。我暗下决心:我可以是小白,但决不能一直是小白。我根据自身实际制定了一步一个脚印的学习方法,从基本规章入手,反复推敲每一项技术指标,直到学懂弄通为止。那时,我恨不得24小时泡在工区、泡在现场,尽快补足欠缺的知识。不到半年时间,我就把规章制度背得滚瓜烂熟,工区里大大小小的设备也都摸清了"脾气"。

2014年10月,我作为技术骨干被选派参加青荣城际铁路联调联试,时值寒冬,工期紧、任务重、条件苦。我和同事们早上天不亮便摸黑上道,晚上趁着朦胧的月色下道,两头见不到太阳;线路上没有热水,饿了就只能啃面包、啃方便面;为了赶工期,晚上我们就住在施工现场缺少取暖设备的工棚里。功夫不负有心人,1个多月后,青荣城际铁路如期开通,成为山东半岛的"黄金走廊",也成为对接辽东半岛以及日本、韩国等地区的"桥头堡"。

其次，要真正"扑下身子，沉到一线"。习近平总书记在学习贯彻习近平新时代中国特色社会主义思想主题教育工作会议上，要求广大党员"扑下身子，沉到一线"，这种在基层实践中干实事、谋实招、求实效的工作方法令我受益良多。在参加工作的12年里，我几乎是一个车站接着一个车站跑，一条新线接着一条新线干，先后参与了青荣城际铁路、济青高铁、青盐铁路、潍莱高铁等铁路建设，提出了33项规范施工作业流程和完善施工工艺方面的优化建议，一批长期存在的工程问题得到解决。在我们单位首次大规模使用CN型提速道岔时，由于没有前人的维修经验可以学习借鉴，同事们工作效率一直提不上来，这可急坏了我。为此，我反复拆装转辙设备，研究动作原理，总结维修经验，历经3年，终于摸索出了"望、闻、问、切"提速道岔维修方法，并在后来的实践中，推广至全类型道岔，现在已经是我们全段通用的道岔检修方法。

同时，在我看来"一人是铁不如人人是钉"。"传承"，一直是铁路的优良传统。我的师傅曹老师今年刚刚退休，40年前他便和铁路结缘，这是他一生挚爱的事业。2022年，我们单位在一场超过10万人次收看的直播晚会上为他举办了收徒仪式，我作为代表之一与他同台。舞台上，曹老师的眼角闪烁着不舍的泪花，反复叮嘱我要把技术一代代传下去，让青年人学好本领，成为真正的栋梁之材。我记住了师傅的话。针对新入职大学生的茫然，我以老大哥的身份与他们促膝长谈，讲述自己从军和工作后的经历：我一个大兵出身，你们是专业院校毕业，基础比我好，我能做到的你们肯定也没问题。众所周知，道岔是电务的常见设备，也是故障高发设备。为了打造一支具有精兵强将的专业队伍，把道岔问题对铁路影响降到最低，我精心挑选了一批年轻人成立道岔工区，带领他们学技术、跑现场、干施工。如今，这些只有20多岁的年轻小伙，已成为紧锣密鼓建设中的莱荣高铁的先锋力量。我想，只有把手中的技术传下去，才能点亮中国铁路的未来。

最后，我想说"'小家'的价值会在'大家'中更好地体现"。2013年8月，我的宝宝贝女儿出生不久，我便接到了参加青岛北站开通的任务，几个月的硬仗打下来，随即又接到即墨站站改的任务，只好又马不停蹄地赶过去。等再次回家时，女儿完全不认识我，我多想抱一抱、亲一亲她，可女儿却害怕得大哭，我内心不禁五味杂陈。但"铁路人"的职责告诉我，舍"小"为"大"正是工作常态。2021年春节前夕，央视CCTV13《午夜新闻》栏目播出了我的故事——《零点后的守护》，我内心激情澎湃、无比自豪，深切感受到了国家对劳动者的尊重。在此后我把"要么不干，干就干得最好"当作工作信条，开始攻关更多的电务难点。在日兰高铁开行后，针对"动车所正线股道不能同时存放两列短编动车组或长编动车组"课题，提出在进站信号机处，有源应答器中增加轨道信息包等方案措施，使动车组存放能力提升6.25%；针对CN型道岔转辙机托板容易开裂问题，与厂家重新设计结构，一举解决缺陷。现在，我所在的青岛西信号车间，高铁、普铁并行，客车、货车并跑，工作总量大、设备种类多、天窗点复杂，我身上的担子更重了，但干劲也更足了。时至今日，我仍能回想起面对央视记者采访时说的话："能把千万旅客平安送到家，这十分有意义。这也是我工作价值的体现。"

习近平总书记在党的二十大报告中指出，我国已"建成世界最大的高速铁路网"，这充分表达了党和国家对铁路工作的高度重视与肯定，我将继续脚踏实地、拼搏奋斗，护航中国铁路，为交通强国助力。

岁月为证　奋斗不止

青岛城运控股公交集团李沧巴士公司
302路线驾驶员　董述飞

"青年强，则国家强。"习近平总书记在中国共产党第二十次全国代表大会上的讲话，对青年人寄予了厚望。青春正因奋斗而无悔，因前进而激昂，因梦想而不朽，时间长河，川流不息，无论在什么样的历史际遇当中，总会有人正青春。

川藏线大家去过吗？那里雪山环绕景观壮阔。但是，对于当时的我来说，最美的风景也在最险的路上。2010年，十八岁的我，怀揣着燃烧的青春梦想从青岛奔赴川藏无人区，开始了军营之旅。凭借着对车辆的热爱，我光荣成为一名汽车连战士，并驾车完成了途经川藏线的任务，期间，车轮打滑时有发生、飞石冰雹时刻敲打着我的心脏。我们历时21天，连续翻越了19座海拔超过四千米的大山，在凶险的川藏线上留下了一道道深深的青春印记。退伍那天，脱下军装的那一刻，我满是不舍，噙着泪水，站在党旗前庄严宣誓，我要将军魂铭刻心底，永葆军人本色，把初心写在新的岗位上。

2017年，我离开部队，加入了另外一个大集体，青岛城运控股公交集团，也就是老百姓口中的公交人。俗话说术业有专攻，穿行在城市中，安全平稳的运行是公交人对乘客最基本的承诺，而人们在十米车厢里短暂地共处，干净整洁和谐融洽的车厢氛围也至关重要。提前到岗清洁车辆、逢年过节布置车厢、搀扶特需乘客上下车、在关键时刻伸出援手。我们就这样每天驾驶公交车行驶在大街小巷，车窗外有红瓦绿树、碧海蓝天，而更美的风景是在我们的车厢里……

这里有笑有泪更有爱。我在车厢里护送过迷失方向、找不到回家路的九旬老人；开导了考研失利，坐在车厢里哭泣的女大学生；安慰过与孩子发生争执，伤心落泪的母亲。那一个个无助的眼神让我深深感到，需要帮助的人还有很多，我要走出车厢去为更多人服务。2020年初，我所在的李沧巴士公司在星河爱心素食餐厅设立志愿服务点，我也开始了一段新的旅程。从帮厨到主厨，从配菜到送餐。三年来，我骑着摩托车为老人送餐数千次，结识了很多"忘年交"。盼着儿子回家的陈奶奶、不吃香菜的刘大爷还有那位总是戴反口罩的林爷爷，都一直挂念着我，家长里短间，我们都收获了满满的温暖与感动。2022年12月，中央电视台《焦点访谈》栏目对此事进行了报道，我也借此机会，向全国观众展现了公交人的奋斗精神和奉献精神。

2022年冬天，雪地里的"赤脚爸爸"，让我至今难忘。当天夜里，天空飘着大雪，我驾驶末班车在路口等红绿灯时，一位身着单薄衣服的男子，赤着脚，抱着一个婴儿跪在路边。见我停车，男子冲到我面前哭着对我说："求求你，孩子发高烧，带我们去医院吧，太晚了根本拦不到车啊。"婴儿在抽搐，男子的声声呼喊直戳我的心窝，我打开车门，让他们坐稳，我双手紧紧握住方向盘，咬紧牙关，临时调整线路抄近道火速赶往最近的医院。所幸的是，孩子经过及时抢救后，转危为安。几天后，我在公交场站见到前来致谢的父子，那天，院子里满是孩子健康爽朗的笑声。

祖国需要时，我们正年轻。青年承载着国家的未来和民族的希望，是整个社会中最积极、最有生气的力量。多年来,公交青年们在各自岗位上学习提升、创新创造,切实扛起了肩上的责任,牢牢把住了永久奋斗的传承带。

新时代中国青年大有可为,也必将大有作为。青年们!青春何谓?青年何为?这是时代对青年人的发问,在这个孕育无限可能的新世界,站在"时代窗口"前的我们,请以拼搏为笔,以勇敢为墨,书写时代答卷,奏响我们的青春战歌!

文平校长的"好运"

威海世昌中学办公室副主任 马 榕

大家好，我是来自威海世昌中学的马榕，今天我要为大家讲述的故事中的主人公，叫于文平，现任威海世昌中学副校长。

"我闺女运气真好，没啥长处，就是会学数学，现在就教数学，你就把孩子教得和你一样会学数学就行。"

1992年，21岁的文平踏上了三尺讲台，她说她永远都记得母亲在她上班第一天的叮嘱。她教数学果真有一套，曾经所带过的一个班级在中考中平均分达到九十多分，这简直就是个奇迹！她总是说："我的运气好，抓得班好。"可我们都知道她背后付出的一切。当班主任时，学生说："不好好学，真对不起于老师。"当级部主任时，家长说："咱们不好好和孩子一起努力，对不起每个月给我们开会加油打气的于主任。"她就是凭借这样的"运气"从普通数学老师，干到备课组长，再到年级主任，直至副校长，秉承着教育初心，一步一个脚印，不断在成长中转换着角色。

2014年，为了促进教育均衡发展，实现教育优质化提升，一所现代化的农村学校——威海恒山实验学校建成，那时去农村，没有评优选先的优待，没有工资补贴，离城区将近一个小时的车程，交通极为不方便，可于文平还是义无反顾地选择加入了这支农村支教大军，开启支教新程。那段日子很苦，恒山老师们嬉笑闲谈时总会说出这样一句话，"来到恒山，就看不到城区的太阳了。"对于以于文平为代表的恒山领导班子来说，更是如此。披星戴月是常态，没有周末是常态，甚至下雪天凌晨三四点就出发也是常态。

对于于文平来说，最为煎熬的是2015年，她来恒山后的第一批学生要参加中考，女儿要参加高考。偏偏在这个节骨眼上，那不争气的阑尾也出了问题，时不时隐隐作痛。

于是中考前夕，捂着肚子巡查班级的她成了独特的风景。几个关系好的老师笑称这个老大姐是"捂腹的行走者"，她也打趣道："我这叫护住元气，求个稳！"等她稳稳地送这批孩子走进考场，医院术前检查显示：延后手术导致了阑尾病变，小肠尾部已经出现病变，形成肠憩室。通俗点来说，就是有一节小肠壁变薄，随时有可能像气球一样爆炸，造成整个腹腔感染……好在手术成功，有惊无险。再提起这事时，大家都心有余悸，只有她笑着说："没事，我运气好。"她的"运气"似乎也在无形之中影响了恒山的孩子们，接连几年，恒山中考成绩持续上升，不断刷新着历史记录。正是因为有了像于文平一样的扎根乡村的"拓荒牛"们的耕耘与付出，才让农村娃娃们也能和城里孩子一样茁壮成长，享受优质的教育资源，走向更广阔的天地！

2019年，威海世昌中学建成，于文平肩负新使命，再一次打点行囊，离开了她打拼5年的地方，开启新一轮的长征。

作为一所新建学校，教师队伍的专业化发展是面向未来的重中之重。学校出台了"世昌青春计划"，开展青年教师读书分享、相约周三——实操培训、相约周天——师德影院等一系列活动，促进青年教师专业化成长。那一年，优质课比赛，世昌13名老师参赛，9人获得一等奖；那一年，优课比赛，世昌12节课参赛，有11节推送到市里，6节推送到省里。今年第一次的中考成绩更是超出我们的预期。有人说，世昌的青年教师成长得真快，新学校能有这样的成绩，真不容易。而文平校长却笑着说："我的运气好，摊上了一批好苗子。"

她把"学而不厌，诲人不倦"当成自己的使命，并孜孜不倦为之奋斗着，她不仅成为青年教师们成长的好导师，更是学生们热爱的好校长。2021年，世昌中学第一批学生面临会考，我记得会考那天，车在等待，我们即将出发，孩子们却争先恐后地去拥抱文平校长，说要沾沾她的好运。她笑着和孩子们拥抱、握手、击掌。后来听说，几天前，她的母亲不幸离世。我才恍然记起，其他领导都是一身红，只有她是一袭黑衣，但她依然把真诚的祝福与微笑送给了孩子们……

我与文平校长相识于世昌，在我心中，她是钢铁女侠，是亲切慈爱的长辈，是勤恳专业的师者，是可以倾心一谈的朋友。她的好运究竟来自哪里？其实答案很简单——是每学期160多节、平均每周8节的听课，是每周一次的高效备课组会议，是每月一次精准的阶段测试分析，是每两月一次的学情诊断分析。不仅如此，还是她20多年的初四执教经历，30多年的一线工作经验，是这一切让她如此好运。与她共事后，才明白那句"有了于文平，啥事都能平"的真正含义。

国运兴衰，系于教育；三尺讲台，关乎未来。以于文平为代表的巾帼英雄们，潜心问道，善作善成。作为新一代年轻教师，我们也将继续砥砺前行，不断奏响教育的"好运来"！

我至亲至爱的父老乡亲

烟台市公安局海岸警察支队
养马岛派出所三级警长 曹园媛

大家好！我叫曹园媛，来自烟台养马岛海岸派出所。"我生在一个小山村，那里有我的父老乡亲，胡子里长满故事，憨笑中埋着乡音……"每当听到这首歌，我心里涌动着无比的温暖，常常情不自禁。

那是2001年，一场车祸无情夺走了我的双亲，转瞬之间我成了孤儿，那年我15岁。就在我孤苦无望时，是村里的乡亲，把我当成自家的孩子对我关怀备至，嘘寒问暖，饿了有饭吃，冷了有衣穿、有被盖。生病了，还有乡亲们无微不至的照顾，在乡亲们的关心关爱下，我健康成长。

2005年，我顺利考上大学，可是学费还没有着落，又是乡亲们你10块、他50块帮我凑齐了。开学走的那一天，村口站满了为我送行的乡亲，这家几个苹果，那家几个鸡蛋，千叮咛万嘱咐："园媛呐，自己在外，想家了就打个电话。""园媛，照顾好自己，别生病。"那场景至今想起，仍难以忘怀。当车子走出好远了，乡亲们还默默地站在那里。在校读书期间，又是乡亲们给了我这个孤儿人世间最挚爱的亲情和最温暖的关爱，让我顺利完成学业。正是乡亲们对我这种父母般的疼爱，2012年研究生毕业后，我毅然选择回到家乡，做一名光荣的边防警察，来报答我的父老乡亲。

回到生我养我的养马岛，家乡的一草一木，一砖一瓦，令我感到亲切温暖。"大叔,吃饭啦?""大娘,身体怎么样?"这是我和村里的乡亲及岛上的渔民见面时最常见的问候。不论谁家有事,一个电话随叫随到,哪怕是一点点小事,我都会竭尽全力。

2013年,村民杨大叔刚做完心脏搭桥手术,老伴又突发脑出血,孩子在外打工,家里无人照顾。我和同事主动请缨前去照顾,可倔强的老人并不接受,几次要赶我们走,并对我说:"园媛呐,俺不想麻烦你们,也不想欠你们人情,以后别来了。"我轻声对杨大叔说:"大叔,我从小无亲无故,是您看着我长大的。您就把我当您闺女,让我来照顾您,行吧?"这时,大叔用疑惑的眼光看了看我,然后点了点头。打那以后,我有空就去看望杨大叔。在我的照顾下,杨大叔的病情渐渐有了好转,脸上也有了笑容。再后来,每次我一去,还没进门,大老远就听见杨大叔乐呵呵地喊着"俺的警察闺女又来看俺啦"。两年后,杨大叔身体康复后主动要求加入村里的巡防队,每天带上红袖章自豪地说,要帮我这个"警察闺女"维持好岛上的治安。

2020年冬天的一个傍晚,我正在值班,接到一个电话,原来是70多岁的杜奶奶把存有儿子照片的手机弄丢了。多年前,因为意外,唯一的儿子不幸去世,陪伴老人的只有手机里的照片。现在手机找不到了,支撑老人活下去的念想也没了。我安慰奶奶后放下手头工作立马四处查找,一直忙到深夜,终于帮老人找回了手机。第二天,我就参加单位封闭执勤任务去了。没想到,一个月后,当我回到单位,大老远就看到杜奶奶站在那儿,看到我高兴地说:"园媛呐,你这一个月上哪儿了?叫俺好找呀。"说着就拿出刚做的小油饼让我趁热吃。不知为什么,那天的小油饼格外香甜。我知道那是杜奶奶能给予我的最好礼物,也是给我最温暖的爱。这件小事,让我深深体会到，只要把群众当亲人，群众就会把我们放在心上！

为了更好地帮助村里的留守儿童，2015年底，我成立了"园媛爱心联盟"。每年寒暑假，我和大学生志愿者一起为岛上的孩子们开展爱心课堂、安全知识讲座、心理辅导等一系列丰富多彩的课外实践活动。8年来，看到被我帮扶的孩子如今也成了志愿者去帮助他人，这份爱心传递让我感到特别欣慰和满足！

扎根海岛10年间，党和国家给了我"全国优秀人民警察""全国巾帼建功标兵""山东省先进工作者"等多项荣誉。这些荣誉既是对我的鞭策和鼓励，更是我前进的动力。

树高千尺不忘根，人若风光勿忘恩。曾有人劝我离开这个小岛到更高的平台发展。我想，我能有今天离不开乡亲们当年对我的一点一滴的关爱和帮助。我要继续坚守在这里，扎根海岛，尽其所能帮助他们解困纾难，心怀感恩传递大爱，让乡亲们更加幸福，让海岛更加美丽！

等待

济宁医学院离退休工作处
退休工作科科长 张会存

济宁医学院财务处核算科科长 秦月平

张会存：这是一张拍摄于1958年的全家福，一张分别前的合影。年轻的妻子，不知道丈夫要去哪里，要去做什么。她本以为啊，分开可能就几个月，最多也就一年吧，可她怎么都没想到这匆匆一别就是整整28年！

秦月平：这位妻子叫许鹿希，她的丈夫是两弹元勋邓稼先。

张会存：是什么，让一位34岁的年轻人，告别了他的妻儿，隐姓埋名，义无反顾地走进大漠荒烟？

秦月平：孩子们常常问，爸爸去哪儿了？为什么总不回家？我不知道该怎么回答，我能做的，就是和他们一起默默等你，等你回家。

张会存：1964年10月，中国第一颗原子弹爆炸成功，1967年6月，中国第一颗氢弹爆炸成功。邓稼先和他的战友们，让胜利的冲击波一次次从西部大漠，传遍全世界，让世界重新认识了一个全新的中国。

秦月平：稼先，这些年，虽然你一直没有告诉我你究竟在做什么，但我已经隐约猜到了，你正从事着关系中国命运的重要事业。我想告诉你，我多么地为你骄傲！

张会存：对于许鹿希来说，青春就是漫长的等待。1985年，整整28年后，邓稼先终于回来了。此时的他，已经是一位61岁的老人，癌症晚期的病人。他多想能多陪陪妻子，可是，属于他们的时间，只剩下了最后的363天……

秦月平：最后的时间，你几乎都在病床上，止疼针从每天一针到一小时一针，可你依然在不停地工作、工作……

张会存：1986年7月29日，邓稼先，离开了。临终，他留下了最后一句话："死而无憾！"

秦月平：稼先，你走了！走得那么急！等待的岁月那么长，相聚的日子却那么短！本以为年轻的时候我们不能相守，等老了就可以相依相伴，你怎么，你怎么就把我丢下了呢！稼先，我舍不得你，我好想你呀，我还有好多话没来得及对你说，还有好多事想听你告诉我……

张会存：许鹿希开始用她的余生，去追寻丈夫的足迹，她走遍了全国，采访了100多位丈夫的同路人，写下了一本《邓稼先传》。历史，总是有太多令人心痛的巧合，这本书出版的时候，距离邓稼先离开刚好又过去了28年。前28年等待，后28年追寻！

秦月平：稼先，你走了28年，我找了你28年。时光，用一种残忍的温柔，带着我重新走向你可歌可泣的人生。戈壁滩上，这遮得严严实实的照片，让我明白你惊天动地的功绩之后，究竟隐藏着怎样的惊心动魄！

秦月平：那是1979年的一个核弹试验。天空没有出现蘑菇云，核弹从高空直接摔到了地上！核弹去哪里了？为什么没有爆炸！

张会存：马上进入事故区，必须找到这枚核弹头。

秦月平：不行，太危险了，核辐射可是要命的。不行！不行！

张会存：你们都不要争了，我进去！

秦月平：稼先！

张会存：你们进去了，也不能解决问题，因为它是我设计的！为了它，我哪怕死了，也是值得的。

秦月平：你义无反顾地走进了试验区，找到了核弹的碎片，走出来后，你说的第一句话是……

张会存：平安无事！同志们，我们的试验可以重新开始了！

秦月平：稼先，你怎么那么傻，你怎么那么不要命呢！

张会存：我不去谁去？刚刚站起来的中国，可以没有邓稼先，但是不能没有它！

秦月平：这是我最熟悉的背影，这是我最熟悉的你，我知道这就是你，这才是你！如果让你再一次选择你的人生，你还是会义无反顾地走已经走过的道路，奉献到倾尽所有，奋斗到至死方休，用尽一辈子做一件对国家有意义的事情，你从不觉得这是牺牲。

张会存：是的，这当然不是牺牲，因为所有的付出都是值得的。当国家把这样的信任放在了我的肩头，当人民把这样的期许交付到我的手中，当千千万万我的同志、我的战友们和我并肩前行，我的一生，已经值得！为了祖国，牺牲值得！为了人民，奉献值得！为了明天，奋斗值得！

秦月平：为了你，等待值得！稼先，你知道吗，你走了以后，国家给我们分了新房子。让我搬家，我没有搬。因为，这老房子才是我们的家。这里有我们短暂的记忆，这里有你留下的身影。你看，家里的陈设都没有变，和六十年前一样。你最爱坐的沙发，就是你当年离开家时的样子。我会坐在这里，我会轻轻地闭上眼睛，我会听到你走进家门，走到我的身旁，对我说出，我最爱听的那句话。

张会存：鹿希，我回家了……

让"暖"到家

青岛能源热电集团第二热力有限公司
浮三供热中心站站长、中级工程师 姜 涛

"喂,你好,是换热站吗?我是福林花园K1号楼3单元201户,我家暖气突然不热啦,你们能过来看一下吗?""好的,我们马上过去。"作为一名换热站站长,我放下电话,拿起装备,匆匆出门了。

我所管辖的福林花园是个老旧小区,K1号楼供热管道因陈旧老化,出现漏水停热,需要马上抢修。管道在地沟内,空间狭小且漆黑一片。当我打着应急灯下到地沟时,才发现,地沟内不仅有很深的地下水,还有自来水管、污水管等各种管道纵横交错。由于地沟口只有三四十公分高,我这个一米八的大个要趴着进入地沟、半蹲着才能前行,嘴巴紧贴水面,有时一不小心还会呛上几口,酸涩苦咸令人作呕。在地沟内一点一点地找到漏点进行修复。当我抢修完从地沟里爬出来的时候,厚重的防护服内早已是汗流浃背,寒风一吹,汗水结冰,那真是"冰火两重天"。经过那次抢修后,我在想,与其这样被动抢修倒不如彻底解决,于是,我提出地沟管上移的改造方案,并带领青年突击队对K1号楼5个单元的地沟管,采取自主施工全部迁移至地上,彻底铲除这个安全隐患,此后这个楼再也没有发生漏水停热事故。事后,楼座用户李大爷碰见我,竖起大拇指对我说:"小伙子,谢谢你。你帮俺们解决了多年的供热难题,真是"暖到家"啦!"

做好供热工作的最终目标,就是要实现群众满意,因此我们还要当好用户的"好管家"。2021年11月,刚进入供热季的一天中午,我完成小区巡检正准备吃饭,福林花园大尧二路的张大妈急切地打来电话:"老伴刚做完手术,回家发现客厅暖气不热。这可咋办?恁能不能来看看?"我放下筷碗立即入户排查,发现是4楼用户供热设施私改不规范,导致整个楼座暖气不热,于是向张大妈讲明情况并宽慰她说:"大妈,有我们在您就放心吧。"我立即调动技术力量,协助4楼用户进行了规范整改。从中午12点一直忙到晚上7点,终于将原供热设施恢复原样,张大妈摸着恢复温度的暖气片,感动地说"小姜,谢谢你,你真是俺们小区最好的供热管家!"事后,她还联系电视台对我的事迹进行采访报道。通过这件事,让我深深地感受到,对用户来说,哪怕是一件小事,只要我们心里装着用户的"冷暖",全心全意为用户办实事,就会赢得用户的满意与赞扬。

近年来,为解决用户"难点、堵点"问题,我创新实施了"串联系统拆分改造法""供热管网综合排气装置"等十余项技术革新,并荣获国家专利;带领团队通过技术改造,延伸服务改善用户供热质量千余户,用户满意率100%。同时,我还荣获山东省劳动模范,创建劳模创新工作室,通过对物联网+智慧供热,"煤改气"各类清洁能源的应用,"五小"技术革新等,打造职工综合学习培训平台。

我所做的这些,都离不开一个人,他就是我的父亲。父亲是青岛纸箱厂的一名仓库管理员,也是一位有着40多年党龄的老党员,山东省一轻系统劳动模范,被同事们称为仓库的"活词典"。父亲常常教育我说:"年轻人不要怕吃苦,对待工作要有主人翁意识,干一行爱一行钻一行。"父亲的话时刻影响着我,使我在工作中充满了激情。可是,有一件事儿让我至今很愧疚。那是在2012年1月份,寒冬最冷的一天,福州路供热主管突发漏点，挖掘机挖开路面，浓浓的热气和滚烫的热水不断涌出，作为现场负责人，我正忙碌在抢险一线，突然接到家里电话，年近60岁的父亲突发心脏病被紧急送往医院，当时我脑子嗡的一声，直接蒙了，这可怎么办？一边是供热抢修刻不容缓的紧急关头，一边是正在手术室紧急抢救的父亲，我经过激烈的思想斗争，最终选择留在抢修现场。当我完成抢修任务急忙赶到医院的时候，父亲还在手术室内抢救，媳妇一看到我就抱怨说："你怎么才来啊，爸都这样了，你心里还有没有这个家啊？！"万幸的是父亲心脏搭桥手术非常成功。看着病床上非常虚弱满身插满管子的父亲，我愧不敢当，泪水打湿了面庞，当父亲睁开双眼，看到我，没有一丝埋怨，虚弱的他对我说："不要难过，我这不挺好的吗？你不用操心，干好工作就行。"那一刻，我紧紧握住父亲的手不知说什么好。

在我们的供热工作中，"履行社会责任，提升品质生活"是我们永恒的民生使命，作为新时代供热人，始终想着用热人，用心用情用力地奋斗在工作岗位上，用户的需求就是我们的追求，让"暖到家"温暖千家万户。

心中有爱　眼里有光

济宁第三职业中学退休教师　王广杰

我是来自济宁高新区的一名退休教师，我叫王广杰，今年已经82岁了。

我从小生在济宁市嘉祥县一个贫苦的家庭里，5岁时父亲在羊山战役中不幸中弹去世。我的母亲是个不识字的小脚农妇，但她知道知识能改变命运。母亲对我说："不管卖多少地，我都要送你上学。"她白天种地，晚上纺纱织布，变卖田地和鸡蛋才给我凑齐了学费。想起母亲为自己吃过的苦受过的罪，使我更有动力付出比别人多几倍的努力来学习，让母亲欣慰的是我的学习成绩一直保持在班里前三名。

我从小就喜欢物理学尤其是电工学，在课余时间阅读大量的书籍，自己钻研相关知识，我最喜欢的就是伏特、安培、法拉第、爱迪生几位物理学家。初二物理课本上，对这几位科学家的描述，我至今还能倒背如流：家庭贫寒、中途辍学、努力奋斗。这12个字也是我一生的信条，尤其是努力奋斗这4个字。

很幸运的是我没有辜负母亲的期望，1963年我考到了中国人民解放军铁道兵工程学院机电专业，上学就入了军籍，每月还可以领到一定的补助，我的生活从此得到了改善。毕业后我到铁道兵某师修建铁路。后来母亲生病需要有人照顾，我又不能把家属接到部队里，在没有办法的情况下，1974年，我转业到济宁市原第三职业中学任教，从事电工电子电路专业教学。

  1993年，在教了30年书后，我从济宁市三职中退休了，退休以后，我被返聘回校园，继续发挥余热。直到2016年，因为要照顾生病的老伴，我才再次放下教鞭。本来以为能彻底闲下来了，但是心里那股对教育事业和电学的热爱却一直没有消失。后来，我的老伴和朋友们经常在抖音上刷视频，他们给我说："要不你也试试，在网上讲讲课。"我抱着试一试的心态，在阳台上开辟出了一块地方，买了一块黑板、两盒粉笔还有手机支架，注册了网络账号，自己剪辑视频再发到网上，从欧姆定律到电流、电阻，相关视频已经超过了1000个。去年5月份，经常看我视频的网友们又提出来，老师你做直播讲课不是效果更好吗。那时，我觉得直播不是跳舞就是唱歌，不然就是搞笑。网友又在评论里回复我说，直播也可以讲知识。于是，在老伴的支持下，我开始尝试进行直播讲课。

  刚开始直播的时候，我对自己的"新事业"也并不那么自信，虽然习惯了在教室里上课，但是在网络平台上，真的会有这么多学生来捧场吗？令我惊讶的是，直播头三天，观看人数就达到了几千人。一个星期后，直播间的观看人数竟然一度突破了四十万。我教了几十年书，送过的学生也就几千人。就这样，我把自己一生所学的电学知识搬进了互联网。以前课堂上面对的是学生，现在大多是热爱电工专业的年轻人，也有一些"老电工"，网络直播里的"学术氛围"并不输于课堂。至于直播内容，百分之八九十我都不需要备课，比如普通的接线、机电控制，都是随口就来。但还是有一部分内容，是需要随时学习的。特别是有了每天7点半上课的硬任务后，我就不断督促自己进步，带给我动力的就是直播间里那些求知若渴的学生。

直播讲课我一点儿也不觉得累，以前叫"同学们"，现在叫"家人们"。以前我的学生来自济宁地区的各个区县，现在的学生则是来自大江南北。网络直播讲课和面对面给学生讲课最大的不同就是互动形式。以前基本上都是我讲、学生听，现在在直播间，大家都特别活跃，评论区的反馈一直刷，我都看不完。这时候，老伴儿就成了我的得力助手。我顾着讲课，网友们的需求、意见，哪个网友想加微信，谁的教材还没收到……这些问题老伴儿都会一一打字回复，有时还会拿着纸笔，细心记下来。

　　在老伴的帮助下，我的直播课堂吸引了大量的粉丝，课堂气氛也活跃起来了，不幸的是不久后老伴因病去世，她在临走前对我说"以后不能帮助你了，自己一定把直播课堂坚持做下去、做好它。"

　　老伴临走前的鼓励和对教育事业的热爱，使我一个人也把直播课堂坚持了下来。希望我的直播能够在网络上带动更多人学习，弘扬正能量。只要有人愿意听，我就一直教！

一颗"公心"毕英兰

博兴农商银行见桥分理处客户经理　肖　涵

博兴农商银行见桥分理处会计主管　顾倩月

　　肖　涵：我叫王长顺,今年19岁了,是信用社的一名协理员。是我大姑,就是咱们村的徐会计向社里推荐的我。来之前,大姑跟人打了包票,说这小伙子踏实、勤快,有眼力见儿,各位领导放心,一定不会给你们出岔子。听了这话,我也暗暗下了决心,一定要干好这份工作,不能给大姑丢脸。

　　可是,信用社的工作都干些啥呢?我不太懂,社里的英兰姐跟我讲,咱们主要的业务就是吸收老百姓的存款,然后发放贷款,帮助这十里八乡的老百姓都富裕起来。我听了之后很是震撼,这怎么咱们去讲两句,人家就把家底儿给咱了,还有这好事?英兰姐听完哈哈大笑。

　　顾倩月：你这傻小子,咱们是银行,这是咱们的工作,老百姓信得过咱。来,这个挎包给你,跟我走,带你去见识见识。

　　"哎,重恒啊,我看前天你家猪出圈了,这栏咋样儿,比前边收成好些不?"

　　肖　涵："毕主任,您来啦。真是老话说得好,听人劝,吃饱饭,这要不是您一遍遍坚持劝我养猪,我这一家八口人今年真不晓得还能不能吃上饱饭了！您不仅给我们发放贷款，给了我们养猪的启动资金，还给咱们生产队引进了新猪品种，巩固学习养猪的技术，真是不晓得咋谢谢您。"

顾倩月："哎，咱们信用社的使命啊就是帮助老百姓致富，你们的日子有盼头，我们心里才有甜头，你说，你跟我客气啥嘞。"

肖　涵："没啥好说的毕主任，这是我这栏养猪的收入，总共150元，除去贷款的50元，全存您那里！"

就这样，在英兰姐的帮助下，我入账了来社里之后的第一笔存款。那天，是1955年仲夏。在那个骄阳烈日的下午，我看到背着挎包，跟贷款户热切攀谈的英兰姐，好像比天上的太阳还要耀眼。

顾倩月：我叫毕英兰，是东山公社柳树信用社的主任。我们社啊，位于县城东北部的偏远小镇。虽然风景秀丽，但老百姓生活穷困。除了温饱，手头上攒下的钱，都是牙缝里省出来的，当然握在自个儿手里最心安，再加上我们社里的人都很年轻，村里的人不放心把钱存到信用社。可是，没有钱怎么能叫银行呢？我就连夜缝了个挎包，把现金、算盘、印章还有一些办理业务的必需品都放在里面，挨家挨户动员存款。

肖　涵：在10多年的工作中，她既是信贷员又是购销员，还是邮递员。她常利用到各村办理业务的机会，为群众办实事，帮助他们解决各种困难。

在麦收大忙季节，她顶着烈日、跋山涉水，为生产队购买镰刀等生产物资；在严寒三九天，顶风冒雪八十公里挑选优良的生猪品种；在大雨倾盆的夏季，她不顾危险，扛起铁锹，查看贫下中农的房子。

肖　涵："英兰姐，又去给老家喜抓药了啊。家喜是个老贫农，又给不了咱存款，你来回石岛镇抓药，都快冻成雪人了，何必呢？"

顾倩月："大家伙相信咱，咱们也要给乡亲们帮帮忙。你没见家喜叔那个样儿，太可怜了，我心里不落忍。"

肖　涵：1968年11月19日，深夜，北风刺骨地寒冷。

那一天，英兰姐跑完了柳树10个生产队，为23名社员办理了存款，忙到晚上11点钟才来得及回家。可她刚要出门，迎面碰到了毕可法，那是一个曾多次企图骗取贷款，被英兰姐多次拒绝，十里八乡出名的坏人。怀恨在心又觊觎人民财产的毕可法掏出早已准备好的凶器，忽的一下向英兰姐发动了袭击……

顾倩月："当歹徒迎面向我袭来的时候，我看清了他的脸，是毕可法！我知道这种穷凶极恶之徒铤而走险的可怕，那一刻时间仿佛凝固住了。我手边就是才五岁大的孩子，他还没有认真感受过这个美好的世界，他紧张地蜷缩在墙角，大声地喊着："妈妈。"我想过去紧紧抱住他，告诉他孩子别怕。可我看着手边的挎包，看着墙上为人民服务五个大字，仿佛看到了乡亲们的面庞，看到了那一双双辛勤劳作的双手。我知道，如果把钱交出去，或许能换来生的机会，可是我真的做不到啊！"

肖　涵：那天，下定决心的英兰姐，这名手无缚鸡之力的妇女，迎面冲上前去，与三名穷凶极恶的歹徒展开了殊死搏斗，她的生命啊，也永远停留在了30岁，与她一同离开的，还有她五岁大的孩子——小波。

肖　涵：英兰姐，英兰姐，咱生产队的老百姓给你编了段顺口溜，你听过了吗？

顾倩月：哦？是吗，说来听听。

肖　涵：冬送镢，春送锹，秋送杈，夏送镰，
英兰是我们的好后勤！（欣喜地）

英兰是我们的好后勤！（悲怆地）

英兰是我们的好后勤！（坚定地）

肖　涵：回首来时路，老一辈农信人的事迹如星辉闪耀，过去的苦难、现在的使命、未来的梦想，萦绕在每个农商青年心中，不敢稍忘，不能稍忘。

顾倩月：展望新时代，新时代农信人赓续红色基因，传承优良传统，坚守初心使命，昂首迈步新征程。

肖　涵：薪火相传，不知其尽。

顾倩月：不忘初心，方得始终。

肖　涵：让我们坚持以习近平新时代中国特色社会主义思想为指导，全面贯彻落实党的二十大精神，激扬青春力量，争当有为青年。

合：奋力推动新时代中国特色社会主义现代化强省建设！

工厂里的锦鲤池

齐鲁石化新闻中心记者　张世鑫

在我们公司的污水处理场的最末端，有一个养殖锦鲤的大水池。您可能好奇，这池中的水和水中的锦鲤有什么与众不同吗？是的，还真有点儿不同。它的独特之处，就在于这一池清水都是工业污水经过处理后得到的。这个锦鲤池，我们叫作生物指示池，是用来指示和监督污水处理水质的。一池清水，层层莲花，锦鲤繁衍了一代又一代，成了我们的水质达标"监督员"。

很难想象这池中的水在经处理前，是来源于多家企业排放的生产废水。颜色各异、成分不同、异味刺鼻，这样的废水混在一起，让人避之唯恐不及。而不可思议的是经过我们全流程处理后的废水，竟能达到养殖鱼类的标准。水质好不好，鱼儿最知道！这个生物指示池也成为中国石化首批十大生态排放景观之一。

为了达到这样的处理效果，齐鲁石化将"企业发展不能以牺牲环境质量为代价"的理念，深深根植于企业生产和发展之中，仅在"十三五"期间，用于环境保护治理项目的总投资就达到30多亿元，实施环保治理项目200余项。

2016年为达到新的国际环保排放标准，我们投资5.9亿元对全公司四座污水处理场实施达标升级改造，改造后污水处理场的出水可达到农业用水区的水质要求。

今年3月份，齐鲁石化在炼油区域又新建投用了一套每小时可以处理400立方米的污水回用装置。然而，项目的实施却并不顺利，该项目建设期间正是新冠疫情最严重的时候。为保证项目按期完成，初期建设人员一个多月驻守在厂区里，大家24小时吃住在班上。后来，驻厂人员也相继出现高烧症状，但没有人退缩，大家相互鼓励和打趣，"看谁是那个天选打工的人""看谁能坚持到最后""一定要坚持到最后的胜利呀！"至今，那样的画面每每想起，还总是会让人为之动情、泪盈眼眶。那是一群孩子的父母，也是父母的孩子，是相互守望的夫妻，更是一群平凡的石化人。疫情退去之后，为将耽误的时间赶回来，建设人员坚持"5+2""白加黑"的施工模式，最终赶在时间控制点前高质量完成装置投用。这套装置的投用是一个里程碑式的突破，齐鲁石化的污水回用率终于迈向60%，别小看这60%，它正是现在众多污水治理企业要努力追求实现的目标。

齐鲁石化不仅要保证自身工业污水的达标排放，同时还肩负着齐鲁化学工业园内158家地方企业污水的处理重任。这些企业涉及医药、印染、稀土等多个行业，水质复杂、水量变化频繁，成为污水处理场稳定运行的"拦路虎"。

大家可能不知道，现在像我们这样大规模处理污水的工艺，主要是靠培养特定种类的微生物来吃掉水中的污染物。微生物是有生命的，一旦上游来水中出现高浓度、高毒性的污染物，微生物就会生病，污水处理场的达标运行就会受到很大影响，就像小孩子生病，不仅发脾气，还需要很长时间的修整恢复，最长时需要半个多月才能恢复正常运行。

为了让污水处理场少生病，圆满完成达标任务，也为了帮助地方企业发展，展现央企担当，齐鲁石化在做好企业自身发展的同时，积极转变思维模式，在全国率先推出"国企+"区域达标新模式。何为"国企+"？国企就是我们齐鲁石化公司，"+"就是周边这158家地方企业，通过紧密联系，技术共享，携手同行，共同为地方环保达标做贡献。我们公司的技术人员，通过到上游各家排水企业做调研，了解各家企业水质特点和现有水处理难题，利用自身技术优势，帮助他们寻求最适合的处理方式。对于技术力量薄弱的地方企业，我们的技术人员就当他们的技术员使，同他们一起找技术、做实验、上设施，为地方企业排水达标把好水脉，开好药方。我们的努力和服务，也赢得了地方企业的尊敬和认可，好多企业都说"我们公司的生存发展，多亏有你们啊"。通过双方的互相信任和支持，我们实现了双赢。经不完全统计，截至目前齐鲁石化已累计帮助地方企业处理污水超3500万吨。

无论是工厂里的锦鲤池，还是努力节约集约用水，都是我们践行习近平生态文明思想、"绿水青山就是金山银山"发展理念的生动实践。

节水护水，是石化人不变的初心，更是庄严的承诺！

以实干助力货运增量

国铁济南局青岛车务段生产调度
指挥中心副主任　孟照林

铁路货运是经济发展的晴雨表。经过多年发展，我国铁路货运量和货运周转量已双双位居世界第一，为形成以国内大循环为主体、国内国际双循环相互促进的新发展格局提供了有力支撑。2022年，我所在的青岛车务段货物发送完成8600多万吨，实现运输收入75.7亿元，为助力山东省高质量发展贡献了力量。

说起我这几年的奋斗历程，最让我难忘的就是在董家口南站担任运输副站长创业的时候。为落实推进"公转铁"要求，助力打赢"蓝天保卫战"，2019年3月董家口南站开通，车站紧临世界第六大港青岛港的董家口港区，拥有全球最大的40万吨级矿石码头，年货物吞吐量超一亿吨。但建站之初，由于装卸设备未形成配套作业能力、作业人员新手多、对作业环境不熟悉等原因，运输效率低，货物不能及时运出去。我作为运输副站长压力特别大，车站班子带领大家查找问题，研究措施。我在分析会上率先表态：董家口南站有天然的港区优势，咱们不能"抱着金碗要饭吃"，一定要把运力提上去！

那段时间，我和伙计们把14公里的站场和70多平方公里的港区跑了好几遍，详细摸清了线路、设备、地形情况，遇到重点装卸车作业，就盯在现场。一天晚上8点，2号自动装车线传动齿轮突发故障，厂家说要10个小时才能修好。这趟列车原计划晚上11点发出，后续还有5趟列车等着装车。我知道，铁路运输就像一根根血管，一旦出现"堵点"就会引起"血栓"。眼看发车时间越来越近，我立即变更计划，把列车调整至1号人工装车线，紧急调配了18名人员和6台铲车进行人工装车，终于用1个多小时就把剩余的20多车装完。列车准点发出后，我又急忙赶到故障点和厂家一起研判，凌晨两点多设备提前修好了。站在线路旁，看着一趟趟满载货物的列车顺利发出，我虽然已经累得直不起腰，但心里却有说不出的痛快。后来，我们每天利用空闲时间对重点设备进行维修保养，随着人员素质和设备质量的提高，每列车的装车时间由原来的10小时缩短到2小时。

运力上去了，接下来的主要任务就是揽货源。多年来，董家口港集疏港运输主要以汽运为主。车站开通后，很多客户对铁路的运价、手续、服务等情况不了解，不愿改变原来的运输方式。为了打开局面，我带队5次到河南、河北、山西、甘肃等地，一家家企业走访，宣传铁路安全、快捷、环保等优势，讲服务、比价格，和企业一起算大账，陆续将邯郸钢铁等20多家重点企业发展为稳定大客户。仅一年时间，董家口南站的铁路运量由每天一百多车增长到一千多车，为推进"公转铁"落地，打赢蓝天保卫战贡献了力量。我也被中宣部、国铁集团授予"最美铁路人"荣誉称号。

2022年春节期间，当时我已经调任青岛车务段营销物流部部长，本是忙年团圆的时候，但我们铁路货运人却越发忙碌，既要保障节日物资运输，又要满足企业生产物资供应，几乎每天顶着海风、冒着严寒在一线奔走。

1月19日，一艘来自非洲加纳的货轮装载着20万吨锰矿石准备停靠青岛港前湾港区，但由于没有空余泊位，需要等待5天才能靠港卸货，多耽误一天企业要多支付5万美元的船舶费用，而远在千里之外的宁夏厂区，急等着这批锰矿石进行生产。为了解决企业的燃眉之急，我急中生智，立即协调港口并联系客户紧急变更了货物的通关手续，将船舶调整到临近的董家口港区空闲泊位，最大限度地压缩船舶等待时间，减少了客户损失。

由于临时调整到董家口港，负责董家口港铁路运输的董家口南站压力骤增，没有充足的装运锰矿石的集装箱，客户还要求15天内将20万吨锰矿石运到厂内，几乎是不可能完成的任务。我第一时间汇报给我们集团公司相关部门，紧急从临近的黄岛站、蓝村西站调配空集装箱驰援董家口南站，在最短时间内凑齐了首批10万吨锰矿石运输所需的3400只空集装箱。

在大家印象中锰矿石运输对车厢的清洁度没什么要求，其实不然，轻微的杂质都会影响到锰的电解纯度。而紧急调配来的一部分空集装箱内还残留着其他矿石残渣。时间不等人，我们马上调配人员抢时间清扫箱体，扫帚、高压气枪全用上了。同时由于冬季气温低，锰矿石长途运输，容易在箱内冻结，影响卸货效率。我们又在集装箱内铺设了保温棉，给锰矿石"铺上毯子、盖上被子"，既提升车厢清洁度，又解决了锰矿石的冻结问题。

经过两天两夜的努力，首趟装载3200吨的锰矿石专列顺利启程，两天后到达宁夏中宁，解决了企业生产的燃眉之急，也大大节省了企业的物流成本。

2023年，是全面贯彻党的二十大精神的开局之年，随着我国经济稳中向好，我们铁路工作也更加地繁忙。我和伙计们要继续撸起袖子加油干，助力山东高质量发展、中国铁路货运增量接续奋斗，在新时代新征程上展现新作为。

曲艺类

走亲戚（山东快书）

台儿庄古城旅游集团演艺部三级演员　王　超

社区书记季达义，
今天家里来亲戚。
他妹妹出嫁两年多了，
头回探亲回家里。
且不说，一家人见面多么高兴，
老太太，准备了一堆好吃的：
"妮，你和恁哥聊会天儿，
我再给你做个最喜欢吃的红烧鱼。"
老太太这边去做饭，
他妹妹笑嘻嘻地把话提：
"哥，我知道，你最爱这个牌儿的烟，
妹妹我呀，搭人情，托关系，东打听，西联系，跑了好几百公里，
才专门给你买来的。"

（白）"哎呀，那你可真不容易，

心意我领了，东西拿回去。"

（白）"怎么了？"

"我呀，早就不吸把烟忌了。"

"忌了？忌了好，

早就劝你别再吸了，

这个烟抽多了没好处，

你不如吃点好东西，

一看你身体就不好。"

（白）"你怎么知道的。"

"你看你那个头呀，贫瘠得就像盐碱地，

再少点头发成秃驴啦。"

（白）"我至于的吗，我？"

"你这个情况很严重，

一看就是工作太忙导致的，

呐，这是我买的西洋参，

泡着喝，滋补的效果杠杠的。"

"不用，这玩意我可喝不惯，

我的身体没问题！"

"不行，你不是常说要撸起袖子加油干吗？

加油干得有本钱，那本钱就是好身体，

身体好才能工作好，

可不能放松要警惕。"

（白）"行行行，我知道了。"

季书记端起茶杯来，

刚喝上一口喘下气：

"唉，哥，你喜欢喝绿茶呀，

俺家可多了，等我回家给你寄。"

（白）"你别寄，我突然不喜喝绿茶了。"

"那我给你拿红茶！"

"红茶我也不喝！"

"我还有白茶、花茶、普洱茶？"

"我都不喝。"

"那你喝啥？"

"我不喝不吃我光喘气行了吧，

从你进家来那个糖衣炮弹就没停，

一个劲对着我攻击。

你以为我不知道，你不就是为了社区的那个工程吗，

河道清理，想把项目交给你？"

"嘿嘿嘿嘿，

我就知道瞒不过你。"

"行了，我跟你说，这个找我没用，

得大家呀共同开会来商议，

到底能不能竞上标儿，

主要还看恁自己，

只要恁有专业，有实力，

就竞选投标比一比。"

"那实力你还不知道，

在行业里边没说的，

周边这几个大工程，

那都是俺们承包的。

咱不是不怕一万，不是就怕万一嘛，

这个万一咱也得注意，

你要能给帮帮忙，

那不确保没问题啦！"

"什么叫我帮忙就没问题了，

我哪有那么大权力？"

"哎呀，搁家你就别谦虚啦，

你社区书记，一把手你没权力，

到时候你只要啊……这么一表示，

定个标还不容易？"

（白）"不是，你新冠复阳了，你咳嗽个什么劲儿？"

"哎呀，就是让你点一点，提一提，

你点了头了，哪个愣种反对你？"

"你怎么说话的，我要这么去引导，

那不就是犯纪律吗"

"我不管，肥水要流到外人田，

别怪我翻脸不认你。"

"我是基层带头人，要这样暗箱操作，

那这危害，还不坏到了骨髓里？"
（白）"那我还配当这个社区书记吗？"
"行了，你看看你，去找你办这么点小事，
上纲上线的你至于吗？
哥，从小你可最疼我了，
什么你都听我的，
好东西，你都给我，
你从不让我受委屈。
我还记得小时候，我想要个花裙子。
你偷家里的钱给我买，让咱爸逮着一顿踢。"
（白）"这个事你就别提了。"
"我就提，你怎么现在变得你不疼我了？
你还把不把我放心里啦？"
"别打感情牌，别的事，都好说，
这个事儿，我是实在帮不了你。"
"行，不帮，不帮就不帮，有什么了不得的，
官当得都没人情味了，
哪有你这样的亲戚。"
"怎么着？亲戚就能走后门，
亲戚就能托关系？
光跟你亲别人怎么办，
当干部，就得一碗水端平，哪能光顾自己呀。
你以为耍些小手段人家不知道，

我告诉你,群众可一直看着你呢。"

(白)"是是是,都看着呢,

晴天一身汗,雨天一身泥,

天天忙得了不得,

不说别的,我问你,前阵子咱妈的风湿腿疼上医院,

你咋没陪她一块去?"

"我那不是因为有人病了吗,

我得送他就医很紧急。"

"哎哟,季书记,你伟大,

I服了you,你真了不起,

怎么的,别人的病就是病,

咱妈的病就没关系啦?

我听你说话就生气,你还知道个远近吗?

你那个脑子让驴踢了。"

"我的个娘来,小二妮儿,

你怎么说你哥的?"

老太太端菜出来了,

"怎么你一回来就隔气呀?

他是这么个事儿,那一天,咱社区请的专家得了病,

恁哥才临时赶过去的。"

(白)"那就把你扔下不管了?"

"谁说不管了,有别的亲戚帮咱呢!"

"别的亲戚,妈,咱是从外边儿搬来的,

在这片哪有咱亲戚?"
（白）"哎！那可多了去了。"
"都是谁呀？"
"你听我说，像社区的张老汉，
他的身体有残疾，
恁哥帮着办的证，
从此以后领救济。
社区的好多老人有困难，从吃饭到就医，从保健到护理，
你哥安排事无巨细，
那些老房危房不安全的，
他调查完，申请翻盖和修理。
特别是疫情那三年，
他那手机是24小时开机，
一天到晚搁外边，
我的个儿来，疼得我心里嚯嚯的，不容易啊！
他把群众当亲人，
大家伙对他才感激，
那一天，恁哥他去看专家了，
可好几个人呀，一块送我就的医。
二妮儿呀，恁哥他当这个官，咱家是没得济，
却围了一群好亲戚呀。"
妹妹听罢了这番话，
是羞愧难当不言语，

这几天，她在家，
见到不少走亲戚的，
他们有的帮着收拾屋，
有的陪着她妈聊天。
老张带来了他闺女，
给老太太送了一台理疗仪。
他们的笑容多灿烂，
家里边，充满了欢声和笑语。
朋友们，近些年这种事情很普遍了，
我们身边有无数这样的季书记。
不管是姓季还是姓李，不管你姓毕还是提，什么姓米姓皮和姓齐，
只要你躬身为民，老百姓就会给你好成绩。
那一些季李毕提米皮齐，齐皮米提毕李季，
他们一个个，守底线，有格局，
用心为民解难题，
新时代，担使命。
让群众过得更甜蜜。

路（山东快书）

济南市文化和旅游局工作人员　牛雪格
济南市文化和旅游局工作人员　尹国朋

合：风和日暖五月天，
　　微风轻抚秀泉山，
　　山上的千亩樱桃园，
　　嚯！红绿相间真壮观。

尹：樱桃丰收大增产，
　　我李宝泉可犯了难，
　　今年樱桃太饱和，
　　市场价格不好看。

牛：李宝泉正在犯难为，
　　园区外，来了主任李小倩。

她要直播卖樱桃，

　　专门来请李宝泉。

　　呦，你好，李主任！

尹：哎，现在你是主任。

牛：爹，村里选我当主任，

　　你作为老主任，怎么老有情绪，闹意见？

尹：哎，我没意见啊！

　　你干得好我点赞，

　　你有能力我让贤，

　　你直播带货不靠谱，

　　不靠谱我必须拦。

牛：您到网上看一看，

　　农产品样样是爆款，

　　国家兴农流量大，

　　那些县长，都争做"三农"推荐官。

　　名字我都想好了，

　　咱就叫"李老汉农产品"直播间。

尹：怎么还有我的事啊？

牛：爹，就凭您这气质、这长相，

　　最适合给农产品代言。

尹：你那套我玩不转！

牛：爹，只要您加入直播间，

　　我保证至少多卖十几万。

尹：十几万？真的假的？

牛：真的，可惜这事您不干啊。

尹：李主任，谈工作，谈工作嘛，
不谈工作怎么开展？
这几十万的大项目，
我得替你来把关啊，咱一块儿播！

牛：好嘞，家人们，宝宝们，
欢迎来到"李老汉农产品"直播间，
大家往这看……

尹：别看啦，往哪看啊，看你爹的吧！
老汉俺叫李宝泉，
种了十亩樱桃园，
樱桃好吃不大赚钱，
急得俺，来来回回转圈圈，
来来回回转圈圈。

牛：反啦！

尹：哦，转圈圈。

牛："转"完了？

尹："转"完了。

牛：人都让你"转"跑了。
让你卖樱桃，你都扯落的什么啊，都怪你！

尹：还怪我，你这直播带货瞎胡乱，我就该拦着你！

牛：对，你拦！你什么事不拦啊？

尹： 我什么事儿拦你啦？

牛： 我毕业返乡……

尹： 我拦啦。

牛： 我竞选主任……

尹： 我拦啦！

牛： 我搞樱桃园……

尹： 我拦啦！

牛： 我直播带货……

尹： 我拦……哎，这我没拦吧？

牛： 是，你是没拦，直接把人往外撵！

你这么和我对着干，到底打的啥算盘？

尹： 啥算盘？我就是不想你和我一样，一辈子种地！

牛： 爹，我们这一代，就要让

农业全面智能化；

农村福利更完善；

农民更有幸福感；

钱包更鼓梦更甜。

尹： 是，没错！可这乡村振兴的大事件，

不是非得你来干啊。

你在城里搞发展，

一样为国做贡献啊。

你就犟吧，也不知道你随谁？

牛： 随谁？爹，当时你开山修路，那些碎语闲言，你难不难？

尹： 我……

牛： 我就问你难不难？

尹： 难！当然难啦！

牛： 展开说说！

尹： 说就说！一开始村里人都说我傻、笑我癫，

说我竟钻牛角尖。

可是我知道啊，不修路永远受穷，

不修路，生活就要受熬煎。

让他们说去吧，笑去吧，没人干我自己干。

我带上干粮和铁钎，

一个人就上了山了。

一个人砸、一个人搬；

一个人撬、一个人掀。

我李宝泉豁上啦，

这辈子，我就死磕这座山！

牛： 一句话唤醒一村人，

一村人坚定一个信念：

一辈子死磕一座山。

合： 一辈子，一辈子死磕一座山！

尹： 棒小伙子抡大锤；

牛： 上年纪的掌铁钎；

尹： 妇女同志挑扁担；

牛： 把石头一筐筐地担下山。

尹：没人喊累，没人说难，

　　这一干就是十一年。

　　十一年打通一条路，

　　十一年削平一座山。

牛：我记着，那响彻云霄的开山调，

　　是后辈，前行的灯塔和指南。

　　爹，俺想和您走一条路，

　　俺想和您许一个愿，

　　别再把我来阻拦啦！

尹：不拦不行啊！你说你，非要弄这樱桃园，

　　非要回家当村官……

牛：哎？爹，你别喊啦，别喊啦！

　　咱的樱桃订单卖完啦？

尹：啊？卖完了？

尹：真的假的？

牛：你看！这是订单和留言。

尹：怎么说的？

牛：这一条：父辈们，开山炸山，修出了一条脱贫路；

尹：这是夸我嘞！

牛：后辈们，乡村振兴，蹚出了"三农"致富路；

尹：这是夸你嘞！

牛：全国人民踔厉奋发，共赴伟大复兴路！

尹：这是夸咱国家嘞！

牛：爹，那你还拦吗？

尹：不拦啦，不拦啦！
　　有网友给咱做后盾，
　　有党给咱当靠山，
　　你就撸起袖子加油干吧！
　　来来来，再说说乡村振兴新画卷，
　　让你爹也开开眼。

牛：好，爹，这条路往前走，是人工智能化农场；

尹：嚯！好看！

牛：再往前，是万顷高质高产标准田；

尹：嗯，壮观！

牛：再往前，是农产品加工产业链；

尹：再往前呢？

牛：再往前，是山河锦绣、国泰民安！

尹：这条路好啊，我做梦都是这条路！
　　它踩上头踏实，走上头心安！

牛：这条路，是对美好生活的向往和期盼；

尹：这条路，是不变的初心使命和誓言；

牛：它通向，中国式的现代化；

尹：它通向，国富民强新明天！

合：对！它通向，中国式的现代化，
　　国富民强新明天！

小小草莓助力乡村振兴（对口快板）

烟台市福山区七块板曲艺工作室负责人　徐　杰
烟台市蓬莱阁文化旅游集团职工　李绍康

徐：打起了竹板台上笑，
　　打听一人你可知道？
李：找人？
徐：对！
李：找我可算找对人了！
徐：怎么呢？
李：我是这里长这里生，
　　每家每户我门儿清。
徐：太好了！唉，
　　有位老师叫柳榴，
　　种植草莓是能手。

李：找他？

徐：对！

李：不是我在这把海口夸，
　　这一片我最了解他。

徐：是吗？唉，
　　我听说他放弃城市回农村，
　　和邻里之间特别亲。

李：他那时脑子发热头发懵，
　　自己是谁他都记不清。

徐：啊？好多人把他来追随，
　　听说他最会种草莓。

李：没等挣钱先把本钱赔，
　　谁离他近谁倒霉。

徐：他平时最爱把奉献的话题聊，
　　还免费送出300万株草莓苗。

李：他要送我也没招，
　　几百万元打水漂。

徐：他创立了农业特色品牌叫爱渡，
　　他又说小康路上不能落一户。

李：那就是自己发烧不知道，
　　还给别人治感冒。

徐：你这人，话里话外带着刺儿，
　　听你说话不对劲儿。

李：那是因为我和他同住一个家，
　　我姐姐是他孩子的妈！

徐：哦，您是小舅子！

李：这几天我姐对他意见大，
　　我刚才说的是我姐的话！

徐：唉，您能不能现身说法，
　　把咱们的故事来发展，
　　把自己的姐姐来表演！

李：能啊，系上我的小围巾，
　　打这起，我就是我姐姐叫小芬！

徐：还真像！

李：我姐姐天生嗓门大，
　　说着一口山东话！

徐：是啊，嫂子，您好嫂子。
　　怎么了这是！

李：别嫂子嫂子的这么亲，
　　这几天我准备和他闹离婚。

徐：呦，离婚这事别乱讲，
　　柳榴老师，最有理想。

李：哎哟，可笑死我了，
　　他还有理想？卖草莓，
　　他推着小车大街上喊，
　　从清早到傍晚，

一百盒剩了九十八，
　　　你说怎么把财发。
徐：唉，嫂子，
　　　他不怕苦不怕累，
　　　不怕白眼和受罪。
　　　就这样一边出售一边宣传，
　　　一干就是好几年。
　　　他建起了世界上最大的单体草莓园，
　　　种出的草莓特别甜。
　　　卖得好乐开怀，
　　　柳榴这下发了财。
李：挣点钱我有打算，
　　　想让孩子在城里把书念。
　　　他却说要把乡亲们帮一帮，
　　　永远扎根在家乡。
徐：唉，嫂子，
　　　他想打造那有山看有水望，
　　　还要把乡愁记心上。
　　　把中国的草莓文化、农耕文化来传唱，
　　　把心中的梦想来启航。
李：种草莓就该好好来发展，
　　　他不该苦了孩子苦了俺。
徐：怎么回事？

李： 就说2022年，

　　　台风梅花差点毁了他的草莓园。

徐： 啊？

李： 你是没看见啊，

　　　大风刮，暴雨下，

　　　河水上涨了两米多，

　　　淹没了他的挖掘机和铲车。

　　　200万株草莓苗，

　　　在水中晃晃荡荡把头摇。

　　　不是我把你看不起，

　　　当时草莓的状态很像现在的你。

徐： 像我？

李： 低着头，毛变稀，

　　　咋看咋像有病的鸡。

徐： 嗨！嫂子您说话没道理，

　　　依我看，天灾没啥了不起。

　　　您别看损失很惨重，

　　　柳榴依然很冷静。

　　　他创建农业先进的示范园，

　　　讲究科技来种田。

　　　智慧农业新理念，

　　　温湿度手机操控真方便。

　　　草莓园布置了美丽的灯光秀，

　　　　来这都说玩不够。
　　　　柳榴干得响当当，
　　　　您也跟着能沾光。
　　　　唉，您是不是经常吃草莓，
　　　　体型才变得这么肥？
李：你这说话欠思量，
　　　　吃草莓哪里会变胖？
徐：是。
李：这几天有件事情很棘手，
　　　　这事有点说不出口。
徐：嗨！有啥事您慢慢说，
　　　　棘手的事情不能拖。
李：他的草莓园成了网红的打卡地，
　　　　人群排出了好几里。
　　　　人多我倒不担心，
　　　　只不过，他和几个年轻的姑娘特别亲。
徐：嫂子，你这个想法就有错，
　　　　柳榴你还信不过。
　　　　那几个姑娘是来学经验，
　　　　您不能只把表面现象看。
李：你这么说我对他倒是很信任，
　　　　也对自己的长相很自信。
徐：这就叫有梦想有使命，

愿意付出受尊敬。

李：这也叫有使命有爱心，

老百姓见他特别亲。

徐：他的使命和担当，

赢得了荣誉证书一张一张又一张。

什么省级文明旅游村，

五个齐鲁样板村，

柳榴他情真意切表衷肠，

他说道，荣誉不用来宣扬。

李：脚踏实地理应当，

每个人必须把新的使命装。

徐：慢慢学他慢慢教，

您的觉悟在提高。

李：由酸变甜很正常，

风雨之后是太阳。

徐：共同致富共同帮。

新时代的农民很阳光！

合：对，共同致富共同帮。

新时代的农民很阳光！

追寻（快板书）

山东省文化馆副研究馆员　陈　军

眼看着夕阳要下山，
我喊得口干舌燥冒了烟，
我爷爷一直都没出现，
我找遍了整个王家湾。
村里面的大爷大妈闲来无事在交谈，
忙上前问："请问大家，你们看见我爷爷了吗？"
这位说没看见，那个说没碰面，
还有一位说"是不是老哥们在一起，谈天论地地说长短，
忘记了回家报平安？"
"嗨，我爷爷是个倔老头，他不怎么爱交谈，
只因为有过几回的失踪案。"

"啊，失踪案？"

"嗨！说这话得回到二十年前的那一天。"

（白）这是我爷爷第一次失踪，

突然间无影无踪找不见，

我们全家报了失踪案。

没想到7天后爷爷出现在家里面，

并把全家人召集在眼前，

"从明天起，你们每家每年往我这里交一万。"

嚯，全家人你看我看心里纳闷傻了眼，

这天天没缺吃喝不缺钱，

这是唱的哪一出，摸的哪根弦？

我们家里一直是爷爷说了算，

就这样，全家人定时往爷爷那里交"罚款"。

爷爷究竟想干啥，成了一个大谜团！

几万元拿在了手里边，再加上爷爷多年的存款，

爷爷在北面的山村里租了旧房整三间。

他出资雇人把活干，

把一些石头镰刀书籍画册往那屋里搬。

他经常不回家，整天地胡乱窜。

哎，这老爷子，整的哪出？大家看花眼。

骑上三轮，拉上书籍，窜进了校园。

哼着小曲，走街串巷，跑后又跑前。

呦，为躲车辆，拐下河沟，住进了医院。

（白）"嗨，这下不能动了，我说的这是二十年前的事了。"
这一进医院可就坏了大事喽，
说三道四风言风语云山雾罩地满天传。
这个说："这老头疯了，还是灵魂附体小鬼上身缠？
那个说："这么大年纪，吃饱了撑的胡乱窜。"
还有的说："吱吱吱，他这是要找老婆再续弦，
不害臊，糟老头子还想下个蛋。"
嚯，我这倔爷爷不管他们说的那个闲话篇，
病好后，他拄着拐杖又偷偷赶往火车站。
全家人找爷爷，找得那个昏天黑地犄角旮旯都找遍，
最后是筋疲力尽有气无力地报了失踪案。
10天后，爷爷是面目憔悴，双眼塌陷，
一瘸一拐出现在家里边，
回来后住进了医院整整90天。
从那以后，我们家里成了那个地下工作站，
全家人轮流监视，不让他到处胡乱窜。
爷爷是整天地坐立又不安，
电话、书信，不间断，
唠里唠叨叨自言自语神神秘秘得没个完。
究竟是个什么事？我这倔爷爷从不说来从不谈。
直到一天，爷爷的发小老支书来到了家里面，
把事情的缘由说了一遍。
原来是，在1942年抗日战争起硝烟，

我爷爷那年13岁，作为儿童团长冲在前。

他突然接到一个任务，

给躲避在山洞里一位八路军的重伤员去送饭，

这位八路军名字就叫钟新岩，老家就在井冈山。

他给爷爷天天讲故事，

爷爷才知道了红军长征有多难，

知道了毛主席挥手把江山来指点。

知道了共产党正在为千千万万的中国人民抗争战斗流血牺牲保家园。

养伤期间，他还忍着伤痛教爷爷来唱歌，唱"我们在太行山上。"

受他的影响，爷爷的革命斗志在内心燃。

可没多久，钟新岩因伤势过重牺牲在山洞里面，

临终前，他托付了事一件，

"孩子，我不行了，我托你一件事，等把鬼子撵走了，你和我老家人联系上，告诉他们我埋在这了，让他们带一捧家乡的泥土撒在我坟前。"

这几句话，我爷爷一生牢记在心间。

可是这遗愿，爷爷多年没实现，

心中有愧有遗憾，

所以爷爷租了三间旧房为他建成纪念馆，

把那革命的故事展览全。

又重新修了坟墓立了石碑在北面的大山间，

走街串巷进校园把党的精神来宣传。

这几次的失踪案，都是为烈士找家眷。

苦苦寻找了几十年，

终于和烈士的家人能通联。
就在今天，烈士的后人来祭奠，
怀揣着家乡的泥土和清泉。
说好了的事情，到现在不见爷爷的面。
有人说"你别急，你爷爷今天走不远，
他一定在山上守着烈士钟新岩。"
对！我们大家一起来到北面的大山间，
一个熟悉的身影出现在眼前，
爷爷早已是泪流满面，
佝偻的身躯跪在了石碑前，
颤抖的双手抚摸着石碑边，
满头的白发在夕阳下让人心颤，
痛彻肝肠的声音在大山里回旋：
"76年，76年了，76年才找到您的亲人，孩儿对不住您呀，但我死也瞑目了，您当年教我的歌我唱了一辈子，（唱）听吧，母亲叫儿打东洋，妻子送郎上战场，我们在太行山上……
爷爷的泪水挂满面，
那歌声，环绕群山冲上云天。

活界碑（双书对唱）

临沂市曲艺家协会副主席　刘立龙
临沂市曲艺家协会副主席　钮中栋

钮：打起这个竹板儿响连声，

刘：哎，鸳鸯板儿一打响叮咚。

钮：叮咚连声响。

刘：连声响叮咚。

钮：我说的是，新时代赋予了新使命，

刘：我唱的是，咱们全民共筑中国梦。

钮：我，今天不把别的表，

刘：我们表一回戍守边疆的大英雄。

合：对，表一回戍守边疆的大英雄。

钮： 在沂蒙山有个小山庄，

　　　山清水秀好风光。

　　　全国道德模范"魏德友"，

　　　"大崮前"就是他的故乡。

刘： 2021年6月29日，

　　　习近平总书记亲手把"七一勋章"

　　　挂上了他的胸膛。

（视频播放：习近平总书记给魏德友颁奖）

刘：（白）这可是咱们党内最高荣誉呀，

　　　更是俺沂蒙人的骄傲和荣光，

合： 对，更是我们沂蒙人的骄傲和荣光。

钮： 魏德友，1960年参军到部队，

　　　1964年转业到了新疆。

　　　在新疆军区建设兵团的兵二连，

　　　开始了为国巡边戍守边防。

刘： 为守边，二老爹娘也顾不上，

　　　为守边，把新婚的妻子接到边疆。

　　　为守边，大城市的工作他不要，

　　　为守边，他甘愿睡土窝子住草房。

钮： 60年代的萨尔布拉克，

　　　条件艰苦难想象。

　　　方圆百里无人烟，

　　　全靠人工打井来开荒。

刘：魏德友是又当农民又当兵，
　　又是种地又巡防。
　　每日里，天刚放亮就出发，
　　回家都已经落太阳。
　　那边防兵，换了一茬又一茬，
　　可魏德友始终扎根在新疆。

钮：57年的时间里，光收音机听坏了50部，
　　鞋底磨穿少说也有500双。
　　哎，提起他的收音机，
　　魏大娘，又是心酸又悲伤。
　　57年的巡逻路，
　　全靠这收音匣子伴身旁。
　　我听说他把收音机叫做小老婆，
　　魏大娘这个大老婆，
　　又是笑来又气得慌。

刘：可气归气，慌归慌，
　　魏大娘心疼丈夫孤单巡逻太凄凉。
　　每时每，千声嘱咐万声唤，
　　巡逻路上，千万要注意安全
　　别摔跟头别受伤。

钮：当他是小孩子呢？

刘：(白)你是不知道哇，
　　巡逻路上路难走，

  里里外外净石头。

  大石头像个火车头，

  小石头像个手指头。

  不大不小的石头像个枕头，

  走路你要有准头。

  一不小心摔跟头，

  一摔跟头就受伤，

  受伤就怕碰到狼。

  你要遇到一群狼啊……

钮：(白)什么碰到狼，有这么恐怖吗？

刘：咦，他最亲密的战友大老马，

  马忠诚，

  就是被群狼活活撕碎，

  牺牲在了巡逻的岗位上。

钮：嗯，就这样，他身上背着老三样，

  巡逻路上心向党。

  冬天里，狂风肆虐家常饭，

  夏季里，蚊虫猖獗鬼难防。

  多少次大暴雪把那篱笆院墙都淹没，

  大雨一来，土窝子渗水变池塘。

刘：那真是，天苍苍，野茫茫，

  天当被来地当床。

  方圆百里无人烟，

山猫野狗伴饿狼。
　　　哎，你听说过，十个蚊子一盘菜，
　　　三个老鼠一麻袋吗？
　　　生活多难你想想吧。
钮：哎，兵二连，80年代要换防，
　　　战友们，从上到下喜洋洋。
　　　可接到通知的魏德友，
　　　就是不肯离开边疆。
　　　老团长三番五次地做工作，
　　　他却是语重心长地把话讲。
刘：团长啊，不是我不想走，
　　　关键是我一走，
　　　这个地方可就空了场了，
　　　你看看这国家界碑还没立，
　　　界线也还不明朗。
　　　我走了，谁来守边，谁来巡防？
钮：是，你是这边的活地图、活界碑，
　　　这边境线你了如掌。
　　　谁也不能把你来替代，
　　　可总得为，老婆孩子想一想。
　　　孩子在这上学不方便，
　　　还得放在别人家里来寄养，
　　　再一说，父母双亲年纪大了，

　　　　　你不得经常回家去看望。
刘：团长，你别说了，我不走。
钮：为什么呀？
刘：当初是，毛主席叫我来守边疆，
　　　我发过誓，一定要守好这堵墙。
　　　俺沂蒙人，心眼实，
　　　说话算话有担当。
　　　我要走了，这地方上的同志
　　　一时半会儿接不上，
　　　咱这边儿可就成了无人区了，
　　　无论谁，想来就来，想闯就闯。
　　　那还叫什么国境线，
　　　国家的主权怎么保障。
钮：可是你也要居家过日子，
　　　不上班，没工资，
　　　家里的生活咋保障。
刘：报告团长，没有工资我不怕，
　　　俺去买上一群羊，
　　　到时候，左手鞭，右肩枪，
　　　放牧巡逻守边疆。
（白）一举两得，不刚好嘛。
钮：嘿，好一个左手鞭杆右肩枪，
　　　放牧巡逻守边疆。

这一守，57年伴孤独，

这一守，57年雨雪冰霜。

这一守，57年风雨不误，

这一守，忘了时间，忘了年龄，

忘了尘世的繁华与寂寞相向。

刘： 这就是：

时代楷模魏德友，

一生戍边来坚守。

合： 现如今：

咱们新时代，新使命

新的目标方向清

为实现繁荣富强的中国梦，

我们要向守边人学习和致敬。

不忘初心、牢记使命、

忠诚担当、砥砺前行，

愿我们的祖国繁花似锦、越来越好，

幸福的生活万年兴，万年兴！

真情种子痴情汉（山东快书）

淄博市曲艺家协会副主席　胡鹏涛

牛山脚下牛头岗，
淄水映绕好风光。
十里沃野泛金浪，
微风阵阵飘着麦香。
又到了收获的好时节，
机械轰鸣穿梭忙。
那边看有一个大牌子，
阳光照得明晃晃。
上写着禾丰良种试验田，
朱俊科负责人名字另一行。

却原来他是禾丰种业总经理,
老家就住在牛头岗。
农业大学毕业时,
他的导师单独找他把话讲:
"俊科啊,你各项成绩都不错,
学校决定让你留校把教师当。
这可是难得的好机会,
别辜负了领导的期盼和希望。"
俊科说:"老师啊!
领导的关怀我很感激,
可四年来,我心里一直有个愿望。"
"有什么愿望你只管说,
和老师不用掖来不用藏。"
"老师啊!
"咱国家人口众多消耗大,
关键是粮食生产要跟上趟。
常言说:民以食为天,
老百姓手中有粮才心不慌。
我祖辈都是庄稼人,
那份辛劳我看在眼里记在心上。
好收成得有好种子,
有好种子才能为高产优质做保障。
老前辈袁隆平培育稻种是典范,

我要以他为榜样。
这些天我也常思考，
毕业后还是回到我家乡，
培育出更多的粮食新品种，
让农民增产增效增荣光。"
老师听罢这番话，
激动得泪水湿眼眶：
"俊科呀，有这种抱负和理想，
老师我心里喜得慌。
咱们国家有好多种子还靠进口，
价格贵得太荒唐。
要想腰杆挺得直，
总书记的教导不能忘。
只有把技术掌握在咱手上，
才能够中国地种咱中国的种，
中国碗端咱中国的粮。
老师我支持你扎根新农村，
为农业发展献力量。
有困难及时对我讲，
我竭尽全力把你帮。"
朱俊科离开了学校回到家，
他爸妈一听这事气得慌：
"傻小子，你这是脑袋被驴踢了，

还是哪根神经不正常啊。

现如今多少人都想把城进，

你咋还非要回到咱庄上。

让你留校你不留，

你喝了哪碗迷魂汤啊？"

亲朋好友不理解，

乡亲们也说东道西论短长：

"老朱家孩子上学上迷糊了"，

"读书太多累得脑子不灵光了"。

俊科他听见只当没听见，

一心扑在工作上。

筹措资金上设备，

实验室建得宽敞又明亮。

为制种——

多少次去甘肃一待就是个把月，

多少次住长青四十天不回家一趟。

多少个雨天里斗笠雨披两脚泥，

多少个烈日下汗水透衣裳。

多少回两手血泡变老茧，

多少回彻夜通宵到天亮。

有一次三个多月没理发，

胡子能有指半长。

有个小伙找他把路问，

走到近前开了腔：
"大娘，大娘，大——"
"啥？大娘——？
大娘胡子这么长吗？
我可是纯种老爷们，
你啥时候把我给改良了？"
"俺没看见你长胡子，
从背后光着见一头大波浪。"
朱俊科说完又钻进玉米地，
给玉米人工授粉接着忙。
忽然间电话铃声响，
媳妇在那头直嚷嚷：
"朱俊科你忙啥呢？
还记得今天啥日子吗？
咱妈的生日你都忘了？"
俊科一听拍大腿，
"我这是忙得转了向啦"
急急忙忙赶回家，
他媳妇从头到脚直打量：
"你这是唱的哪一出，
看这造型是进了丐帮了？
你赶快街上理个发，
别让妈看见气得慌。"

老太太一旁插了言：

"留着吧，再长了挽个纂就把道士当啦。"

不一会儿他理了个光头回来了，

他媳妇扑哧笑出声：

"你这是不当道士当和尚了。

妈——你快来看，

你儿子变成光头强了。"

"什么呀？

我这不是剃个光头好打理吗！

也免得风一吹像个鸟窝样。"

朱俊科熬过了严寒和酷暑，

历尽了雨雪和风霜。

这期间也曾有资金短缺犯难为，

多亏了政府协调来帮助。

有道是：苍天不负有心人，

天道酬勤有报偿。

他培育出麦种"山农28"，

玉米种有"德育4"还有"6号金阳光"。

都是些高产优质好品种，

省内外大面积种植来推广。

眼前这片试验田是"齐民23"新麦种，

一家人就等着看它亩产量。

收割机顺着大道过来了，

后边还跟着人一帮，
仔细看有朱俊科和村支书，
还有农业农村局的王局长。
为摸实底探实情，
他亲自下乡到现场。
收割机来来回回好几趟，
朱俊科上前问司机大老张：
"张师傅啊，你感觉这个品种产量怎么样？"
"朱经理这个品种真不错，
产量比去年强着强。
往年是一个来回仓不满，
现在是一遭正好一满仓。
我估摸着亩产能超一千六，
这个品种值得大推广。
王局长上前拉住俊科的手，
一个劲地直摇晃：
"俊科啊，你又为种子事业添了彩，
你这全国劳模没白当！"
朱俊科擦了把汗水微微地笑，
抬头看，收割机奔驰在丰收的田野上。

沿着黄河来旅行（京韵大鼓）

东营区吕剧保护传承发展中心职工　段莲琴
东营市公交公司职员　李冬青

合：九曲黄河十八弯，
　　奔流到海不复还。
李：流过了，大漠孤烟、长河落日，
段：流过了，孤城万仞、白日依山。
合：黄河呀，母亲河，甘醇乳汁滋润万物，
　　孕育了，灿烂文明华夏五千年。

合：沿黄九省风光无限，
　　与君结伴去游玩。

段：且不赏，沸腾壶口，华山峻险，
　　龙门、吴堡、乾坤湾。
　　你看那，巨龙摆尾三角洲畔，
　　黄蓝泾渭去赏奇观。
　　吕剧之乡，孙武故里，
　　万物共生、流光溢彩画卷一般。
　　革命"红"，中共刘集是山东最早党支部，
　　珍藏下，全国首版《共产党宣言》。

李：靓丽"绿"，全球首批国际湿地，
　　万鸟翔集国家公园。

段：丰厚"黑"，乌金滚滚蕴宝藏，
　　开创胜利大油田。
　　炫彩"蓝"，四百公里海岸线，
　　得天独厚海洋资源。

合：五彩缤纷"黄"最暖，
　　恰好似，黄河儿女赤子丹心壮志冲天。

合：新时代赋予我们新使命，
　　二十大，擘画蓝图再谱新篇。
　　弘扬黄河文化，
　　讲好黄河故事，
　　迎来了，全国"黄河文化论坛"。

段：黄河口，栽下梧桐引彩凤，

黄河大集，九省非遗聚英贤。

　　　曲阜三宝，独具匠心夺造化，

　　　灶火脸谱，神态各异辨忠奸。

　　　泥哇呜吹响和谐曲，

　　　马头琴演奏友谊篇。

　　　史口烧鸡、水煎包儿真味美，

李：黄氏酒坊，花魂酒韵心旷然。

段：吕剧悠扬乡音醉，

　　　团扇古风舞蹁跹。

　　　反弹琵琶飞天舞，

合：齐兵出征，气壮，

段：河山。

李：唱不尽，物阜民丰满满的幸福感，

段：道不完，海晏河清百姓的日子甜。

合：中国东营，相约最美在春季，

　　　好客山东，践行新使命，阔步再扬帆。

长河万里（相声）

菏泽市水务集团职工　项　辉　郑　猛

项： 谢谢大家热烈的掌声！当然，掌声再热烈点儿就更好了。

郑： 好！

项： 谢谢。

郑： 好不要脸。

项： 不要脸……像话吗？

郑： 您是谁呀？

项： 不认识啦？

郑： 眼生。

项： 我仔细瞧瞧。

郑： 哦……（做出干呕的动作）

项： 怎么还吐了呢？

郑：想不起来了。

项：您是贵人多忘事，我记得上一回见面还是在上一回。

郑：废话。

项：上一回您可一根白头发都没有。

郑：这回呢？

项：这回（拔掉乙头上的一根头发）还是一根没有啊！

郑：您要是多拔这么几回，连黑的也没了。您贵姓？

项：说来话长了，一开始我姓清，后来改姓黄了。

郑：哦，芒果。

项：芒果干吗呀？

郑：您从哪儿来呀？

项：我祖籍中华大地，从西边来到东边去，来回一万多公里。

郑：哦，您是搞旅游的。

项：非也。我出雪山之巅，入渤海之滨，经青藏高原，黄土高原，到华北平原，赏长河落日，看大漠孤烟。祖国的山河壮丽，我都看全了。

郑：哦，您是个诗人。

项：非也。我走过青川甘宁内山陕河山。

郑：这听着像绕口令。

项：非也。

郑：这青川是？

项：出青海入四川。

郑：甘宁内？

项：甘肃，宁夏，内蒙古。

郑：山陕河山？

项：山西，陕西，河南，山东。

郑：哦……

项：您明白了？

郑：我糊涂了。您一会儿是搞旅游的，一会儿又是诗人，说了大半天了，您到底是谁？

项：说我您可能不知道，提起我的母亲，在座的都认识。

郑：那您母亲是？

项：黄河。

郑：那您是？

项：黄河里的一滴水。

郑：嗨，原来是个水货啊！

项：说我是水货，这像话吗？

郑：您这一会儿姓清，一会儿姓黄……

项：我出生地在青海，那是母亲河的上游，三江之源，保护得挺好，水源涵养，水流清澈。姓清，过黄土高原带大量泥沙，所以姓黄。

郑：原来是这么回事，您到哪去啊？

项：我出了河南进山东，发现菏泽这个地方最动情。

郑：为什么动情？

项：菏泽这个地方好啊！伏羲桑梓，尧舜故里，千年牡丹之都，物华天宝，人杰地灵，还有好多好玩的好吃的好看的，来了就不想走了。

郑：那您在干什么呀？

项：我就在菏泽为人民服务，在菏泽走一走，转一转，菏泽城乡看一看，万亩良田灌一灌，牡丹园里看一看，沉沙池里站一站，供水塔里变一变，自来水管窜一窜……

郑：当里个当里个当里个当，改山东快板了。

项：非也。

郑：又说非也，我还知乎呢。

项：我的意思是光说已经不能完全表达我的感情了，我要唱一唱，拿出我的乐器（掏出快板）。

郑：呵。还会唱快板！

项：悠悠黄河九道弯，

　　浩浩荡荡过山川。

　　咱菏泽，是黄河入鲁第一站，

　　要为那生态保护做典范。

　　沉下了我的泥和沙，

　　水流清澈灌田园。

　　生态治理见成效，

　　引来了珍稀鸟类来参观。

　　各级部门齐努力，助力黄河流域，物质文明、政治文明、精神文明、社会文明、生态文明大发展，共建美好新家园。

郑：嘿！真没想到你这小小一滴水，还能为生态环境做贡献呢。

项：不光是这些，还有物质需求，人们生活中有了我，就可以熬汤做饭，烧水煮茶，养鱼栽花。

郑：这么说生活中处处有你，天天见到你我却没在意。

项：我们做好事不留名，不过历史上我们沙化严重，那时候无风漫步满鞋土，有风张口一嘴沙啊！

郑：黄沙漫天啊！

项：我们曾经是裹泥卷沙的地上悬河，老发洪水，淹没了村庄，冲垮了房屋，冲坏了农田啊！

郑：百姓称你们是沙患，是水患。

项：中华民族有智慧，兴水利而除水患，使我们不再肆意泛滥。

郑：这就是人民的力量。

项：古有大禹治水，今有黄河流域生态保护，为人民服务高质量发展。

郑：总书记的话在耳边："功成不必在我，功成必定有我。"

项：母亲河，上游三江之源，保护强化水源涵养，中游植树治沙，减少水土流失，下游治理保护生态。我们要咬定目标，脚踏实地，埋头苦干，让黄河成为人民的幸福河。

郑：说得太好了。

项：大河奔涌，九曲连环，大河汤汤，日月轮转。今天，黄河的保护与发展正在进入历史新境界，展开历史新篇章，奔腾不息的母亲河和流域亿万群众一起，正在见证前所未有的新时代。

郑： 太好了！

项： 说到这里我感慨万千，我要高歌一曲。

项： 在幸福的大家园里挖呀挖呀挖，
争取做到河水清澈少带点泥沙。

郑： 在幸福的大家园里挖呀挖呀挖，

项： 争取做到消除水患服务千万家。

郑： 在幸福的大家园里挖呀挖呀挖，

项： 争取多为您服务人人把我夸。

郑： 在幸福的大家园里挖呀挖呀挖，

项： 唱到这里算一段，掌声哗哗哗！

父子 PK（对口山东快书）

乐陵市"乐享听"宣讲团成员　崔玉东
乐陵市"乐享听"宣讲团成员　张瑞杰

合：中华民族伟大复兴梦，
　　二十大精神来引领，
　　科技强国现代化，
　　新时代乡村来振兴。
崔：大老田，把田耕，
　　承包土地搞联营，
　　因为和儿子打PK，
　　十里八乡出了名。

张：爷儿俩还能打PK？

　　什么PK？谁输谁赢？

　　前因后果怎么回事啊？

　　仔细说来俺认真听。

崔：你要听，不能白听，

　　咱俩角色要分清。

张：要说演戏咱在行，

　　我有个外号叫戏精。

崔：唉，我看你长得也不细呀？

张：什么呀？演戏的戏。

崔：好，演戏的戏。

　　种粮大户大老田，

　　今年刚刚六十整，

　　全家给他过生日，

　　儿子也给他来庆生。

张：他的个儿子叫小田，

　　搞科研是个研究生，

　　常年工作在外地，

　　科研成果高水平。

崔：大老田他很高兴，

　　清清嗓子发了声：

　　多亏党的政策好，

　　今年又是好收成。

准备给儿子买个房，

在县城三室两厅大平层。

张：小田说：

我工作单位在外地，

家里买房我没用，

最好去我那里买，

咱一家，住在一起，其乐融融。

崔：（白）你那儿买？

张：（白）对啊！

崔：去你那儿买你掏钱，

我有钱可不填窟窿。

我现在年纪大，

承包的土地，

总得有人来继承。

干脆辞职你回来，

这个样，咱一家才能其乐融融。

张：（白）让我回来种地啊？

崔：（白）种地怎么了？

张：我的志向搞科研，

用科技把中华民族来振兴。

崔：张嘴闭嘴搞科研，

哪项技术你发明？

高铁、动车、新能源，

　　　　宇宙飞船和卫星,

　　　　智能电器和航母,

　　　　哪项技术有你的名?

　　　　你就是个上班的,

　　　　不如像我,做个种粮大户更威风。

张:　你可不能当独裁,

　　　　咱可是新时代的新文明。

崔:　好好好,

　　　　我不当独裁讲民主,

　　　　咱来场PK赌输赢,

　　　　三道题判胜负,

　　　　你要输了回家中。

张:　啊……行!

　　　　打PK我不怕,

　　　　我可是个研究生。

崔:　没我供你把学上,

　　　　你能成为研究生?

张:　(白)你别瞪眼啊!

崔:　第一题,

　　　　比比谁的岁数大,

　　　　岁数大的就算赢。

张:　那你不如比辈分,

　　　　谁的辈儿大算谁赢。

崔：（白）也行！

张：什么呀，

　　要PK，讲公正，

　　这题出得不公平。

崔：那咱不如比变化，

　　乡村变化你看清，

　　农业种植变公园，

　　文创旅游扣大棚，

　　棚顶光伏能发电，

　　特色小镇特种经营，

　　无土栽培新技术，

　　新鲜水果更水灵，

　　德州实现了吨半粮，

　　饭碗端在了咱手中，

　　实现田园综合体，

　　中央文件写得清。

张：说变化，我准赢，

　　科技变化数不清。

　　空间站高科技，

　　伴飞地球游太空，

　　三艘航母下了水，

　　保卫祖国更繁荣，

　　5G网络遍天下，

大飞机试飞已成功，
　　　探月探火又探日，
　　　航天发展新里程，
　　　量子科技已领跑，
　　　北斗系统已建成，
　　　芯片攻坚有突破，
　　　中国科技强先锋。
崔： 你说的这些都不错，
　　　就是实在听不懂。
　　　听不懂不算数，
　　　这个回合算我赢。
张： 刚刚说好讲民主，
　　　你这个态度太蛮横，
　　　科技工作意义大，
　　　关系国计和民生。
崔： 好好好，
　　　这道题算平手，
　　　下一题里见输赢。
　　　咱再比，比设备，
　　　比比设备和环境。
张： 比设备，用技术，
　　　这个回合我准赢。
崔： 种田实现现代化，

乡村处处在振兴，
　　耕种全部机械化，
　　无人驾驶靠智能，
　　喷洒农药直升机，
　　科学种植配良种。
　　灌溉实现网络化，
　　田园春色一片青，
　　拖拉机轰隆隆，
　　联合收割嗡嗡嗡，
　　大型机械在轰鸣，
　　文旅文创配农耕，
　　这里天地更广阔，
　　乡村一定更振兴。
　　你们坐在办公室，
　　不如回来把地种。
张：比环境比不了，
　　我说一句我就赢。
　　农业设备现代化，
　　科研人员来发明，
　　科技强国现代化，
　　科技水平大提升。
崔：（白）合着我替你说了？
张：我们科研搞攻坚，

时间紧，任务重，

有些技术难突破，

外国卡咱脖子成瓶颈。

崔：（白）什么？

张：（白）吓我一跳。

崔： 外国还敢卡脖子？

阻挡中华民族来复兴？

你就安心搞科研，

不用回来把地种。

六十多，我还小，

争取干到八十再挂零。

张： 乡村振兴靠人才，

您得变个思路来运营，

聘个专业CEO——

崔：（白）等会儿，UFO？

听说那玩意儿不好找，

好像来自外太空。

张： C-E-O，总经理，

崔： 哦，明白了，

我当董事长，

U-F……CEO管理全面下苦功，

打造产业一体化，

助力乡村大振兴。

张： 对对对，
　　　乡村振兴富农家，
　　　科学技术做支撑，
　　　科技强国现代化，
　　　实现伟大复兴梦。
合： 对，
　　　实现伟大复兴梦！

拦女婿（山东快书）

高密市民乐曲艺团团长　栗瑞杰

骄阳似火正三伏，
到处晒得热乎乎。
大树晒得弯了腰，
铁栏杆不敢用手扶。
直晒得所有的石头发了高烧，
半头砖拿过来就能熨衣服。
你走路要不戴草帽，
准能把头皮给烤糊。
这几年畜牧事业大发展，
乡亲们又养鸡来又养猪。
靠养殖发家致了富，
可留下个粪污矛盾很突出。

污水横流淌满地，
行人路过手掩鼻。
生态文明遭破坏，
成了一个大问题。
二十大习总书记作指示，
要让美丽乡村更美丽。
市委市府下决心要把禽畜粪污来整治，
用粪污建起沼气池，
乡亲们做饭照明都用沼气。
畜牧局工作人员全都上了第一线，
为大家传授技术解难题。
开车的小伙郝进鲁，
今年刚刚二十五。
别看年龄不算大，
干工作从来不服输。
这一次禽畜粪污大整治，
乡村振兴绘蓝图。
把生态文明来保护，
一心为民来造福。
郝进鲁心激动，
只觉得浑身上下干劲足。
你看他早迎朝阳跑牛栏，
晚披彩霞钻猪屋。

苦累脏臭全不怕,
头顶烈日战酷暑。
他这是要到靠山屯,
给养殖大户送技术。
一路上田园风光无心看,
加大马力赶路途。
汽车开到小张村的岔路口,
就听见后面有人直咋呼:
"住下,住下!"
进鲁一看不怠慢,
急忙下车问清楚:"老人家有事吗?"。
这位老太太笑嘻嘻地走上前,
上下打量郝进鲁。
看了眼睛看鼻子,
看了鞋子看衣服。
从头顶看到脚后跟,
从前胸一直看到脊梁骨。
只看得进鲁不得劲,
浑身上下不舒服,
他那里转身就要走。
老太太后面喊"站住!"
"老人家,叫我?"
"你这个同志是姓郝吧?"

"是啊"。

"你的名字叫进鲁。

工作就在畜牧局，

今年刚刚二十五，

原定好今天要到你对象家，

时间定在今上午。

可今早上你又来电话，

说临时接了个新任务。"

"老人家，咱俩个从来没有见过面。

你怎么对我了解得这么清楚?"

"你别看咱们俩个没有见过面，

你的照片我天天看。

告诉你吧傻孩子，

张翠竹她是俺孙女。"

郝进鲁一听明白了，

俺这是碰上对象的奶奶俺老丈母了。

相女婿相到马路上，

这可叫俺咋应付?

你看他傻乎乎地咧嘴笑，

笑的模样就像哭。

"奶奶，全民共创文明城您老一定很拥护吧?"

"哟，怪不得翠竹老夸你水平高，

这句话问得不含糊。

别看奶奶年纪大,

我是个老妇女主任村干部。

市里的文件我常学习,

我是大家伙致富路上的领头驴。"

"那叫领头羊"

"羊,不对,羊哪有驴的劲头足?

好孩子看你热的这身汗,

快回家吃块西瓜消消暑。"

"不行啊,奶奶,我要到靠山屯送技术,这一上午都得紧忙乎。"

"紧忙乎?你忙乎能有俺忙乎?

俺儿媳妇你丈母,

三天以前就忙乎。

待客的东西全备好,

又是荤来又是素。

杀了鸡宰了羊,

炒了花生煮红薯。

听说你爱吃豆制品,

我买了八斤大豆腐。

这些东西你不进门尝一尝,

我们三天的劳动白辛苦了。"

"奶奶,老人的辛苦我记在心,

您的心意让我感到很幸福。

可靠山屯办起了很多养殖场,又养鸡来又养猪。

禽畜粪污整治今天上设备，

时间一点也不能耽误。"

进鲁说着就要走，

奶奶一把忙拽住：

"你不给我面子不要紧，有件事，我可要跟你讲清楚。"

"奶奶，你请讲"

"先别叫奶奶。

在农村相女婿是大事，

亲戚们都来当参谋。

听说你要今天来，

光女的来了整十五。

三个姨，俩舅母，

四个婶子，六个姑

今天一早就到齐，

在家里等着相女婿。

相女婿不见女婿的面，

你说这算哪一出。

今天你要不住下吃顿饭，

这门亲事要玄乎。"

进鲁一听犯了难，

今天这事还挺严肃来！

这时候，从东边突突突驰来一辆摩托车，

骑车的正是他对象张翠竹。

来到近前停住了车，
翠竹她笑眯眯地叫进鲁：
"进鲁呀，俺奶奶这是想早点见到孙女婿，
瞒着俺来到这里打了埋伏。
你的行动我们全家都支持，
支持你去送技术，
禽畜粪污集中整治，
这是为父老乡亲来造福。
禽畜粪污成了个大问题，
促成的人居矛盾很突出。
人民想吃肉盼禽畜，
提起禽畜怕粪污。
畜牧人勇挑重担解难题，
一心为民来造福。
新时代人人都有新使命，
我们同心共圆中国梦。
畜牧人勇挑重担解难题，
全心全意为群众。
我支持你去送技术，
为父老乡亲来服务。"
进鲁点头把车上，
风尘仆仆奔大路。

总书记的嘱托记心间（京歌）

胜利油田职工家属　姚立春
胜利油田胜利采油厂采油工　李　霞

合：石油滚滚汇成海，钻塔微微入云端。
李：看东方，升腾起，巨龙一条。
姚：世风暖，民安乐，政通人和。
李：临泰山，揽黄河，齐鲁风范。
合：为祖国，献石油，胜利油田。
姚：公元二〇二一年，总书记来到胜利油田。
李：步履铿锵，身影伟岸，绿色黄河口，生态渤海湾，殷切嘱托一席话，能源饭碗必须在自己的手中端，为保障能源安全，科技创新，增储上产。
姚：从陆地，到海洋，胜利跨越。

李： 从东部，到西部，宏图大展。

姚： 从国内，到国外，四海扬帆，胜利人，挑重担，铁打双肩。

李： 讲传统，向未来，任重道远，为铸就，中国梦。

合： 砥砺向前。

李： 黄河渤海巨浪欢，总书记来到胜利油田。

姚： 亲切教诲春风暖，殷勤嘱托记心间。

李： 保障能源的安全，绿色发展向百年。

姚： 为打造世界领先，能源饭碗一定在自己的手中端。

李： 再立新功，再创佳绩，神圣使命扛在肩，鲜红党旗指方向，且看那油龙腾飞。

合： 凯歌——高——旋——

中国梦·胶济情（快板）

国铁济南局中铁文旅集团助理经济师　范宏毅

说英雄，唱赞歌，咱们山东大地故事多。
新时代，新征程，今天给大家伙，
说一说胶济铁路的风云人物和楷模。
（学火车汽笛喷气的声音）
那是1917年，
济南站驶来了一列 蒸汽火车，
人群中有一位来自贵州荔波县的帅小伙，
名字就叫邓恩铭。
在山东燃起红色革命的燎原火。
领导铁路工人大罢工，
把党的一大精神来传播，

在铁路成立第一个党支部,
把共产主义的思想理念来演说,
给人民带来了新的力量和希望,
拯救了劳苦大众于水火。
可邓恩铭,遭到了敌人的逮捕和折磨。
那是1931年,在济南,
30岁的邓恩铭慷慨赴死没退缩。

(换装)

工人兄弟们,只有共产主义能救中国,我们要团结起来,乌云遮不住阳光,苦难不能泯灭信仰,卅一年华转瞬间,壮志未酬奈何天。不惜为我身先死,后继频频慰九泉。

这就是早期的共产党,永远敬仰的好党员。

(模仿蒸汽火车汽笛声音)

火车道上跑火车,这趟车跑在了1939年4月30日的夜,
铁道边影子攒动人挺多。
带头的名字叫张博,
是胶济铁路上的游击队。
专打日本人的要害和贼窝。
今天的任务就是炸火车。
这列车是日本人定制的"国际号"
上面有日本的军官和记者。
说什么要宣传他们小日本国。
游击队一听来了气。

（白）宣传，宣传什么，

打得他见了中国人民得喊爹。

同志们埋地雷，安导火索，把钢轨切断，路基下面挖好窝。

就等着敌人的火车来经过。

眼看国际号列车开到了爆炸点。

"炸！"

爆炸声声在铁路上空来响彻，

三节车厢都炸翻，敌人的火车着大火，

日本兵拍着屁股嗷嗷叫，

抱头鼠窜炸了窝。

张博一看心欢喜，招呼一声大家伙儿："打鬼子！"

呼啦一声抄家伙，一把把手枪手中握。

一个个翻身上火车，

见了鬼子就开枪，

一举把敌人全歼灭。

这就是一心向党的英雄汉，

保护了人民和祖国。

（学火车）

这趟车光有鸣笛没蒸汽，因为它的型号是电力，

电力机车，来到了新中国，奔向了复兴新生活。

这一列，济南局开行的7053次公益慢火车，

助力了乡村振兴大跨越。

从淄博开到了泰山下，

走的是乡间小路和山坡，

乡村振兴搞扶贫，

这趟车，把乡村经济给盘活，

沿途的百姓在车厢里面卖鸡鸭鹅，

山区人坐车进了城，

城里人坐车来体验农家乐，

沿途百姓的钱包鼓起来，

奔向了小康好生活。

村里走出的大学生，

都积极回家搞建设。

这趟车的车长赵新华，

在这条线一跑就是三十七年多，

她玩笑说自己从大闺女跑成了黄脸婆，

要我说，这就是共产党员的坚守，

是咱们身边最美的劳动者。

咱们继续打板说火车，

（学复兴号）

（白）为什么没有哐哧声？

因为这是复兴号，是领跑世界的佼佼者，

把中国速度来彰显，

这就是交通强国靓丽的名片——中国高铁。

我要说的是司机，

这位司机可是劳模。

他的名字叫薛军，
是全国优秀共产党员和劳模的获得者。
从蒸汽到高铁，七本驾照身上搁，
从东风到复兴，是中国铁路发展的见证者，
别看有七本火车驾驶证，
但是至今不会开汽车。
问薛军老师遗憾不遗憾，
他指指胸前的党徽跟我说，
我这辈子就是喜欢开火车，
这是党给赋予的身份和工作，
安全驾驶送旅客，
践行党的初心使命，
这就是我们共产党员要始终坚持的职责。
这正是一代代铁路人的追求与传承，
用实际行动来报国。
中国梦里有你我，
党的领导记心窝，
新时代，新征程，
团结奋进奔向未来美好新生活。

井台夜话（小品）

山东省煤田地质局第三勘探队人事科科长　王伟伟
山东省煤田地质局第三勘探队人事科科员　于雅迪

人物： 母亲(王伟伟饰)——318老勘探的妻子
　　　　女儿(于雅迪饰)——318勘探人的妻子

王：小华，

于：哎——

王：看看我买了啥——

于：蛋糕？今天——

王：今天不是你的生日吗，给，切蛋糕去！

于：唉！

王：这闺女唉声叹气不高兴呢？哦，明白了……小华，妈知道恁心里不痛快，今天是你的生日，有什么话，直接和妈说。

于：孩他爸工作在318，一年到头不着家，两地分居不可怕，关键是孩子不认识他爸爸。

王：孩子，妈是过来的人，受过的难，吃过的苦，掰着手指头也数不清啊。当年你找这个男，妈这心里也为难。可恁爹，双手赞成。

王：他说，要是没有勘探的，国家的煤炭哪里来？要是没有勘探的，国家的矿产哪里来？要是没有勘探出的这些能源、资源，老百姓的幸福生活哪里来？你爹还说，要是没有勘探的，咱这个闺女哪里来？

于：是啊，我爹是个"老勘探"，所以让我找了个"小勘探"。

王：儿的生日，娘的苦日。

于：娘的苦日？

王：娘生你的那一天，产房里就娘一个人。

于：爹呢？

王：你爹在北京打井。

于：记得我生娃的那天，同样的情景再现，他在外地救援！

王：都满月了，你爹才回来，俺抱着你呀就是不给他开门，你还有脸回来！

于：俺实在气不过，拨通电话，生孩子，人命关天，你到底回不回来？！

王：不是我不回来，钻头打到三千米，突然断裂掉到井里，北京的专家都说这井得报废。如果报废！这得给国家造成多大的损失啊！

于： 孩他爸说，我也想回来啊，可我执行的是应急救援的任务，这井早一分钟打通，井下的矿工弟兄就多一分生还的可能，我手里攥着26条性命啊！

王： 终于，钻头取出来了，专家满意了，女儿也满月了。

于： 终于，26个兄弟成功获救，儿子也顺利降生了。

王： 那天呐，他把北京的二锅头带回来，说，这是女儿的满月酒，高兴地喝了九两九！

于： 那天呐，他把省劳模的奖状带回来，说，这军功章上有你娘俩的一多半！

一起： 一想到这一幕，我就想和他说——你和井过去吧！

王： 今天是你的生日，你那个对象啊工作再忙，也该给你打个电话呀？

于： 这——是我不让他打。

王： 你不让他打的？

于： 妈，咱娘俩能凉凉快快地过生日，可孩他爸，远在两千公里外的高原上打井，零下二十度的环境啊。

王： 比咱凉快多了。

于： 因为手机信号差，每次打电话，都要爬上17米高的钻塔上。

王： 这孩子不是恐高吗，你是怎么知道的？

于： 上次通话，我非要跟他来视频，我看到他悬在半空中，我没说别的话，一直说，抓紧了，别松手。他却说，看好了，多美的风景。当时，我的眼泪往外涌，我说，没事不用打电话，注意安全，早点回家！

王：回家？他们爬悬崖、趟峡谷、穿戈壁、过荒原，一出去就是大半年。顶风沙、冒风雪、斗严寒、战酷暑，吃得苦、受得累、遭得罪，三天三夜也拉不完。小华呀，今天咱娘俩坐井边，妈再给恁拉拉这口井。

于：妈，这井怎么了？

王：想当年，咱这一片遭了旱，吃水用水成了难，党和政府一声唤，来了你爹"小勘探"，他们顶着太阳来打井，打出了这口幸福泉。就在这个井边，"小勘探"打了一桶水，让我尝尝甜不甜，我嘴里说甜心更甜，稀里糊涂就上了贼船了。

于：哈哈，妈原来你和俺爹是因为这"井"结缘啊，怪不得这井叫"幸福泉"！

王：幸福的花儿心中开放，爱情的歌儿随风飘荡。

于：这还唱上了。哎，妈，你看这井台上面怎么还有字呢？

王：对，这每个数字啊，都有内涵！

于：20、18？

王：当年结婚，你爹20我18，都说我是勘探队的一枝花！

于：214？哦，这是妈生日！

王：对！

于：妈，这还有几个数字，让我也猜猜它的含义！

王：好，600？

于：这是说318钻机实现了每天钻效六百米的好成绩。

王：700？

于：这是说318钻机勘探进尺七百多万米！

王：102？

于：去年10月2日，习近平总书记给地质人回信，要求我们为保障国家能源资源安全做贡献！

丁零——

于：这是孩他爸的视频号。

（画外音：喂，小华，妈——）

王：孩子，不是不让你打电话吗？

（画外音：小华，妈，报告你们一个好消息，318荣获"全国工人先锋号"这可是无上的光荣啊）

王：这可是个大喜事！

（画外音：还有就是——老婆，生日快乐！哎，对啦，你把318刻到井台上，让我们再创318的辉煌！）

合：对，把318刻在井台上，再创地质勘探新辉煌！

光明（小品）

日照市艺术剧院演员　张　凡
日照市艺术剧院演员　牛西高

时间：现代

地点：丁家村

人物：父亲（牛西高饰）——67岁，丁家村村民，退伍军人，曾为电工。

女儿（张凡饰）——32岁，县供电所职工。

牛： 这下我就没心事了……

张： 爸，爸——！

牛： 孩子，你怎么这时候回来了？

张： 爸，你怎么样？

牛： 我好好的呀。

张：别瞒我了，刚才我在村里修电，妈打电话都告诉我了。

牛：唉，不让你妈说，她……

张：你得的可是癌症啊，咋不让亲闺女知道？

牛：唉，让你跟着难受，不如让你安心工作。

张：你身体都这样了，还想着我的工作？明天我就跟单位请假，咱上北京看病，咱去动手术……

牛：我哪里也不去，更不动手术！

张：爸！

牛：孩子，我这病到晚期了，动不动手术都一样。爸真不想临了再挨那一刀了！

张：爸，你舍得扔下我和妈吗？你要是走了，我们怎么办啊？爸……

牛：爸也舍不得，可生死有命……

张：我明天就请假，回来照顾你。

牛：胡闹！你管着好几个村上千户百姓的用电，责任重大，哪能随便请假？

张：你要不动手术，我就请假回来陪着你。

牛：你……你敢！

张：爸……单位少我一个不要紧，可我就你一个爸爸啊……我这个工作，白天晚上地忙，我连回家看看你都没点时间……到现在了，你就让我好好尽尽孝，不行吗？

牛：好孩子……爸知道你孝顺，可你要是为了陪着我，工作都不干了，那我就是死也合不上眼！

张：爸，那你答应我，明天就去住院！

牛：好！

张：爸，这是？不对，我没见过这个盒子！军功章！我听妈说过，你当兵的时候，立过两次三等功，却从来没让我们见过。

牛：都是过去的荣誉，没什么好炫耀的。我留着它们，是为了提醒自己曾是个军人，要好好地感党恩，要多为老百姓干好事儿。

张：这些本子，都是你当电工时候记的账？

牛：是啊，你看，那按了手印儿的是交了的……

张：还有这么多没按手印的？这一摞摞的电费单子，都是你替别人交的？

牛：嗯。那时候村里人穷啊，我哪好意思跟在腚上要那块儿八毛的？怎么也得让他们用上电吧？

张：怪不得小时候家里总没钱，你有工资，妈养猪也有收入，日子怎么过得就那么……

牛：对不起你们了。这几毛几块的，十好几年，加起来也得一万多吧。我觉着过日子都不容易，咱能帮就帮点。

张：爸，你真了不起。我现在明白，你为什么非让我干供电了！

牛：好孩子！

张：这张……捐献遗嘱？你要捐献眼角膜？

牛：这是我最后的心愿了。

张：不……我不同意……

牛：孩子……

张：不行，绝对不行，爸……我舍不得，舍不得……

牛： 人死如灯灭，什么都没有了。能为别人留下光明，多好啊。

张： 爸……

牛： 临走，还能社会做点贡献，爸也算没白来世上一遭啊。

张： 我接受不了…

牛： 孩子，你就想着，还有人替爸看着这个光明的世界，就好受了……

张： 爸……

牛： 我知道你们不好同意，本来想走的时候再交给你们。现在，你都看着了。爸没给你们留下什么财富，就这点念想了……

张： 爸，你这一辈子，默默奉献，都在为带给百姓光明而努力，这就是留给我们最大的财富啊。我保证，像爸爸一样，为乡亲们的光明竭尽全力……

牛： 谢谢闺……女……

张： 爸——

欢庆二十大　喜说心里话（泰山皮影）

泰山皮影戏传承人　范正安

甲：五星红旗扬天下，遍地鲜花红灯挂。

乙：举国上下齐欢笑，伟大的中国共产党召开二十大。

甲：哥。

乙：兄弟。

甲：咱们伟大光荣的共产党召开了二十大，心里高兴啊！

乙：哈哈，高兴！高兴！

甲：党的十八大，提出了全面建成小康社会。

乙：是啊！谁知道过了整十年，这个巨大变化在面前。老百姓是喜洋洋，个顶个地过小康。

甲：你现在再到俺庄里看一看，我的娘哎！那真是翻天覆地的大改变。常言说，要想富，先修路。俺村里是已经修了又宽又美的小康路。

乙：啊，对，这个又宽又美的小康路。

甲：原来俺住的都是趴趴屋，小趴趴屋。

乙：啊，对趴趴屋。

甲：俺现在，家家住的像别墅。

乙：家家住的像别墅。

甲：在原先，俺出门主要靠俩脚，现在是俺也买上了小汽车。

乙：小汽车？

甲：昂。

乙：我告诉你，俺庄里也是家家户户都有车！

甲：在原先，俺们点的是煤油灯，现在是太阳能的大电灯。冰箱、空调天天转，村里从来不断电。

乙：对，村里从来不断电。

甲：哎！原来这个吃饭是怕断粮，现在是鸡鱼肉蛋很平常。

乙：对，鸡鱼肉蛋很平常。

甲：在原先，干上一整年，收入就是千把元，现在却是大改变，俺每年，收入都在十几万。

乙：嗯，每年收入十几万啊！

甲：在原先，年轻人都到外地去打工，现在各个回家中，在家门口就能把钱挣，他们为咱们乡村振兴起作用。

乙：对，为乡村振兴起作用。

甲：哎，俺那里，山水林田沙和草，全面发展真正好！全面发展真正好！

乙：哎，大兄弟，你歇歇，这个你也听我来说说！你说的这些俺们庄里全都有，美得俺，就像喝那个茅台酒啊。

甲：就像喝那个茅台酒啊。

乙：就说是俺村里那个小学校，破破烂烂都知道。自从全面建小康，俺这个学校大放光。

乙：六层楼这个早盖完，教学设施买得全，教学的质量翻几番，小学生，每天还有免费的营养餐。

甲：哦！你说吃？

乙：昂！

甲：哎，俺村里还有这个老年大食堂，精炒细做味道强。老年人不花钱，吃得好、是吃得饱，所以说我的身体这么好，我的个身体这么好。

乙：哎，还有呢，俺村里那个文化大广场，每天歌声都在响，那真是歌声加舞步，这真是太平大盛世。这真是太平大盛世。

甲：老兄弟，你听我言，咱俩可是老党员，二十大刚开完，咱们赶快去宣传。

乙：哥，怎么宣传呀？

甲：咱这样，你我咱都是老踩高跷的了，咱也卖卖老，换上咱的戏装，踩上咱的高跷，把咱们的绝活，咱都使出来！

丙：二大爷，你看咱们乡亲们都来了，你赶快唱吧。

甲：二十大意义深，以习近平同志为核心，咱们大家紧紧跟，为国为民献忠心。

乙： 中国式现代化，五个特征来描画，人口规模要巨大，共同富裕现代化，物质精神都文明，人与自然和谐行，和平发展道路明，道路明！

最后： 新时代、新使命，咱们大家快行动。撸起袖子加油干，下个一百年定实现！定实现！

守住（小品）

邹平市吕剧艺术传承保护中心副主任　崔　凯
邹平市吕剧艺术传承保护中心创作室副主任　王倩倩

时间：现代某天。

人物：守正（崔凯饰）——男 二十五六岁，回村创业大学生，无名烈士陵园第三代义务守墓人。

张欣（王倩倩饰）——女 二十五六岁，守正的同学、未婚妻。

幕序：现代化新农村场景。村碑"黄土滩"，张欣背着挎包在前，守正追上。

崔：站住！把话说清再走！我说张欣！你的腿那么长，我的腿这么短。我能跟得上吗？

王：跟不上啊，咱们就散伙。

崔：你这脸怎么像六月的天说变就变啊！我们两个也不能像那雾霾似的说散就散啊。从上大学到现在，我追了你七年了，我呀，都快出保质期了。能不能趁着我头上还有几根儿头发没有掉完，赶紧和我结婚？我怕再晚了别人误会。

王：误会啥？

崔：误会我老牛吃嫩草。

王：守正！老牛就对了，你长得还不老吗？

崔：咱俩不是同岁吗？你那生日还大来！你都考验我七年了。你要是和我结了婚，叫我干啥我干啥，你说是啥就是啥，你想吃啥我做啥，以后我就是俩字"听话"！

王：你就知道听话、听话、听话！一点没有挑战性。你看咱那些同学结婚人家买的那车——奥迪！

崔：咱俩都学过学物理，知识告诉我们三角最具稳定性，所以三轮更适合咱。

王：那三角恋爱也具有稳定性？

崔：那可不是物理学科的范畴，那是伦理方面的坏现象！

王：你这耍嘴皮子倒是有一套。我闺蜜结婚时那场面，那档次，那婚纱，多幸福啊！

崔：是啊！好像听说第二次结婚时场面也不小啊！老公比原来更年轻了。真幸福！

王：你！你就会油腔滑调！你看我闺蜜的那些化妆品，那些高档衣服。你给我买过几件啊？

崔：你用得着吗？你天生丽质，优雅动人，是真正的清水出芙蓉，天然去雕饰。那些出门化妆的，爱穿好衣服的都是对自己的长相不自信的！

王：你……

崔：你不是那样的人！吃穿住用那是表面，浮华虚荣过眼云烟。俗！你真俗！

王：是！我是俗，你不俗，你高雅。你高雅你别找媳妇啊！跳出三界外，不在五行中，你修仙问道了结此生，多高雅啊！我俗，那我走！

崔：你不能走！

王：我走了，你找个高雅的！

崔：你不能走，不能走，不能走！

王：我不走也行。你不是说我俗吗？我这会儿来个老俗礼！

崔：啥老俗礼啊？

王：和你结婚，不得要点条件吗？

崔：啥条件？

王：首先你得在城里买上套房。

崔：咱的婚房俺爹娘都给准备好了五间大瓦房。

王：那瓦房能和楼房比吗？

崔：我看来都一样，不管楼房还是瓦房，睡觉都是用床。

王：能一样吗？第二个条件就是把户口迁到城里！将来有了孩子就可以在城里接受良好的教育了！

崔：在哪里上学都一样，哪里也可以出人才，你就是个大人才，将来咱有了孩子，你把他教育成小人才！我觉着教育不在于位置，只在于氛围。

王：你就不能没有话。

崔：当然有话，再冰冷的心都会被你融化。

王：守正！我不管。房子可以不买，户口也可以不迁，但必须搬出这黄土滩！俺就不想在这农村生活一辈子，你看看像咱这个年龄的还有几个在农村过日子的？

崔：农村咋了？俺爹、俺娘、俺奶奶不都是在这农村过了一辈子吗？这不都挺好吗？咱俩把咱们学的知识用到科学种田和新农村建设上，这日子不比城里的差！

王：不听不听不听！要想结婚，咱必须走出农村！

崔：（不假思索）不行！

王：为啥不行？

崔：为了当初的承诺，为了永久的传承，更为了我们新的使命！

王：你就是舍不得那几个土堆，那几个坟！

崔：就那几个坟，那里边埋的是忠骨，埋的是精神，埋的是奉献，埋的是气概灵魂！（音乐）那是1941年的一个冬天。为了保护黄土滩的老百姓，四十八名血气方刚的年轻人与日寇顽强激战。最后把自己的生命永远地留在了这一块土地上。十二岁的奶奶目睹了这一切。从那以后他就担起了照看着四十八名烈士坟墓的使命。一守就是八十多年。奶奶就是在这烈士墓前宣誓光荣地加入的共产党。这个守护的使命又落在了爹和娘的身上。等咱们结了婚，这个守护的担子就由我们来挑。这个使命就得由我们来担当。

王：要守你自己去守，条件不答应，这婚就不用结了。

崔：张欣啊！你想走就要走。那当年四十八位八路军战士要想走他们也能走？他们没走，他们选择了留下了，是永远地留下来！只因为他们身担使命，选择留下来，全村老百姓的命才留了下来。奶奶为了照看他们，奶奶在村书记位置上退下来以后，搬到了离烈士陵园最近的小房子里一住就是三十年啊！奶奶没有让烈士的墓上长出杂草，甬道天天扫得干干净净！爹娘结果奶奶的担子也是一如既往照看这些烈士，这些连名字都不知道的年轻烈士，我是不能走，使命告诉我，我得接爹娘的班！

王：进城工作还是留在农村？和我散活还是和我结婚？你自己选吧！

崔：我选……

王：选啥？

崔：留在农村和你结婚！

王：没门儿！这是走、是留，是和、是散！你就看着办吧！

崔：你要真想走，我也留不住，但是我会守着这四十八个烈士的墓，永远等着你！

王：（把包扔给守正）那你就等吧！

崔：你真的要走啊？

王：那是啊！我这就要进城！

崔：那城里就那么好吗？

王：当然了！我不但要去，还得拉上你！

崔：要去你自己去，我可走不开。

王：你傻啊!你看看包里！

崔：（打开皮包，拿出户口本）这？

王：这过两天就结婚了，去民政局登记我自己可办不了啊！

崔：那你要的条件？

王：我的条件你达到了。就是你诚信、执着的使命感！一家三代为了一个承诺，为了自己的使命，坚守了八十多年，这样的家庭我信得过！

崔：那刚才你……

王：这是七年来的最后一次考验。通过！

崔：啥？

王：通过！

崔：祝贺！对！大家还不给我们鼓掌祝贺吗？

民族之光振国威（数来宝）

威海市群众艺术馆副馆长　王艺霖
威海市高新区农业发展服务中心副科长　李海晓

王：走上台，心激动，
　　看见大伙就高兴。
　　威海人民都好客，
　　欢迎大伙，都到我们威海坐一坐！
李：哈哈哈，这是客气话，没走心，
　　大伙可千万别当真。
王：哎你这叫什么话？
　　我不是虚情和假意，
　　我是真心邀请大伙去！
李：得了吧，我们去了你管呀？

王：当然了，我带着您洗海澡、逛海边儿，

品尝美味吃海鲜儿。

咱们痛痛快快玩几天儿，

临走时，每人再送根钓鱼竿儿！

李：一看你就没有心！

王：怎么说？

李：还送鱼竿？你应该，每人送二斤海参。

王：不懂了吧，海参算什么，比我这鱼竿差远了！

李：是吗？

王：这根鱼竿，可不简单，

他撑起了民族工业自强不息的一片天。

小小的鱼竿不算重，

可它背后，是中国人强国建设的民族梦！

李：这么厉害？

王：当然，我这话绝对不是闹着玩，

这可是，我们威海产的"光威"牌！

李：哦，光威？

王：光威渔具，全球销量第一有口碑，

创始人就是陈光威。

陈光威，他胸怀祖国有担当，

被称为产业振兴的民族之光。

李：民族之光？嘿，您这话可是有点大，

一个企业家，能有这么高的荣誉和评价？

王：一点都不大，陈光威，不仅企业办得响当当，

更重要，他谱写了一篇大文章。

李：什么文章？

王：您可别小看这根钓鱼竿儿，

它的科技含量是顶尖儿。

核心原料叫碳纤维，

这材料，优点可是一大堆。

李：这我知道，它重量轻、硬度大，

能耐高温、腐蚀和老化。

它造的鱼竿结实又轻巧，

美观实用手感好。

王：碳纤维，可不光能把鱼竿造，

在军事领域应用更重要。

能造飞机，造导弹，

能造卫星航天和火箭。

李：嚯，这么厉害！

王：那当然，这种材料特别好。

只可惜，当时咱们国家自己造不了。

核心技术，只在美国日本才拥有，

中国人，想用只能靠进口。

就为了进口这东西，

陈光威受了太多窝囊气。

李：这……怎么还受气呀？

王：就因为，这个材料能军用，
　　买之前，得先给老外写保证。
　　更可气，价格多少他们定，
　　说给你断供就断供。
李：这怎么行啊？
　　做生意要讲公平和尊严，
　　这事得找他们谈一谈。
王：谈？NO，NO，NO，陈先生，你要识时务，
　　咱们双方心里都有数。
　　碳纤维，你们自己不能产，
　　还谈什么公平和尊严？
　　你们要买碳纤维，
　　得看我心情美不美。
　　心情好，赏你点没啥大不了，
　　心情差，明天我们就涨价。
李：嗬，这也太气人了！
王：看着老外傲慢的那股劲，
　　陈光威满心是愤恨。
　　中国人，要仰别人鼻息来生产，
　　还谈什么民族振兴和发展。
　　老陈他下定决心努把力，
　　要为咱民族产业争口气。
　　一定要走自己研发的创新路，

决不能，让他把咱们的脖子给卡住！
李：好！陈光威，真给力，
　　这话听着就提气！
王：是啊，这话说着是很提气，
　　可做起来，是困难重重太费力。
李：为什么？
王：您想想，有多少国家都没攻克，
　　又岂是，一个民营企业能来做？
　　陈光威，带领技术专家和骨干，
　　日夜在车间来奋战。
　　一次次尝试不成功，
　　一次次希望成了空；
　　一次次方案被推翻，
　　一次次改进和攻关。
　　历尽了无数艰难和突破，
　　终于把核心技术给攻克。
　　碳纤维，实现了自主研发和量产，
　　从此后，再也不看老外的脸！
李：嘿，陈光威，有气魄，
　　称他是民族之光不为过。
王：哎，这些成绩还不算，
　　陈光威，对祖国还有大贡献！
李：还有大贡献？

王：民用技术已攻克，

可军事领域，咱们国家一直没突破。

陈光威，他太知道，

军用的碳纤维有多重要。

他迅速转战国防领域的研发和筹备，

决心把祖国的尊严来捍卫。

就因为光威研发成绩大，

直接纳入了国家863计划。

李：嘿，谁能想到，小小的民营渔具厂，

竟承担了国之重器的研发和推广。

王：从军报国，可不是说说这么简单，

这背后，是满满的困难和辛酸。

军用的标准更严苛，

这意味着，各方面投入特别多。

他贷款投入30多个亿，

可依然是杯水车薪难维系。

多年来，渔具生产挣的钱，

也全都用来搞科研。

无底洞般的投入填不满，

一度让他脱富致贫，倾家荡产。

他掏空了企业抽空了家，

连自己住的房子都抵押。

李：为国家，把自己的一切都扔下，

陈光威确实很伟大。

王：天大的困难，挡不住老陈的报国情，
横下心，要把国人的实力来证明！
他艰难险阻全不怕，
终于把军用核心技术给拿下！

李：好！

王：解决了军用碳纤维的新材料，
军工产业，从此走上了快车道。
现如今，您再看，
我们祖国处处在亮剑！

李：歼20，守卫祖国翱翔在天空，

王：北斗卫星，全球覆盖已成功。

李：载人航天，实现了中国人的太空梦，

王：东风导弹，肩负着保家卫国的职责和使命。

李：民族梦，报国情，
陈光威，堪称是民族大英雄！

王：他有着家国大情怀，
把民族产业的脊梁挺起来！

李：美哉陈光威，

合：为中华民族自强不息树丰碑！

王：壮哉陈光威，

合：让民族产业更加辉煌再腾飞！

张大妈搬家(山东快书)

梁山县馆驿镇第一初级中学教师　邵　可

滚滚黄河浪淘沙,

一泻千里泛浪花,

过境梁山几十里,

一遇大水就害怕。

原因倒是很简单,

那就是两岸的地势太低洼。

(白)黄河到了山东是地上河,谁不害怕?

人民的生命财产要保护,

集思广益想办法,

迁建工程困难多,

党和政府一手抓。

漂亮的小区建成啦，
专等滩区的百姓来安家。
（白）哟，这不，黄河滩区张家庄的张大妈一家就要搬迁新家了。今天，就给大家讲个张大妈搬家的故事。
搬家本是个大喜事，
可张大妈眼泪汪汪地发了话：
"孩他爸呀，
这几天，
我听说要搬家，
弄得心里乱如麻。
咱祖祖辈辈住在这，
实实在在离不开家。"
大爷刚刚要搭话，
哎？
怎么这么巧，
儿子儿媳回到了家，
听说搬迁心里有疙瘩，
一下就把这个话接上了茬：
"爸！妈！
故土难离是不假，
可咱也不能忘了旧伤疤。
想当年我还是个娃，
黄河一旦大水发，

低矮的房子灌进水,

满屋漂的是鞋袜,

被褥潮得发了霉,

缸里粮食全发芽。

严重点的更可怕:

墙也倒来屋也塌,

鸡鸭鹅狗养不成,

一年的庄稼全完啦。

党中央没忘老百姓,

给咱拆迁盖新家。

我和你儿媳早看啦,

新盖的楼房真漂亮,

建筑质量那是一个顶呱呱,

配套设施都齐全,

住的不比城里差。

幸福的日子等着咱,

新时代,咱老百姓要有新活法,

爸!妈!

你们还在寻思啥,

快点收拾收拾搬新家!"

(白)这一晃,张大妈一家搬进迁建社区两年多了,张大妈生活得怎么样,走,咱再找张大妈去拉一拉。

这里就是大妈的家,
嗨,
宽阔的房子真敞亮,
三室一厅特别大,
三个卧室都朝阳,
阳台客厅种着花。
水电气暖全都有,
电视再也不飘雪花。

(白)张大妈,如今日子过得真是恣儿,看样子您是彻底忘了原来的家?
听到我们这样问,
大妈哈哈一下开话匣:
"呦!还是政府想得到,
给我们建了个记忆馆,
把俺们那些传统的家什都收藏啦,
想念的时候去看看,
追忆当年的酸甜和苦辣,
罢!罢!罢!
以前的事情咱就别提了,
俺迫不及待地想给你们看看现在的家。
超市就有几步远,
买东西就在俺楼下,

孙子上学就在家门口，

方便俺接送这个宝贝小疙瘩；

党支部领办合作社，

土地入股把家发，

周边工厂连成片，

既能挣钱又顾家。"

白：黄河滩区落后封锁的日子过去了，

我们的农产品也实现了上网搞直播，

都卖啥？

都卖啥，听我给你拉一拉，

"大豆、木耳和小米，

果蔬食品灵芝茶，

还有沙黄咸鸭蛋，

黄河鲤鱼大西瓜，

丰衣足食有钱花，

你大妈我啊做梦都是笑哈哈。

实不相瞒对你啦，

俺也学会了广场舞，

一直跳到八十八，

耳不聋来眼不花。"

张大妈呀张大妈，

眉飞色舞说实话。

（白）对，习总书记说过："迁建是一件

了不起的事情。"
各级党委和政府，
牢记嘱托快步伐，
因地制宜大治理，
造福人民为最佳。
那真是：
搬得出，稳得住。
能发展，可致富。
咬定目标埋头干，
干完这茬干那茬，
建设农业大强国，
推进农村现代化。
到那时：
滩区面貌美如画，
绿水青山实现了，
让黄河成为幸福河，
让世界羡慕我中华。
这就是张大妈搬家的一小段，
后续的故事下回接着往下拉。

文化走亲"好春"来(山东八角鼓)

胶州市文化馆业余曲艺团团长　王玉美
胶州市铺集镇铺上四村好春艺术团演员　高　腾

合： 一条胶河连三地，

　　　文化使者来"走亲"，

　　　笑对死神传佳话，

　　　坚守舞台迎"好春"！

王： （白）唱的是中国好人、全国最美家庭等荣誉

　　　加身的胶州市铺集镇文化带头人——

　　　下乡知青原林春。

合： 扎根乡村的原林春，

　　　热爱文艺整天笑吟吟。

　　　成立了好春艺术团，

　　　走街串巷真带劲。

王：（白）正当50多岁的原林春醉心于文化志愿服务时，

　　　却不幸患上了直肠癌，

高： 经过医治身体还未康复，

　　　食管癌又盯上了丈夫臧义好。

王： 老两口大病缠身不灰心，

　　　相互鼓励斗死神。

　　　渐渐康复出奇迹，

　　　生命绽放第二春！

高： 老两口心心念念是舞台，

　　　念念心心是乡亲。

　　　义务巡演数百场，

　　　场场火爆满堂春。

王：（白）死神的威胁渐渐远去，

　　　新的磨难却骤然降临。

　　　正当他们在舞台上扮靓满天晚霞之际，

　　　一场大火又把艺术团全部家当付之一炬。

合： 大火无情人有情，

　　　危难之时有亲人。

　　　政府救助及时雨，

　　　　子女集资表孝心。

　　　　锣鼓家什新置办，

　　　　二老雄心重提振。

　　　　发展大潮逐浪奔，

　　　　青潍一体化战略打头阵。

高：（白）铺集镇地理位置连三市，

　　　　好春艺术团受命"走亲"胶州、高密、诸城。

王：（白）但是队员老的老病的病，怎么办？

　　　　恰好外甥高腾来送饭，

　　　　原林春心中一动：

合：高腾青春又靓丽，

　　　　对文艺耳濡目染感情深；

　　　　若能把她引进门，

　　　　她就是最佳的接班人。

　　　　艺术团就是姥姥的命根，

　　　　今天她格外亲切又殷勤。

　　　　可我工作稳定、还要顾家，

　　　　真让我左右为难脑袋晕。

高：（白）高腾问："孩子还小，幼儿园不收咋办？"

王：（白）姥姥说："我帮你带！"

高：（白）"我辞职后，生活没有保障咋办？"

王：（白）姥姥又说："给你发工资，保证收入不减！"

合：高腾闻言心感动，

迅速辞职表决心。
刻苦学习为接班，
艺术团恰似那枯木又逢春。
夏夜灯火明如昼，
全团出动来走亲。
一进高密李家营，
二去诸城林家村。
歌美舞美人也美，
曲亲戏亲情更亲。
文化为媒手拉手，
青潍协作心连心。
祖孙接力走亲来，
胶河两岸迎"好春"。
文化振兴乡村美，
齐鲁光景一时新！

传承红色基因 凝聚奋斗力量（快板）

山东黄金归来庄矿业公司综合管理部通讯员　金　歌

伟大的祖国伟大的党，
百年的风雨铸辉煌。
二十大精神指航向，
神州大地尽欢畅。

二十大，放光芒，
省委省府领导强。
山东国资举旗帜，
员工个个好儿郎！

有道是，国有企业能压仓，
"六个力量"坚如钢。
学有榜样好追赶，
咱说一段，沂蒙精神大发扬！

蒙山高，沂水长，
好红嫂，永难忘。
老将军，满怀深情地把词题，
他把那，沂蒙的红嫂视亲娘。

战争年代的沂蒙山，
山山岭岭起硝烟。
战火中，涌现了红嫂这个群体，
她们的故事天下传。
对，他们的故事天下传。

做军鞋、救伤员，
架人桥、扛门板。
一遛小脚的担架队，
何惧那山路陡又险。
最爱的情郎要当兵，
最疼的儿子送前线。
最后的粮食送部队，

一块布，为战士做成军衣身上穿。

一幕幕、一串串，

沂蒙的红嫂永远记在俺心间。

过去的红嫂永难忘，

今天的红嫂故事讲不完。

胡玉萍，沂蒙山的好红嫂，

爱党爱军的好模范。

白发苍苍的老妈妈，

为拥军，她来到沈阳抚顺的"雷锋团"。

虽然不在沂蒙山，

沂蒙的情怀记心间。

雷锋团就是她的家，

她和子弟兵心相连。

25年，她倾尽全力去拥军，

25年，她捐款捐物建猪圈。

25年，耗尽了心血和汗水，

直到生命最尽头，

她也把子弟兵的冷暖来挂牵。

俺真想喊您一声妈，

（白）胡妈妈，您的大爱暖人间。

说完妈妈胡玉萍，

再说说拥军模范李秀莲。

那一年，俺参军戍边去云南，

您时刻，把俺的家事挂心间。

为了给俺当兵的找对象，

您足迹踏遍了沂蒙山。

（白）跑断了腿，磨破了嘴，终于让俺娶了媳妇成了家！

李妈妈，俺谢谢您啦！

红嫂的故事讲不完，

红嫂的精神代代传。

沂蒙红嫂戚洪桂，

说起她，俺现在还想掉眼泪。

送儿当兵去西藏，

全家的重担都落在了您身上。

为了儿子安心守边防，

老伴去世一年多，您都没跟儿子讲。

这期间，您缝鞋垫绣上一朵小白花，

还有那"望儿争气、胸怀祖国"一行行。

林立波牢记母训搞训练，

给爹娘寄来了喜报一张张。

戚妈妈，雪域高原记着您，

您就是，俺沂蒙兵的大后方。

军民鱼水情意浓，

再说说拥军妈妈朱程镕。

兵妈妈，朱呈镕，

把沂蒙的红嫂精神来传承。

四川灾区送温暖，
雪灾期间献真情。
她组织红嫂进部队，
官兵为此都感动。
2003年"非典"来逞凶，
他不惧危险进北京。
小汤山、好吃的饺子热腾腾，
亲手端给子弟兵。
20年，新冠病毒狂似风，
奔赴武汉的脚步日夜兼程。
给医护人员，送来了热水饺，
送来了咱们沂蒙山的红嫂情。
沂蒙情，红嫂颂，
兵妈妈让俺好感动。
这些年，她从南海到北疆，
从东到西万里行。
走边卡、到军营，
带去了沂蒙红嫂一片情。
蒙山高，沂水长，
好红嫂，永难忘。
战火中，红嫂的故事感天地，
看今朝，新红嫂的事迹闪金光。

新时代，新荣光，
千帆竞发奔前方。
国有企业怎么办？
要唱响《咱们工人有力量》！
不忘初心和使命，
永远心向共产党！

惠农直播好处多（四平调小戏）

冠县烟庄街道后张平村村民　李玉春
冠县烟庄街道后张平村村民　刘爱堂

李：哎，村里的大爷大娘、叔叔婶子、嫂子弟妹，都来看我直播哩，看我直播哩，哈哈哈……

刘：唉！二嫂子，你在这里又喊又笑的，干啥呢？我都快愁死了。

李：你愁啥？

刘：愁啥？今年俺家的油桃大丰收，可是卖不出去，都快烂了！你说，这可咋办？

李：咋办？你找我啊！

刘：找你？你能帮俺把油桃卖了？

李：那当然能啦！我告诉你吧，党的二十大要求增加农民收入，乡镇成立了惠农直播间，咱就能在直播平台上卖特产了！

刘：二嫂子，还有这么好的事啊？

李：对！这是咱党的政策好，也多亏了各级领导对咱的大力支持。

刘：二嫂子，你这么一说，咱以后就能在这个直播平台上直播挣钱啦？

李：是啊，妹妹……

李：春光明媚百花开，
　　党的二十大喜讯来。
　　惠农助农政策好，
　　网络创建新平台。
　　千民万户同致富，
　　乡村振兴幸福来。

刘：产业体系现代化，
　　融合发展别落下。
　　线上线下齐发展，
　　群众致富笑哈哈。
　　你快说，你快讲，
　　咱俩直播看谁强。

合：为了响应党号召，
　　奋发努力创辉煌。

刘：唉，你说得真不孬，要是真的让咱俩直播，咱会不？

李：会！不信我播播你看看。

刘：好！那我看看。

李：欢迎每位家人走进惠农直播间，现在我给大家把冠县的特色产品拉一拉。

李： 大冠县美如画，

又有鸭梨还有瓜。

纯天然无公害，

销往各地人人夸。

欢迎大家来选购，

直播方便你我他。

合： 直播方便咱大家。

李： 哎哟，这一会儿我就卖了三千多单啦，我的铁粉们家人们，非常感谢你们哟！

刘： 哎哟！这回我的油桃就不用愁啦！

李： 妹妹，习总书记说啦，美好的生活都是奋斗出来的。只要勤奋好学，咱也能发家致富当状元。

刘： 对！说得太对啦！哎，直播间里就这点东西，还有吗？

李： 有，多的是……

李： 灵芝粉皮食用菌，

樱桃小米和大蒜。

样样都是高品质，

物美价廉很划算。

绿色无害农产品，

营养质量高标准。

刘： 创建电商示范县，

电商给力大发展。

　　　　示范引领产业带，
　　　　特色产品博众彩。
　　　　冠县农业是强县，
　　　　直播助农促发展。
　　　　惠农直播好处多，
合：　乡村致富人心欢。
李：　哎哟，我差一点儿忘了，我那58万粉丝还在那清泉河边等着我直播去呐，我得直播去。妹妹，你去不？
刘：　去！
李：　那咱走吧！
刘：　走……

满怀豪情颂党恩（琴书）

淄博市周村区退休教师　王　慧

音乐后唱： 金鼓擂起五洲响，全国人民齐欢唱。满怀激情歌唱党，红心永远向太阳。

音乐后道白： 总书记，英明的党，复兴路上指航向。社会主义新生活，祖国大地红旗扬。让我们共同高唱，没有共产党，就没有新中国。

音乐后唱： 伟大的伟大中国共产党，光辉的旗帜永飘扬。改革开放新时代，国富民强沐春光。

音乐后唱： 光荣的光荣中国共产党，改革开放政策强。和谐社会暖人心，不忘初心向前闯。

音乐后道白： 习总书记党中央，为咱山东来定航。把脉定向新使命，建设山东好家乡。中国梦，新时代。二十大，政策强。干群团结加油干，复兴路上奔小康。实现祖国现代化，全国人民喜洋洋。让我们共同高唱，没有共产党就没有新中国。

音乐后唱： 光荣的光荣中国共产党，改革开放政策强。和谐社会暖人心，不忘初心向前闯。

音乐后唱： 正确的正确中国共产党，团结奋斗进小康。全国人民跟党走，幸福日子万年长。幸福日子万年长。

念奴娇·追思焦裕禄 （枣梆）

菏泽学院音乐与舞蹈学院教师　宋德靖

　　魂飞万里，盼归来，此水此山此地。百姓谁不爱好官？把泪焦桐成雨。生也沙丘，死也沙丘，父老生死系。暮雪朝霜，毋改英雄意气！

　　依然月明如昔，思君夜夜，肝胆长如洗。路漫漫其修远兮，两袖清风来去。为官一任，造福一方，遂了平生意。绿我涓滴，会它千顷澄碧。

后 记

"中国梦"系列百姓宣讲大赛是中共山东省委宣传部会同省直有关部门共同打造的群众性宣讲品牌。本届"中国梦·新时代·新使命"百姓宣讲大赛，进一步突出"赛"的功能，坚持以赛促讲、以赛促干、以赛提质，无论是活动的参与度还是影响力都得到了很大提升。本书将大赛优胜选手的宣讲成果结集成册，对于学习借鉴其宣讲方法技巧，进一步促进宣讲大赛成果的转化运用，具有重要意义。

中共山东省委讲师团负责了本书的编辑整理。在编辑整理过程中，省委讲师团同志与120名宣讲优胜选手一起，逐字逐句对宣讲稿进行了精心修改和反复打磨。每篇讲稿的每个字、每句话都是宣讲者的真情流露，体现着他们对宣讲事业的由衷热爱和倾情付出。各市党委讲师团和山东友谊出版社对该书出版给予了全力支持，在此一并表示感谢。

本书仅是我们对"中国梦·新时代·新使命"百姓宣讲大赛决赛成果的汇编整理，疏漏之处在所难免，期望读者批评指正。

编 者

2024 年 1 月